HEYNE BÜCHER

W0212496

SCIENCE FICTION

Herausgegeben von Wolfgang Jeschke

Ein Verzeichnis der Serie finden Sie am Schluß dieses Bandes.

PETER MORWOOD

ANGRIFF AUF DEKKANAR

Ein STAR TREK-Roman

Deutsche Erstausgabe

WILHELM HEYNE VERLAG
MÜNCHEN

HEYNE SCIENCE FICTION & FANTASY
Band 06/5147

Titel der Originalausgabe
RULES OF ENGAGEMENT
Übersetzung aus dem Amerikanischen von
ANDREAS BRANDHORST

Redaktion: Rainer Michael Rahn

Die Originalausgabe erschien bei POCKET BOOKS,
a division of Simon & Schuster, Inc., New York

Printed in Germany 1994
Umschlagbild: Cintron / Pocket Books / Simon & Schuster
Umschlaggestaltung: Atelier Ingrid Schütz, München
Technische Betreuung: Manfred Spinola
Satz: Schaber Satz- und Datentechnik, Wels
Druck und Bindung: Ebner Ulm

ISBN 3-453-07768-7

Dieses Buch ist den Miami Cruisers
und den Toronto Celebrants
sowie allen Statisten gewidmet.

Historischer Hinweis

Dieses Abenteuer findet zwischen jenen Ereignissen statt, die in *STAR TREK: Der Film* und *STAR TREK II: Der Zorn des Khan* geschildert wurden. Die beiden genannten Filme und die Fernsehfolge ›Kampf um Organia‹* bieten dem interessierten Leser weitere Informationen.

---

* Aus der Serie: ›Raumschiff Enterprise‹. Die Episode ›Kampf um Organia‹ wurde am 15. 12. 1973 vom ZDF ausgestrahlt. – *Anmerkung des Übersetzers*

1

An: Morrow, Randolph H., Admiral, Stabschef (Einsätze), Starfleet Command. Von: James T. Kirk, Captain NCC-1701 USS *Enterprise*, unterwegs zur Starbase 12. Betreff: Grenzzone 3-39, insbesondere der dortige organianische Einfluß. Text: Sir, es freut mich, Ihnen nun zum Abschluß dieses Einsatzes mitteilen zu können, daß es während unserer Erkundungsmission im oben genannten Sektor zu keinen Zwischenfällen irgendeiner Art kam. Zwar ist die *Enterprise* bei drei (3) Gelegenheiten von Sondierungssignalen der Klingonen erfaßt worden [3/72-5.3, –5.83, –5.91], aber es kam nie zu feindseligen Aktionen gegen uns. Die Klingonen offenbaren zur Zeit eine für sie eigentlich untypische Friedfertigkeit. Daher kann davon ausgegangen werden, daß besagter Sektor zu den organianischen Vertragszonen gehört und entsprechenden Schutz genießt. In Hinsicht auf die von Starfleet Command übermittelten Informationen (siehe Mitteilung SFC/P/2624301 von Sternzeit 2107.16) stelle ich hiermit fest, daß der organianische Friedensvertrag eingehalten wird. Ende.

PERSÖNLICHES LOGBUCH DES CAPTAINS, STERNZEIT 2213.5:

Allem Anschein nach herrscht in diesem Raumbereich Frieden, was entweder organiani-

schem Einfluß oder einer neuen Politik des klingonischen Imperiums zu verdanken ist. Die *Enterprise* verläßt Sektor 3-39 und fliegt zur Starbase 12, wo die Mannschaft endlich Gelegenheit bekommt, sich vom Dauerstreß der vergangenen Wochen zu erholen und auszuspannen. Vielleicht muß ich meine Beziehungen spielen lassen, um den – verdienten – Landurlaub für die Crew durchzusetzen, aber dazu bin ich gern bereit. Immerhin dient es einem guten Zweck. Die zurückliegende Mission war sowohl nervenaufreibend als auch langweilig. Allerdings: Man kann sich an angenehmeren Orten langweilen als ausgerechnet am Rand der klingonischen neutralen Zone. Leider gibt es keine Hinweise darauf, mit welchem Nachdruck die Organianer bereit sind, den Frieden zu schützen. Vielleicht greifen sie erst ein, wenn es zu unmittelbarer Gewaltanwendung kommt. Ende des Eintrags.

Mit dem Wortlaut der Kom-Botschaft und des Logbucheintrags schien alles in Ordnung zu sein, aber James T. Kirk prüfte die Formulierung noch einmal, bevor er den Sendechip mit seinem persönlichen Code versiegelte und das elektronische Logbuch desaktivierte. Die jetzt beendete Mission hatte ganz einfach begonnen: Es ging zunächst nur darum, zusätzliche astrographische Daten zu sammeln und Analysen in bezug auf einige Sterne vorzunehmen. Aber durch die Nähe zur Neutrale Zone bekam der Einsatz einen Hauch von Spionage, was Unbehagen in Kirk weckte. Auch bei anderen Gelegenheiten hatte er auf diese Weise empfunden – zum Beispiel damals, als sie sich ins romulanische Reich wagten, um eine Tarnvorrichtung zu ›beschaffen‹. Es war unbedingt erforderlich gewesen, das Gleichgewicht der Kräfte wiederherzustellen, aber Agententätigkeit, Geheimdienst und dergleichen hinterließen bei Jim trotzdem einen üblen ›Nachgeschmack‹. In gewisser Weise galt das auch für die vergangenen drei Monate im umstrittenen Grenzbereich zwischen Föderation und Imperium. Astrographie, ja. Doch die Klingonen reagierten nie besonders freundlich auf Starfleet-Schiffe, die sich praktisch auf ihrem Hinterhof herumtrieben. Sie bezeichneten so etwas als Herumschnüffeln, und meistens zögerten sie nicht, drastische Maßnahmen zu ergreifen. Bisher hatten die Organianer im betreffenden Sektor durch nichts zu erkennen gegeben, daß sie entschlossen waren, die Einhaltung des Friedensvertrages mit allen Mitteln durchzusetzen. Woraus sich die Vermutung ergeben mochte, daß es ihnen vielleicht an der Bereitschaft fehlte, gegebenenfalls direkt zu intervenieren...

Nun, entweder wachten die Organianer über den Frieden; oder die Klingonen hatten noch nicht herausgefunden, daß es hier keine organianischen Friedenswächter gab – was auf etwas ganz anderes hinauslief. Wenigstens hatte noch niemand versucht, jemand anders in Plasma zu verwandeln. *Eine weitere erfolgreiche Mission,* dachte Kirk. *Es geht nach Hause, und zwar mit Volldampf.* Er lächelte dünn. Nach Hause... In diesem Fall bedeutete das Starbase 12. Und Volldampf... Kristallines Dilithium dampfte nicht. *Solche Dinge verändern sich, im Gegensatz zu uns.* Jim stand auf, strich den Uniformpulli glatt – und seufzte leise, als der Tischkommunikator summte. Er nahm wieder Platz und sagte: »Schirm ein.«

»Bist du fertig, Jim?« Dr. McCoy sah vom Monitor und lächelte. Kirk brummte und ahnte, weshalb sich der Bordarzt mit ihm in Verbindung setzte. »Einmal gebrummt bedeutet ›ja‹ und zweimal ›nein‹.« Offenbar war Leonard in guter Stimmung, ebenso wie die anderen Besatzungsmitglieder. Der Grund dafür: Mit jeder verstreichenden Sekunde blieben Klingonen, Langeweile und die Möglichkeit eines Konflikts weiter hinter der *Enterprise* zurück.

Doch damit gehörten nicht alle unangenehmen Dinge zur Vergangenheit. Zumindest nicht für den Captain.

»Ja, Pille, ich bin fertig. Es muß nur noch der Rest des Papierkrams erledigt werden, und dann …«

»In zehn Minuten erwarte ich dich hier in der Krankenstation, Jim – für die längst fällige Routineuntersuchung. Schon vor zwei Wochen hätte sie stattfinden sollen. Durch deine Schuld gerät unser Zeitplan durcheinander.«

James T. Kirk rollte mit den Augen und spielte zunächst mit dem Gedanken, sich irgendeine neue Ausrede einfallen zu lassen. Doch als er Leonards wissendes Lächeln sah … »Na schön. In fünfzehn Minuten.«

»Eine Viertelstunde, einverstanden. McCoy Ende.«

Der Schirm wurde dunkel, und Kirk stöhnte leise. Er hatte viele Jahre in der Flotte verbracht und sich dabei an alles gewöhnt, nur nicht an die medizinischen Routineuntersuchungen. Er verabscheute sie mit der gleichen Leidenschaft wie andere Leute Zahnschmerzen und Steuern. Jims Lippen deuteten ein schiefes Lächeln an, das jeder Zahnarzt zu deuten gewußt hätte – von den Starfleet-Psychologen ganz zu schweigen –, sah dann auf den Schreibtisch und betrachtete das Durcheinander aus Datenblöcken und Aufzeichnungschips. Dieses eine Mal bedauerte er, daß überhaupt kein ›Papierkram‹ mehr existierte. Echtes Papier konnte man zerknüllen und verärgert in den Abfallkorb werfen. Die Aufgaben des Captains hatten Kirk sehr in Anspruch genommen, während jene vielen Daten gesammelt und ausgewertet wurden, die immer dann anfielen, wenn ein Starfleet-Schiff in kritischen Raumbereichen patrouillierte. Die körperliche Untätigkeit machte sich nun bemerkbar, vor allem an den Hüften; McCoy ließ es sich bestimmt nicht nehmen, deutlich darauf hinzuweisen.

Jim rückte einige Dinge zurecht, ohne daß sich dadurch etwas am allgemeinen Chaos auf dem Schreibtisch änderte. Er vermied es, ihn aufzuräumen – weil er darin ein schlechtes Omen sah, das auf einen ›verlängerten Landurlaub‹ hindeuten mochte. So wie beim letztenmal, als er zweieinhalb Jahre im Starfleet-Hauptquartier von San Francisco verbrachte, als Chef der Abteilung Einsätze. Er dachte in diesem Zusammenhang auch an den geradezu erbarmungslos leeren Schreibtisch von Flottenadmiral Nogura. Sein letzter Besuch in Noguras Büro hatte nicht länger als die drei erwarteten Minuten gedauert – genug für Kirk, um ›sein‹ Schiff zurückzubekommen. Jetzt versuchte er, es zu behalten.

»Herz, Atmung, Blutdruck, Reflexe – alles in Ordnung, Jim. Du hast natürlich zuviel auf den Rippen, aber das weißt du sicher. Das kommt davon, wenn man dauernd im Kommandosessel sitzt und der Sporthalle zu wenige Besuche abstattet.« McCoy warf einen letzten Blick auf die Anzeige des Diagnosegeräts und schaltete es dann aus. »Ich nehme an, du bist derzeit nicht im Dienst, oder?«

»Ich lasse mich seit einer Stunde auf der Brücke vertreten. Habe mich mit anderen Dingen beschäftigt.«

»Ich auch. Zum Beispiel damit, meinen Arbeitsplan auf den neuesten Stand zu bringen.« McCoy lächelte und öffnete den Getränkeschrank, der für ihn ebensosehr Berufswerkzeug war wie ein anabolischer Protoplaser. Leonard verwendete dieses spezielle ›Instrument‹ den Umständen entsprechend: mit Anteilnahme oder Sarkasmus. »›Man trinke den einen oder anderen Schluck Wein; tut dem Magen gut und hilft auch bei einem gebrochenen Bein.‹ Nun, in deinem Fall ist es noch nicht soweit. Aber wenn du in bezug auf deine Gesundheit auch weiterhin so unbekümmert bist ...«

»Es geht mir bestens.«

»Noch. Romulanisches Bier?«

»Willst du den Patienten kurieren oder umbringen? Du hast Wein erwähnt – und jetzt bietest du Verbotenes an?«

»Ich habe eine medizinische Koryphäe zitiert – deren Name mir leider entfallen ist. Außerdem: Der Doktor hat's als Arznei verschrieben. Und was der Doktor verschreibt, kann nicht verboten sein.«

Jim setzte sich an Leonards Schreibtisch, nahm ein Glas entgegen und beäugte den Inhalt argwöhnisch. Die Flüssigkeit schillerte saphirblau und wirkte völlig harmlos. Kirk wußte, wie sehr dieser Eindruck täuschte. Es gab viele Getränke, die auf den ersten Blick betrachtet so harmlos anmuteten wie destilliertes Wasser. *Aber keins von ihnen kann so verdammt gefährlich sein wie romulanisches Bier,* dachte der Captain, während ihm der erste Schluck durch die Kehle rann.

»Na, fühlst du dich besser?«

»›Besser‹ ist zwar nicht der richtige Ausdruck, die Antwort lautet trotzdem ›ja‹.« Jim stand auf und stellte das Glas so vorsichtig ab, als könnte es explodieren. Dann griff er nach der Uniformjacke. »Falls mich jemand sucht ... Ich bin im Freizeitraum Eins. Um zu sehen, wie's um die Crew steht, nachdem sie nicht mehr den Atem der Klingonen im Nacken spürt.«

»Gute Idee. Du hättest das Zeug zum Psychiater, Jim.«

»Ich habe bereits einen Job, Pille.« Kirk streifte die Jacke über und warf McCoy noch einen letzten Blick zu, als er zur Tür ging. »Ich bin Kommandant eines Raumschiffs, falls du's vergessen hast.«

Im Freizeitraum Eins ging es noch lauter und ausgelassener zu als sonst: Jene Besatzungsmitglieder, die derzeit nicht im Dienst waren, genossen es, sich endlich voll und ganz entspannen zu können. Kirk blieb – unbemerkt zuerst – in der Tür stehen, ließ den Blick durchs große Zimmer schweifen und kam sich dabei fast wie ein Vater vor. Diese Empfindungen regten sich immer häufiger in ihm, während er selbst älter und die neuen Mitglieder der Crew immer jünger wurden. Natürlich gab es auch Personen, die – obwohl sie wesentlich jünger waren – den Captain nicht veranlassen konnten, sich wie ein Vater zu fühlen. Es fiel Jim aus verständlichen Gründen schwer, in einem Sulamiden, Eyrenier oder in Lieutenant Nahrat so etwas wie einen ›Sohn‹ zu sehen.

Jim schmunzelte unwillkürlich, als er an Nahrat dachte, der wie ein wandelnder Felsen aussah. *Ihm fällt es nicht schwer, bei einer Pokerpartie ein steinernes Gesicht zu zeigen,* dachte er.

Natürlich spielte man hier im Freizeitraum Poker. Sogar gleich an drei Tischen. Hinzu kamen vier Schachspiele, eins davon eine explosive 4D-Version, die gerade ihre apokalyptische Endphase erreichte. Der Computer sorgte für eine angemessene akustisch-visuelle Untermalung: Figuren rangen miteinander und eliminierten sich gegenseitig, wobei es donnerte und krachte; hier und dort flackerten kleine Explosionsblitze. »Schach«, verkündete eine Stimme, als es erneut donnerte. Und dann: »Matt.« Es klang überaus zufrieden. Einige andere Besatzungsmitglieder verzichteten auf eine derart ›intellektuelle‹ Betätigung und sangen aus vollem Hals. Die Melodien berücksichtigen alle Z-Tonarten und verschiedene kontrapunktische *A-cappella*-Variationen. Ganz gleich, wie sehr sich die Sänger auch bemühten: Immer lagen sie um mindestens einen Halbton daneben. Der Text – wen wunderte es angesichts der aktuellen Situation, daß er Klingonen betraf? – paßte gut zur manchmal recht schrillen Melodie.

Ein solches Verhalten war typisch für das Ende eines Einsatzes im Bereich der Neutralen Zonen. Die Mischung aus Erleichterung und Humor bezog sich dabei mal auf Klingonen, mal auf Romulaner. Das gleiche Reaktionsmuster zeigte sich auch bei den einzelnen Holo-Spielen. Vor und während der Mission hatte Kirk Spiele gesehen, die auf den Dramen von vielen verschiedenen Welten basierten oder besonders lustig waren. Wer sich mit Kunst befaßte, richtete sein Interesse auf Darstellungsformen, die vom terranischen Postimpressionismus bis zum Vercingetorig-Architekturdesign reichten, das sich ebenfalls durch postimpressionistische Aspekte auszeichnete.

Jetzt, nach dem Ende des Einsatzes ...

Jim brauchte seinen Platz an der Tür überhaupt nicht zu verlassen, um zu wissen, welchen Spielen nun die Vorliebe der Anwesenden galt. Anfeuernde Rufe, Triebwerksdröhnen aus den Lautsprechern, das Fauchen energetischer Entladungen, krachende Explosionen... Das alles vermittelte eine unmißverständliche Botschaft.

Dieses spezielle Spiel hatte als ein sehr ernst gemeintes, von Andorianern entwickeltes Simulationsprogramm begonnen, das bei der Ausbildung von Piloten für interstellare Kurierschiffe helfen sollte. Die Subsysteme für Landung und Navigation entsprachen in allen Einzelheiten der Realität, was den Benutzern des Programms das Gefühl gab, tatsächlich an den Kontrollen eines kleinen Raumers zu sitzen. Doch irgendwann wandte sich irgend jemand – Kirk verdächtigte Sulu oder Chekov – an Harb Tanzer, und kurze Zeit später wies der Simulator eine weiteres Subsystem auf, das nichts mit dem ursprünglichen Zweck des Programms zu tun hatte.

Aus ›Flugtraining, 3D-Simulation Nr. 22715.33‹ –

so lautete der nicht gerade sehr phantasievolle Titel – wurde ein Spiel, bei dem es ebenso laut zuging wie bei den alten Arcade-Abenteuern und das sich als ›Raumkadett‹ großer Beliebtheit erfreute. Es war so ›realistisch‹, wie es eine sorgfältige Programmierung ermöglichte, doch bei den Kriterien für die einzelnen Raumschiffe war der Programmierer recht großzügig gewesen. Eine ähnliche Großzügigkeit hatte Sulu auch bei seinem berühmt-berüchtigten Programm *Simulierte Subraum-Manöver für interstellare Forschungsschiffe,* Version 3.0, walten lassen. Schließlich faßte er die Merkmale beider Spiele zusammen und optimierte dabei das Potential der jeweiligen klingonischen und romulanischen Kreuzer. Das Ergebnis: ›Raumkadett‹ war auf dem besten Wege, den Ruf zu erwerben, das schrecklichste Spiel im bekannten Universum zu sein.

Derzeit präsentierte das Holo-Feld fünf imperiale Schiffe, die gegen zwölf Starfleet-Einheiten antraten und dabei ungewöhnliche, sehr verwirrende Manöver durchführten. Die siebzehn Raumschiffe verhielten sich genau so, wie es in Wirklichkeit der Fall gewesen wäre. Um der Fairneß willen offenbarten die feindlichen Raumer nur das schlichte Graublau der imperialen Flotte; es fehlten die hübschen, gelben und schwarzen Warpgondeln, die eine von Sulus Programmsequenzen vorsah. Nun, abgesehen davon existierten keine Parallelen zur Realität. So konfrontierte die Simulation Spieler und Zuschauer nicht etwa mit der Lautlosigkeit des Alls, sondern zerriß ihnen fast die Trommelfelle: Musik; die angeblichen Geräusche von Phaserkanonen und Photonentorpedos; das Heulen von Triebwerken.

»Ja, Captain, es findet wieder eine Schlacht statt. Kaffee?« Harb Tanzer kam mit zwei Tassen Kaffee; eine bot er Kirk an, während seine Aufmerksamkeit auch weiterhin den zwölf Besatzungsmitgliedern galt, die gegen den vom Hauptcomputer gesteuerten Feind antraten.

»Danke, Mr. Tanzer.« Jim nahm die Tasse dankbar entgegen und hoffte, daß es ihm damit gelang, die Wirkung von romulanischem Bier auf leeren Magen wenigstens teilweise zu neutralisieren. »Sieht aus, als hätten Sie hier viel zu tun.«

Tanzer, Leiter der Freizeitabteilung, winkte mit der rechten Hand, vollführte damit eine Geste, die sowohl ›ja‹ als auch ›nein‹ bedeutete. »Die hiesigen Einrichtungen werden häufig benutzt, aber das ist nicht mit viel Arbeit für mich gleichzusetzen. Die meisten Leute wissen genau, auf welche Weise sie hier ihre Zeit verbringen wollen – sie brauchen keinen Rat von mir. Sehen Sie nur.«

Lieutenant Athende aus der Wartungssektion unternahm einen gewagten Vorstoß mit seinem Raumer und erzielte dadurch einen Treffer, der zum erstenmal Bewegung in den Punktestand brachte. Ein kurzer Fanfarenstoß erklang, gefolgt vom Jubel der Zuschauer. Der Sulamid rollte vier seiner Tentakel ein – eine Geste, die auf Zufriedenheit und Aufregung hinwies –, schloß drei der anderen um die Kontrollen der Konsole und rollte sein Schiff als Zeichen des Triumphes um die eigene Achse. Einer der klingonischen Kreuzer reagierte wie ein Hai in blutigem Wasser: Er drehte so jäh ab, daß bei einem echten Raumer nun die Andruckabsorber versagt hätten, raste heran und feuerte die bugwärtigen Intervallerkanonen ab. Athende vergaß seine Zufriedenheit und konzentrierte sich wieder darauf, das eigene Schiff vor der Vernichtung zu bewahren.

Die anderen imperialen Schlachtkreuzer folgten dem Beispiel des ersten Raumers, schwenkten ebenfalls zur Seite und richteten ihre Bugstrahler auf das Schiff des Sulamiden. »Oh, oh«, murmelte Kirk, als sich die Klingonen in Angriffsposition brachten. Wenige Sekunden später lachte er laut: Athende ›tauchte‹ und geriet dadurch aus der direkten Schußlinie. Mehr noch: Das klingonische Schiff ganz rechts sauste nun einem anderen auf Kollisionskurs entgegen. Die Gegner gaben ihre Formation auf und stoben in alle Richtungen davon. Aus dem Holo-Projektor drang eine Voder-Stimme und verkündete mit unüberhörbarem Sarkasmus: »Hurra!«, woraufhin ein neuer Fanfarenstoß ertönte – es klang nach Jazz-Trompeten voller Melasse.

»Die Musik war vermutlich Ihre Idee, oder?« fragte Jim, als die schrecklichen Echos verhallten.

Harb lächelte. »Das Simulationsprogramm an sich fand ich ausgezeichnet. Aber meiner Ansicht nach mangelte es der Spielversion an etwas.«

»Zum Beispiel an einer musikalische Belohnung, wenn die Spieler Punkte erzielen?«

»Warten Sie ab, bis jemand verliert, Captain. Das akustische Repertoire des Apparats beschränkt sich nicht nur auf Dröhnen, Zischen und Krachen. Es hält auch die eine oder andere Überraschung bereit.«

Damit schien Tanzer das Stichwort gegeben zu haben. Es kam zu einer weiteren ziemlich eindrucksvollen Explosion, als zwei Starfleet-Schiffe sich gegenseitig rammten – die Spieler an den Konsolen hatten es versäumt, ihre Kurse abzustimmen – und auch noch mit einem klingonischen Raumer kollidierten. Diesmal ertönte die vierfach beschleunigte Melodie eines Trauermarschs, gefolgt von einem hämischen Kichern.

Jim hob die Brauen und sah Harb an, der eine betont unschuldige Miene zur Schau trug. Doch in seinen Mundwinkeln zuckte es verräterisch. »Lieutenant Tanzer«, begann der Captain und sprach wie jemand, der seine Worte mit großer Sorgfalt wählte, »ich glaube, Sie sind krank.«

»Danke, Sir. Ich werde mir auch weiterhin Mühe

geben, gute Arbeit zu leisten.« Vielleicht hatte er noch etwas hinzufügen wollen, aber dazu kam er nicht. Ein unfeines Geräusch unterbrach ihn. Es kam nicht aus einer der Spielkonsolen, sondern aus dem Lautsprechersystem der holographischen Bühne. »Gut«, sagte Harb erleichtert. »Endlich funktioniert es.«

»Äh… Lieutenant… Sollte ich mich vor irgend etwas in acht nehmen?«

»Nein, Sir. Bei dieser Sache geht es um Mr. Freemans Bildverarbeitung. Sie erinnern sich bestimmt an das archivierte 2D-Material, das er vor einer Weile zu untersuchen begann.«

»Ja. Befaßt er sich noch immer damit? Ich dachte, die entsprechenden Informationen seien längst ausgewertet.«

»Nun…« Harb trank einen Schluck Kaffee. »Jerry meinte, daß die Chips für die Aufbereitung der Bilddaten gewisse Schwierigkeiten haben, und zwar beim Scannen, soweit ich weiß. Die Dinger lesen eben nur das Standardformat.«

»Und? In der Föderation werden nur noch Aufzeichnungen im Standardformat verwendet.«

»In der Föderation, ja«, erwiderte Harb geheimnisvoll. Er fügte keine Erklärung hinzu, aber Kirk ahnte, daß er bald alle gewünschten Antworten bekam.

Es rumpelte in den Lautsprechern, als sich Lieutenant Jerry Freeman räusperte. Er stand vor dem zentralen Kontrollpult der Holo-Bühne, in der einen Hand ein Mikrofon und in der anderen ein Datenmodul. Fast alle Personen im Freizeitraum blickten in seine Richtung, und selbst das Raumkadett-Spiel wurde unterbrochen. Jim stellte fest: Jene Besatzungsmitglieder, die ihn bemerkt hatten, teilten nun ihre Aufmerksamkeit zwischen ihm und Freeman. Sie schienen etwas Interessantes zu erwarten, das auch den Captain betraf.

»Freunde, liebe Besucher ...« Jerry lächelte mit der Zufriedenheit eines Mannes, der wußte, gute Arbeit geleistet zu haben. »Sie sind sehr geduldig gewesen. Jetzt ist es endlich soweit: *may'Duj BortaS!*«

Kirk hatte mit etwas Verblüffendem gerechnet, aber trotzdem gelang es ihm nicht, sein Erstaunen zu verbergen: Eine klingonische Space Opera sollte in der *Enterprise* gezeigt werden? Er stellte sich vor, noch einmal kehliges Tlhinganaaase zu hören, an Bord seines Schiffes ... Bisher hatte das immer Schwierigkeiten bedeutet, zumindest aber eine Störung der allgemeinen Routine. Jim lächelte, vielleicht nicht ganz so offen und erfreut, wie es Lieutenant Freemans Bemühungen verdienten. Aber der Captain dachte auch nicht an ihn und seine gelungene Datenkonvertierung.

Damals befanden wir uns ebenfalls in der Nähe von Starbase 12, dachte er. *Damals ... Zu jener Zeit besuchten viele Angehörige der gegenwärtigen Crew noch nicht einmal die Akademie. Und sie kannten Klingonen nur als Feinde, als durchtriebene, zu allem fähige Schurken. Viele Jahre sind seitdem vergangen, aber es erscheint mir wie gestern. Wie viele dieser Kinder haben* Der letzte Schachzug* *gelesen, bevor sie zum erstenmal eine Starfleet-Uniform trugen?*

Eins stand fest: Viele von ihnen hatten das Buch anschließend gelesen, und dadurch wurde ihr Interesse geweckt. Eine fiktive Handlung genügte nicht, um ihre Neugier zu stillen, und so besorgten sie sich zusätzliches Info-Material über die Klingonen und das Imperium. Nach den Logbüchern der Bibliothek zu urteilen, hatten die meisten Leseaktivitäten stattgefunden, während die *Enterprise* unweit der Neutralen Zone patrouillierte. Jim war davon unterrichtet

---

* Siehe ›Der letzte Schachzug‹ von John M. Ford, Heyne-Buch Nr. 06/4528 – *Anmerkung des Übersetzers*

worden und hielt es für angebracht, nicht nur dem Freizeitraum einen Besuch abzustatten, sondern auch der Krankenstation. Die Freizeitabteilung gehörte zur medizinischen Sektion, und Harb Tanzer unterstand direkt dem Bordarzt, soweit es Dinge betraf, die Einfluß auf das physische oder psychische Wohlbefinden der Besatzung entfalteten. Die Protagonisten des Buches *Der letzte Schachzug* – sowohl Terraner als auch Klingonen –, verhielten sich dann und wann auf eine Weise, die negative Folgen für die Moral der Crew nach sich ziehen mochte. Falls so etwas geschah, wollte Kirk rechtzeitig davon erfahren. Deshalb sprach er mit Tanzer und McCoy. Harb und Leonard beruhigten ihn, erklärten sich beide davon überzeugt, daß kein Anlaß zur Sorge bestand. Anschließend wandte sich Kirk anderen Dingen zu und dachte nicht mehr an diese Angelegenheit – bis jetzt.

»*Kampfkreuzer Rache?*« sagte Jim so leise, daß nur Tanzer ihn hörte. »Ist das ein Zufall?«

»Nicht unbedingt. Unsere Patrouillenmission hat bestimmt etwas damit zu tun, aber wie dem auch sei: Jene alten Aufzeichnungen stehen seit vielen Jahren als xenosoziologisches Material zur Verfügung – seit der Föderationsbotschafter im Imperium sie von der klingonischen Heimatwelt mitbrachte. Man schenkte ihnen kaum Beachtung. Bis Mr. Freeman beschloß, die Daten mit einem Konvertierungsprogramm zu verarbeiten.« Harbs amüsierter Gesichtsausdruck veränderte sich, wurde ernster. »Captain... Ich weiß von keinen Verwendungsbeschränkungen in Hinsicht auf Material, das zwar von Mächten außerhalb der Föderation stammt, jedoch nicht als geheim eingestuft wurde.«

»Meinen Sie zufälligerweise klingonische Space Operas?«

»*Insbesondere* klingonische Space Operas. Haben Sie Einwände gegen die Aufführung? Wenn Sie sich das Stück erst ansehen möchten, um...«

»Um herauszufinden, ob es sich um Propaganda handelt? Ob es die Moral bedroht? Oh, ich glaube, da brauche ich mir keine Sorgen zu machen.«

Erleichterung zeigte sich in Harbs Zügen, und wahrscheinlich galt sie Jerry Freeman. Jim hatte das Gesicht des Lieutenants gesehen, als er begriff, daß Captain Kirk bei der Premiere zugegen sein würde: Einerseits freute er sich und sah in der Präsenz des Kommandanten eine Art Kompliment; andererseits befürchtete er eine unmittelbar bevorstehende Degradierung oder gar noch Schlimmeres. Jim hob die Stimme, als er hinzufügte: »Mr. Tanzer, ich bezweifle, ob eine Space Opera – ob klingonisch oder nicht – der Moral *dieses* Schiffes abträglich sein kann.« Und noch etwas lauter: »Es kann losgehen, Lieutenant. Haben Sie auch an Popcorn gedacht?«

Auf der Liste hervorragender Scherze nahm diese Bemerkung bestimmt nicht den ersten Platz ein – Jim hatte einen langen, anstrengenden Tag hinter sich –, doch es ertönte lautes Gelächter. *Zu* lautes Gelächter. *Damit öffnet sich ein Ventil für die Anspannung,* dachte Jim. *Meine Güte, habe ich diese Leute allein durch meine Anwesenheit so sehr eingeschüchtert?*

»Sie sind nicht nur der Captain dieses Schiffes, sondern auch ein galaktischer Held, Sir«, sagte Tanzer. »Ihre Meinung zählt.«

Jim drehte sich abrupt um und blinzelte. »Haben Sie wieder einen Telepathiekurs belegt, Harb?«

»Ich habe nur eins und eins zusammengezählt, Sir. Und wenn Sie wirklich Wert darauf legen, Sir: Einer der hier installierten Lebensmittelsynthetisierer ist auf Popcorn programmiert.«

Abrupte, metallisch klingende Musik tönte aus den Lautsprechern und ließ einige Leute zusammenzucken. Jim neigte den Kopf ein wenig zur Seite und hörte fasziniert zu. Er dachte an seine Begegnungen mit Klingonen, an Gespräche und Kämpfe. Offenbar handelte es sich bei diesen Klängen um eine Art Titelmusik: Kirk hatte sich gerade erst an die seltsame Melodie gewöhnt, als er scharfe Stimmen vernahm. *Singende Klingonen,* fuhr es ihm durch den Sinn. *Wer hätte das gedacht?*

»Hichmey tuj, Som chuStaH...« Es ging um heiße Geschütze und einen vibrierenden Rumpf. Das ›Lied‹ – wenn diese Bezeichnung angemessen war – endete mit einem atonalen Gekreische aus Trompeten und rasselndem Schlagzeug. Stille folgte, sowohl auf der Holo-Bühne als auch beim Publikum, das weder applaudierte noch irgendeine Art von Kommentar abgab. Alle Anwesenden schienen so überrascht zu sein, daß es ihnen die Sprache verschlug.

Dann rief jemand aus dem rückwärtigen Bereich des großen Raums:

»He, Jerry! Sie haben nicht gesagt, daß hier etwas für Kinder aufgeführt wird! Ich möchte die Spielzeuge sehen!«

Alle lachten, auch Kirk. Es war schon eine ganze Weile her, seit die für Kinder bestimmten multimedialen Kanäle auf der Erde Sendungen präsentiert hatten, deren einziger Zweck oft darin bestand, bestimmte Spielzeuge zu verkaufen. Man bezeichnete so etwas als versteckte Werbung. Aber noch während Jim lachte, regte sich neuerliches Unbehagen in ihm, hervorgerufen von einem klingonischen Kriegsschiff, das durchs große holographische Projektionsfeld glitt. Die *Enterprise* war zu oft in Gefechte mit solchen Raumern verwickelt worden, als daß er einen solchen Anblick hätte gelassen hinnehmen können. Es gefiel dem Captain nicht, daß gerade die jungen Leute im Freizeitraum jenen Schlachtkreuzer nur als Teil einer Show sahen – obwohl es gerade ein Schiff der Constitution-Klasse zerstörte. Auch die *Enterprise* hatte zu dieser Kategorie gehört, bis zu ihrer Umrüstung. Nun, Pille versicherte zwar, daß für die Moral der

Crew nicht die geringste Gefahr bestand, aber das Lachen erschien Jim irgendwie ... ungesund.

Kurz darauf wiederholte es sich, und Kirk nahm es zum Anlaß, sich auf den übersetzten Dialog zu konzentrieren. Es wäre ihm nie in den Sinn gekommen, daß sich die Klingonen durch besondere Talente für Komödien auszeichneten, und tatsächlich gab es in diesem Fall keinen beabsichtigten Humor. Die ganze Sache war so unglaublich ernst, daß man sie nach einer gewissen Zeit einfach nicht mehr ernst nehmen konnte. Klingonische Offiziere fauchten ihre Befehle im Kampfcode; Mitglieder bestimmter Familien intrigierten gegen ihre Rivalen; Kommandeure setzten die Schiffe ihrer Flotten wie Spielfiguren auf einem *Klin zha*-Brett ein. Kampfkreuzer vernichteten sich gegenseitig in Filmsequenzen, die wie Werbespots einer Firma für Spezialeffekte wirkten – auf dem Freizeitdeck eines Starfleet-Schiffes schien so etwas fehl am Platz zu sein. Nie wurde gelächelt oder auch nur geschmunzelt; nie lockerte ein Scherz die immerzu düstere Stimmung auf. Den klingonischen Protagonisten ging es allein darum, Ruhm zu erringen.

Hier wird ein falsches Bild vermittelt, dachte Kirk. *Kor entsprach nicht diesem Bild, zumindest nicht ganz, und Koloth war völlig anders. Was hat diese sogenannte Space Opera zu bedeuten? Wagt es das Imperium nicht, beim Militär die Existenz von Humor zu zeigen? Oder gilt Humor gar als subversiv?* Der Captain zuckte andeutungsweise mit den Schultern.

Spock hätte ihm vielleicht eine rationale, logische und ausführliche Erklärung geben können, aber der Vulkanier befand sich in seinem Quartier. Vielleicht schlief er. Oder er erneuerte seine Kräfte mit einer meditativen Trance – der lange Einsatz war selbst für ihn anstrengend gewesen. Während der letzten drei Tage des Patrouillenfluges hatten einige von den Fernbereichssensoren ermittelten Daten darauf hingewiesen, daß *etwas* der *Enterprise* folgte: ein Objekt mit größerem energetischen Potential als ein Asteroid oder interstellarer Irrläufer. Außerdem: Normalerweise bewegten sich solche Himmelskörper nicht mit Warpgeschwindigkeit. Man versuchte vergeblich, den Ortungsschatten Details abzugewinnen, und schließlich fand Spock die Ursache des Phänomens: Datenechos in einem Elaborationschip. Der Erste Offizier brauchte siebenundsechzig Stunden, um dieses Untersuchungsergebnis zu erzielen, und während dieser Zeit legte er keine Pause ein. Bei einer so kritischen Mission konnten die Fernbereichssensoren natürlich nicht desaktiviert werden, und deshalb mußte Spock die Chips nacheinander prüfen, während ihre Funktion vorübergehend von Reservesystemen wahrgenommen wurde. An solchen Aktivitäten fand der Vulkanier Gefallen. Nein, das stimmte nicht ganz: Sie *gefielen* ihm nicht; er hielt sie für *erforderlich.* Er analysierte die Situation mit kühler Logik, und anschließend stellte er sich dem Gebot der Notwendigkeit.

Ein Klingone aus dem imperialen Volk stand auf der halb zerstörten Brücke einer besiegten romulanischen Kriegsschwalbe. Leibgardisten weilten in seiner Nähe, während er auf einige Romulaner hinabblickte, die vor ihm knieten und damit seinen Triumph anerkannten. *»SoH'Iv?«* fragte ein Rihannsu. »Wer sind Sie?« Der klingonische Captain stemmte die Hände an die Hüften, sah zu geborstenen Konsolen und blinden Bildschirmen. Dann lächelte er jenes Lächeln, das bei Klingonen nichts mit Freundlichkeit und Humor zu tun hatte.

»HoD Qotlh jIH«, sagte er. *»Qotlh BortaS. Je Dujvam tevwIj maj.«* Blecherne Musik schwoll zu einem Crescendo an, als das Bild erstarrte. Wenige Sekunden später wich die letzte Szene aus dem Holo-Feld.

Das Schiff ist meine Prise, dachte Kirk. Er hatte nie

die Möglichkeit bekommen, ein Schiff als Beute zu beanspruchen – so etwas ließ Starfleet nicht zu. Nun, es klang irgendwie verlockend: »Ich bin Captain Kirk. Kirk von der *Enterprise*. Und dieses Schiff ist meine Prise...« Nein. Ausgeschlossen. Jim lächelte fast wie ein Klingone. Vielleicht der Kirk in jenem Paralleluniversum, aber nicht hier. Zum Glück.

»Gibt es noch mehr solche Aufzeichnungen, Mr. Freeman?« fragte er, als der Lieutenant die Kontrollen der Konsole bediente. Freeman richtete sich ruckartig auf und merkte erst jetzt, daß der Captain den Raum durchquert hatte. Ein Datenmodul rutschte übers Pult, und er griff rasch danach, hielt es fest.

»Äh... es sind etwa zehn, Sir. Und sie befinden sich in der xenosoziologischen Abteilung.«

»Mr. Tanzer erwähnte es bereits. Sie haben gute Arbeit geleistet, wenn diese Aufzeichnungen ebenso beschaffen waren wie die rigelianischen vom letzten Jahr.«

»Danke, Sir.« Freeman räusperte sich, drehte das Datenmodul hin und her. Offenbar stimmte es ihn verlegen, vom Captain vor so vielen Personen gelobt zu werden. »Was den Rest betrifft, Sir... Sie wissen jetzt, worum es sich handelt. Haben Sie etwas dagegen, wenn ich auch das übrige Material für die bordinternen Unterhaltungskanäle vorbereite?«

Jim schüttelte den Kopf. »Nein, Mr. Freeman. Morgen früh weise ich in meinem routinemäßigen Logbucheintrag darauf hin. Ich wünsche Ihnen allen eine gute Nacht.«

»Danke, Sir. Und Ihnen ebenfalls eine gute Nacht.«

Die übrigen Besatzungsmitglieder murmelten Grüße, als Kirk in Richtung Turbolift schritt und sich dabei der überaus angenehmen Vorstellung hingab, unter die Bettdecke zu kriechen. Harbs Kaffee hatte einen Teil der Wirkung des romulanischen Biers aufgehoben, was Körper und Geist in die Lage versetzte, sich an die Müdigkeit zu erinnern und um sieben oder acht Stunden Schlaf zu bitten.

Er hatte den Turbolift fast erreicht, als der Kommunikator neben der Tür summte. Unmittelbar darauf erklang Uhuras Stimme: »Brücke an Captain Kirk.«

Für ein oder zwei Sekunden schloß Jim die Augen. *Ich fürchte, das Bett muß noch ein wenig warten,* dachte er.

»Kirk hier«, meldete er sich. »Freizeitdeck.«

»Es tut mir leid, Sie während Ihrer dienstfreien Zeit zu stören, Sir. Die Relaisstation Drei hat eine codierte Nachricht für Sie. Allein für den Captain bestimmt. Für die Entschlüsselung ist Ihr Berechtigungscode erforderlich.«

»Allein für den Captain bestimmt?« wiederholte Jim, und seine Müdigkeit verflüchtigte sich. Es handelte sich nicht um die höchste Geheimhaltungsstufe Starfleets, aber eine derartige Codierung wies darauf hin, daß es um etwas Wichtiges ging. »Nennen Sie mir die Zahlengruppen.« Er sprach ruhig und in einem neutralen Tonfall, ließ sich nichts von der in ihm erwachenden Aufregung anmerken.

»Code folgt.« Eine kurze Pause, und dann fügte Uhura hinzu: »111-69-201956-31.«

Notfall der Priorität eins. Großartig. Zwar drohte kein Krieg, aber irgendwo mußte etwas Unangenehmes geschehen sein. Immerhin hielt es Starfleet Command für angebracht, die 111-Kennung zu verwenden.

»Ich nehme die Nachricht in meinem Quartier entgegen, Uhura. Bitten Sie Commander Spock, Scott und Dr. McCoy, mir dort Gesellschaft zu leisten. Kirk Ende.«

Die Besatzungsmitglieder auf dem Freizeitdeck hatten den kurzen Wortwechsel anscheinend ebensowenig bemerkt wie die Veränderung im Gebaren des Captains. Wenn ihnen doch etwas aufgefallen sein sollte... Sie waren taktvoll genug, ihre Neugier zu verbergen.

Jim wartete auf die Transportkapsel und dachte dabei an verschiedene Möglichkeiten. Einige von ihnen erfüllten ihn mit erheblicher Unruhe. Zum Beispiel der V'ger-Zwischenfall. Auch jener Nachricht war eine 111-Kennung vorangestellt worden – obgleich er damals keine ›allein für den Captain‹ bestimmte Mitteilung bekommen hatte. Und dann die 111 bei der scheußlichen Sache mit den Romulanern, die Plasmaprojektor und Tarnvorrichtung testeten. Andererseits... Kirk lächelte, als sich die Tür vor ihm öffnete. Auch den Tribble-Alarm hatte man damals mit 111 klassifiziert. Jims Lächeln wuchs in die Breite. *Bereite dich auf das Schlimmste vor,* dachte er. *Doch verzichte nicht darauf, das Beste zu hoffen. Denn: Vielleicht bekommst du genau das, was du dir wünschst.*

Hinter ihm glitten die beiden Türhälften des Turbolifts zu, und die Transportkapsel setzte sich in Bewegung.

2

»Guten Abend, Captain«, sagte Spock, als Jim eine Korridorbiegung hinter sich brachte. Der Vulkanier stand vor der Tür seines Quartiers.

»Sie sind wie immer der erste, Mr. Spock«, erwiderte Kirk. Er war nicht nur der erste, sondern auch hellwach und tadellos gekleidet. *Und er ist nicht außer Atem,* stellte der Captain fest.

Was trotz der besonderen Umstände seinen Erwartungen entsprach. Die Kabinen der Senior-Offiziere befanden sich auf diesem Deck, doch die Unterkunft des Ersten Offiziers gehörte zu einer ganz anderen Sektion des Diskussegments der *Enterprise.* Der Grund dafür: Auf diese Weise sollte verhindert werden, daß bei einem Angriff die ersten beiden Kommandoebenen des Schiffes gleichzeitig eliminiert wurden. Von der Entfernung einmal ganz abgesehen: Spock hatte sicher geschlafen oder meditiert, als sich Uhura mit ihm in Verbindung setzte. Nun, solche Dinge blieben bei dem Vulkanier völlig ohne Bedeutung. Er schaffte es in jedem Fall, immer als erster zur Stelle zu sein.

»Ich bin bereits hier, weil ich mich an einem günstigen Ort aufhielt, als ich die Nachricht bekam, Sir. Darüber hinaus gaben mir die diagonalen Korridore Gelegenheit …«

»Schon gut, Spock. Es wäre Ihnen natürlich nie in den Sinn gekommen, durch die Gänge zu *laufen.*«

»Zu laufen, Sir? Nein. Angesichts der aktuellen Situation erscheint mir ein solcher Aufwand an physischer Energie unnötig.«

Wie müde Spock auch gewesen sein mochte, als er den Brückendienst beendete: Ganz offensichtlich hatte er die Ruheperiode gut genutzt. Ausdrucksweise und Tonfall wiesen darauf hin, daß er putzmunter war. *Wenigstens* einer *von uns, der nicht an akuter Erschöpfung leidet,* dachte Kirk, als er sein Quartier betrat und das Arbeitszimmer aufsuchte. *Bis ich eine Chance bekommen habe, endlich einmal auszuschlafen, muß Spock für uns beide denken.*

»Es hat sich ein Problem ergeben«, sagte er und forderte den Vulkanier mit einem knappen Wink auf, Platz zu nehmen. »Kategorie 111.« Jim verabscheute den melodramatischen Klang dieser Worte, und er brauchte gar nicht hinzusehen, um zu wissen, daß Spock eine Braue wölbte.

»Noch mehr Tribbles? Oder eine Kriegserklärung der Klingonen?«

»Keine Ahnung. Ich entschlüssele die Nachricht erst, wenn ...« Die Tür öffnete sich. »Wenn alle hier sind. Mr. Scott, Dr. McCoy ... Guten Abend.«

»So viel zu deinem Abend im Freizeitraum Eins, Jim«, erwiderte Leonard. »Ich vermute, du hast uns nicht zu einer Party eingeladen, oder?«

»Du vermutest richtig. Scotty ... Wie steht's mit dem Warptriebwerk?«

»Damit ist alles bestens, Sir.« Commander Scotts Schnurrbart geriet in Bewegung, als er sich ein dünnes Lächeln erlaubte. »In dieser Hinsicht sind keine Schwierigkeiten zu befürchten. Ich bin im Maschinenraum gewesen und habe alles selbst kontrolliert.«

»Hundertzehn Prozent Effizienz?« fragte Kirk.

»Nein, das nicht. Ich gebe mich mit hundert Prozent zufrieden.«

»Gut. Vielleicht brauchen wir sie.« Jim wandte sich dem Terminal zu und gab seinen Berechtigungscode ein. »Kommunikation, hier spricht der Captain. Bitte transferieren Sie die Nachricht. Kirk Ende.«

»Transfer beginnt jetzt«, ertönte die Antwort aus dem Interkom-Lautsprecher. Und fast sofort: »Übertragung komplett. Brücke Ende.«

Die Kontrollampe eines optischen Scanners leuchtete kurz auf – Kirks Netzhaut wurde abgetastet, um seine Identität zu verifizieren. Das war ungewöhnlich und damit auch beunruhigend: Normalerweise genügte der Berechtigungscode als ID-Nachweis. »Kirk, James T., Admiral«, erklang die monotone Voder-Stimme des Terminals. »Identität bestätigt. Verifikation abgeschlossen.«

Jim atmete tief durch. *Jetzt geht's los.* »Öffne die Nachrichtendatei.« Aus den Augenwinkeln sah er, wie sich die drei anderen Männer vorbeugten. »Akustische Ausgabe«, fügte er hinzu.

»An: Kirk, James T.«, ertönte es. »Admiral, Cmdr NCC-1701 *Enterprise*.«

Sein voller Rang wurde genannt – darin sah Kirk kein gutes Zeichen.

»Die Genehmigung für Landurlaub wird mit sofortiger Wirkung und für die Dauer dieses Einsatzes annulliert. Sie erhalten hiermit den Befehl, möglichst schnell die Koordinaten 00315/22970 Komma 816.83 anzusteuern. Dort warten die beiden weiter unten genannten Raumschiffe auf Sie. Unter Ihrem Kommando fliegen alle drei Einheiten mit hoher Geschwindigkeit zu dem Planeten 4725 Cancri IV, auch bekannt unter dem Namen Dekkanar. Die *Enterprise* fungiert dort als Eskorte: Angesichts der unterbrochenen diplomatischen Beziehungen zur planetaren Regierung wird eine SGE erforderlich. Achtung: Dies ist keine Übung. Gezeichnet: Mhoma, OX., Commodore, SFC 225 Iraz IV/Hodel. Kopie an: Farey, N., Cpt, Cmdr NCC-2360 *Vanguard;* North, G., Cpt, Cmdr, NCC-2382 *Sir Richard;* Johnson, T., Col, Cmdr

22 diplomatische Schutzgruppe; Morrow, R.H., Admrl., Stabschef (Einsätze) SFC Erde (Sol III/Terra). Weitere Daten folgen.«

»Stop«, sagte Kirk und berührte eine Schaltfläche, die den Schirm polarisierte. »Audio aus.« Er sah in drei nachdenkliche Gesichter, und sein Blick verharrte bei einem davon. »Pille? Möchtest du einen Kommentar abgeben?«

»Gönnt man uns denn überhaupt keine Atempause?« brummte der Arzt. »Meine Güte, wir müssen den Landurlaub beenden, noch bevor er begonnen hat. Und ich habe mich so sehr gefreut, endlich mal wieder festen Boden unter den Füßen zu bekommen.«

»Starbase 12 ist eine Raumstation, Doktor«, sagte Spock. »Selbst wenn wir den Begriff ›festen Boden‹ sehr großzügig auslegen: Von der Basis aus müßten Sie mindestens zwölf Komma zwei sieben fünf Lichtjahre weit reisen, um auf etwas zu stehen, und es wäre gefrorenes Methan, kein ›Boden‹ in Ihrem Sinn.«

»Ach, Spock, ohne Sie wäre ich wirklich aufgeschmissen.«

»Meine Herren ...« Jim sah, wie Scotty nach seinem Schnurrbart tastete – um ein Lächeln hinter vorgehaltener Hand zu verbergen. Er klopfte auf den Tisch, um die Offiziere zur Ordnung zu rufen. »Dies ist wohl kaum der geeignete Zeitpunkt für solche Bemerkungen. Nun, ich gehe davon aus, daß alle Abteilungen der *Enterprise* voll einsatzfähig sind. Allerdings weiß ich auch: Nach einem langen Patrouilleneinsatz neigt man dazu, die Pflichten etwas zu vernachlässigen. Daher meine Frage: Sind wir imstande, zum aktiven Status zurückzukehren und den in der Mitteilung erwähnten Erfordernissen gerecht zu werden?«

»Die wissenschaftlichen Abteilungen sind voll einsatzbereit, Captain. Commander Uhura und Commander Chekov haben gestern den gleichen Status bei Kommunikation und Verteidigung gemeldet.«

»Ich habe mir vorhin mit dem Hinweis aufs Warptriebwerk keinen Scherz erlaubt, Captain«, ließ sich Scott vernehmen. »Wir können bis auf Warp zehn beschleunigen, wenn's notwendig wird.«

»Dr. M'Benga arbeitet derzeit an einer allgemeinen medizinischen Übersicht«, meinte McCoy. »Von den vierhundertneunzig Besatzungsmitgliedern ist niemand krank. Der Bericht steht dir in einigen Stunden zur Verfügung. Als Doktor muß ich dich jedoch warnen: Wenn du vorhast, bis dahin wach zu bleiben ...«

»Nein, Pille. Ich bin fest entschlossen, an der Matratze zu horchen. Aber erst dann, wenn wir uns in bezug auf die neuen Order einig sind. Nun, ich schätze, wir können sowohl den Empfang der Nachricht als auch unsere Bereitschaft bestätigen. Hören wir uns jetzt an, was die *Enterprise* erwartet. Audio ein. Ausdruck für die wissenschaftliche Sektion. Ausführung.«

Jims Verdacht bestätigte sich: Es schien sich mal wieder um eine Mission zu handeln, bei der man jede Menge Fingerspitzengefühl brauchte. Nach einem unblutigen Staatsstreich auf 4725 Cancri IV hatte die neue dekkanarische Regierung das Föderationspersonal, alle Familienangehörigen und andere Außenweltler ausgewiesen. Auf den ersten Blick betrachtet, ging es nur um eine schlichte SGE – um eine »von Starfleet geschützte Evakuierung«, bei der die *Enterprise* als Eskorte fungieren sollte. Das Ausbildungskorps liebte so etwas – aber in diesem Fall war es keine Übung.

»Captain«, begann Scott, »wenn sich die neuen Machthaber weder die Föderationseinrichtungen auf dem Planeten noch unsere Installationen im Orbit unter den Nagel gerissen haben... Dann fällt diese Angelegenheit in den Zuständigkeitsbereich von Diplomaten und Politikern. Bei der Ausweisung hätte man sicher eine wesentlich schärfere Formulierung gewählt, wenn es nicht darum ginge, hinsichtlich der Föderationspräsenz auf dem Planeten neue Vereinbarungen zu treffen. Letztendlich geht es den Dekkanari wahrscheinlich nur darum, bessere Bedingungen für sich auszuhandeln, Mit anderen Worten: mehr Geld.«

Spock legte die Datenfolien auf den Tisch, preßte dann die Fingerspitzen aneinander und hob die Hände zu den Lippen. Er überlegte einige Sekunden lang, bevor er sagte: »Zweifellos existiert bei diesem Problem ein diplomatisches Element. Aber wenn das Ziel zunächst allein darin bestand, der Föderation finanzielle Zugeständnisse abzuringen, so führen die jüngsten Ereignisse zu Komplikationen. Sie stimmen mir sicher zu, wenn ich hier feststelle, daß die sogenannte Phalanx für die dekkanarische Unabhängigkeit – beziehungsweise PDU – eine bemerkenswerte Organisation ist.«

»Und ob! Auch wenn sich die Brüder noch so wohlklingende Namen geben: Es sind Terroristen! Solche Burschen treten immer in Erscheinung, wenn so etwas passiert!« McCoy deutete verärgert zum Bildschirm vor Kirk. »Und wißt ihr, wozu das gegenwärtige Getue dient? Vor dem Staatsstreich gelang es den Burschen nicht, sich einen Namen zu machen, und deshalb versuchen sie, das jetzt mit hartem Durchgreifen nachzuholen. Damit wollen sie nur Eindruck schinden und sich in eine bessere Verhandlungsposition bringen.«

»Die Anwendung von Gewalt, um politische – oder angeblich politische – Ziele zu erreichen, hat leider einen ausgeprägten historischen Hintergrund«, sagte Spock. Sein Gesicht war wie üblich ausdruckslos. »Das gilt auch für Vulkan. Gewalt erregt Aufmerksamkeit, und Aufmerksamkeit bildete ein Werkzeug, mit dem sich Einfluß und Macht erreichen läßt.«

Jim schwieg zunächst und hörte der Diskussion zu. Das Gespräch seiner Offiziere vermittelte ihm einen weitaus besseren Eindruck von der Lage als irgendwelche Datenanalysen.

»Ich schätze, deshalb hat Starfleet beschlossen, uns in den Einsatz zu schicken, Mr. Spock«, sagte er schließlich. »Speziell ausgebildete Leute kümmern sich um die eigentliche Evakuierung – während die *Enterprise* im Orbit bleibt und allein durch ihre Präsenz Aufmerksamkeit auf sich lenkt. *Ohne* direkt einzugreifen.«

Kirk drückte einige Tasten und wies den Computer damit an, weitere Daten auf den Schirm zu projizieren. »Meine Herren ... Bei der bevorstehenden Mission müssen sowohl die beteiligten Starfleet-Schiffe als auch das Evakuierungspersonal die Allgemeine Order 12 beachten, insbesondere den Abschnitt sieben Komma eins, der die Interventionsregeln betrifft. Wir dürfen praktisch nur anwesend sein – damit hat es sich. Die Verwendung von Waffen ist ebenso verboten wie die von Schilden und Deflektoren. Außerdem: Wenn sich die Lage noch mehr zuspitzt, könnte die Allgemeine Order 1 in Kraft treten, und in diesem Fall würde die Erste Direktive für uns bedeuten: Verschwindet und mischt euch nicht ein. Womit wir bei den Klingonen wären.«

»Ein Unglück kommt selten allein«, brummte McCoy.

Jim warf ihm einen kurzen Blick zu und lächelte schief. »Das stimmt leider. Es geht nicht nur um die Klingonen, sondern auch um die Orioner. Zwei Völker, die ... nicht zur Föderation gehören, um es vorsichtig auszudrücken. Und ihre Einflußsphären reichen so nahe an 4725 Cancri heran, daß Starfleet den beiden uns feindlich gesinnten Mächten keine Gelegenheit geben möchte, Dekkanar aufgrund unserer Fehler zu übernehmen.«

»Vielleicht denken die Orioner und Klingonen bereits darüber nach, wie so etwas zu bewerkstelligen wäre.« Spock blätterte in den Unterlagen, blickte etwas länger auf eine bestimmte Folie hinab und runzelte dabei andeutungsweise die Stirn. Dann legte er die Ausdrucke wieder auf den Tisch. Die ganze Zeit über blieb seine Miene eine steinerne Maske. »Wenn sie eine Einladung bekommen ...«

»Vielleicht von ihrem eigenen Geheimdienst.« Scotty blickte auf den Monitor und schnitt eine Grimasse. »Ich wußte gar nicht, daß sich die Feuerkette auch hier erstreckt, Captain.«

»Die Feuer-*was?*« McCoy beugte sich über die Schulter des Chefingenieurs, starrte auf den Schirm und winkte verärgert. »Verdammt, Jim, ich bin Arzt, kein Soldat! Ich wäre euch sehr dankbar, wenn ihr endlich mit dem militärischen Jargon aufhören und mir erklären könntet, was eigentlich los ist.«

Jim streckte sich ein wenig und spürte bleierne Müdigkeit in den Knochen. Im Nacken stach etwas. *Ein Zeichen?* dachte er. »Was los ist? Es gibt Schwierigkeiten, Pille. Computer: Terminal aus. Großer Holo-Schirm ein. Zeige alle Sonnensysteme in den folgenden Sektoren ...« Er nannte die entsprechenden Koordinaten und beobachtete dann, wie Sterne und Daten im Projektionsfeld an der Rückwand des Arbeitszimmers erschienen.

»Ziel einblenden.« Der Planet 4725 Cancri IV glühte blau. Kirk streckte die Hand ins dreidimensionale Display, und Dekkanar glitt ihm durch die Finger. »Berechtigungscode wie zuvor: Kommandostufe, Klassifikation eins drei-A drei. Zeige und klassifiziere die Fernbeobachtungs- und Frühwarneinrichtungen der Föderation im gleichen Raumbereich. Codename Feuerkette.«

Mehr als vierzig weitere Objekte leuchteten im Projektionsfeld auf: automatische Drohnen; Satelliten, ausgestattet mit einem Äquivalent der romulanischen Tarnvorrichtung (damit war es möglich gewesen, die drei klingonischen Kampfschiffe zu Beginn der V'ger-Krise zu beobachten); falsche Asteroiden; und echte, zum größten Teil ausgehöhlt, um moderne Technik aufzunehmen. Ein Planet schimmerte einem blauroten Edelstein gleich an Jims Zeigefinger.

McCoy betrachtete die Darstellung lange Zeit, hob den Blick und musterte seine Begleiter mit einer Mischung aus Erheiterung und Resignation. »Aha«, sagte er. »Dekkanar steckt mittendrin. Ebenso wie wir.«

Jim schwieg, und Scotty räusperte sich. Sie sahen zu Spock, der daraufhin *beide* Brauen wölbte und kurz die Lippen zusammenpreßte – um nicht kummervoll zu lächeln? »Sie möchten Erklärungen«, sagte er. »Nun gut. Captain, wenn ich Ihr Terminal benutzen darf, um dem Computer Anweisungen zu übermitteln ...«

»Selbstverständlich.«

»Computer, hier spricht Commander Spock, der wissenschaftliche Offizier. Zugangsberechtigung nach Klassifikation zwei eins-B drei.«

»Identität bestätigt. Verifikation abgeschlossen.«

Kirk hatte es schon vorher bemerkt, und nun hörte er es erneut: Wenn die Sprachprozessorstimme dem Vulkanier antwortete, so schien sie sanfter und freundlicher zu klingen. *Deine Phantasie spielt dir einen Streich,* dachte Jim.

Spocks Finger huschten über die Tasten, und dreidimensionale Karten erschienen im Projektionsfeld, zusammen mit zusätzlichen Daten und bunten Markierungssymbolen. Schließlich sah er vom Tischmonitor auf, blickte zum großen Darstellungsbereich und drückte eine letzte Taste, die wieder die ursprüngliche Sternenkarte auf den Schirm rief.

»Die Einrichtungen auf Dekkanar sind im großen und ganzen noch immer das, was sie ganz zu Anfang waren: Teil des vor siebenunddreißig Standardjahren begonnenen Programms zur Stimulation der industriellen Entwicklung. Nun, in den Jahren nach dem Beginn des Projekts und vor dem Frieden von Organia wurde es notwendig – ich zitiere –, ›eine Überwachungsstation im System von 4725 Cancri zu bauen, um angesichts der Nähe zum klingonischen Imperium eventuelle gegnerische Kampfverbände rechtzeitig zu orten‹. Zum Zeitpunkt der Konstruktion zog man nicht die Möglichkeit in Betracht, eine vollautomatische Basis einzurichten. Es gibt noch einen zusätzlichen Hinweis.«

Zu Jims großer Überraschung blickte Spock wieder auf den Monitor – normalerweise brauchte der Erste Offizier keine Gedächtnisstütze. »Er betrifft falsch interpretierte DEWline-Daten. Die Auswertung nahm ILLIAC-Vier für NORAD und SAC im Stone Mountain vor – im späten zwanzigsten Jahrhundert auf der Erde.« Ein subtiler Unterton in der Stimme des Vulkaniers machte deutlich, daß er nichts von dieser Fülle an Akronymen hielt. Erneut wölbte er die Brauen und schien seinerseits eine Erklärung zu erwarten.

»DEW – so lautete die Kurzbezeichnung für das erste Frühwarnsystem«, sagte Jim. Er lächelte müde. »Im späten zwanzigsten Jahrhundert auf der Erde lag die Entdeckung der Kernspaltung noch keine fünfzig Jahre zurück, Spock.«

»Danke, Captain. Und die anderen Abkürzungen?«

Jim wand sich innerlich hin und her. Er vermutete, daß Scotty und Pille ähnlich empfanden. Auf jene Epoche der terranischen Geschichte konnte man kaum stolz sein. »Manchmal...« Kirk suchte nach den richtigen Worten. »Manchmal unterliefen den Computern der Frühwarnsysteme Fehler«, fuhr er fort. »Zum Beispiel bei Situationsbewertungen. Die fehlerhaften Daten wurden an Offiziere weitergeleitet, die auf dieser Grundlage Entscheidungen treffen mußten. In einigen Fällen erteilten sie den Befehl, Raketen oder Bomber startklar zu machen. Zu vielen derartigen Fehlern kam es, wenn die Frühwarnsysteme auf Passagierflugzeuge reagierten, die vom Kurs abgekommen waren. Es heißt sogar, einmal hätte ein Zugvogelschwarm fast einen Krieg ausgelöst.«

Der Captain lehnte sich im Sessel zurück und starrte ins Leere. »Damals standen wir mehrmals dicht vor dem Abgrund. Hin und wieder kam die Entwarnung erst eine ganze Weile nach dem Start der Bombenflugzeuge. Selbst jetzt, einige Jahrhunderte später, ist es alles andere als angenehm, darüber nachzudenken.«

»Unglücklicherweise handelt es sich um eine typische Entwicklungsphase«, erwiderte Spock. »In diesem Zusammenhang verstehe ich den Grund für die Notwendigkeit von Personal in der dekkanarischen Station.«

»Dort arbeiten Dekkanari«, warf McCoy ein.

»Natürlich, Doktor.« Spocks Gesicht blieb auch jetzt ausdruckslos. »Der Planet gehört *ihnen*. Die Repräsentanten der Föderation sind dort nur zu Gast.«

»Aber jetzt läßt die Gastfreundschaft der Dekkanari zu wünschen übrig.«

»In der Tat«, pflichtete Spock dem Arzt bei. »Wenn wir darüber mit den neuen Machthabern reden, so erfährt auch die andere Seite davon. Die Nähe des Planeten zum Imperium erweist sich nun als zweischneidiges Schwert.«

»Lieber Himmel, sehen Sie sich die Karte an!« entfuhr es McCoy. »Es kann wohl kaum sehr schlimm sein, wenn ein Element in einer Kette aus vierzig oder fünfzig Gliedern fehlt.«

»Oh, ich fürchte da irren Sie sich«, sagte Scott. »Wir reden hier nicht von *irgendeinem* Element, sondern von der *Haupt*station. Von dort aus werden alle anderen Systemkomponenten kontrolliert.« Die Aufregung des schottischen Chefingenieurs wuchs, was nicht ohne Folgen für seine Ausdrucksweise blieb: Der klare Edinburgh-Akzent wich dem undeutlicheren Dialekt, der in Glasgow und in den Clyde-Werften gesprochen wurde – dort, wo Scotty die Grundlagen seines Berufs gelernt hatte. »Ohne jene Station läßt sich mit den Orbitaldrohnen und so weiter kaum was anfangen. Die Jungs vom klingonischen Geheimdienst würden sich bestimmt darüber freuen, den ganzen Laden zu übernehmen. Woraus folgt: Entweder gehen wir *sehr* diskret vor und überlassen es den Politikern, wieder Ordnung zu schaffen – oder wir beamen alles an Bord, Teil für Teil. Eine andere Lösung für dieses Problem gibt es nicht.«

»Was hielte die neue dekkanarische Regierung – beziehungsweise die PDU – davon, wenn wir von der zweiten Möglichkeit Gebrauch machen, ohne vorher um Erlaubnis zu bitten?« fragte Kirk. »Was ohnehin sinnlos wäre, da wir ganz sicher keine Genehmigung bekämen.« Jim sah den Arzt an. Er erhob keine Einwände, wenn Leonard in die Rolle des Gewissens der *Enterprise* schlüpfte, aber wenn es dabei um ganz Starfleet Command ging, sah die Sache etwas anders aus. Dann trieb es Pille zu weit.

McCoy ließ zischend den Atem entweichen, lehnte sich zurück und schien regelrecht zu erschlaffen. »Tja, ich schätze, im Augenblick sind die Dekkanari nicht bereit, auf die Stimme der Vernunft zu hören. Vermutlich würden sie jeden Vorwand nutzen, um sich auf die Erste Direktive zu berufen und anschließend die

Klingonen einzuladen – nur um uns zu ärgern.« Er lächelte schief. Offenbar gelang es ihm nun, die Angelegenheit mit etwas Humor zu sehen. »Das mit dem Frühwarnsystem ist also geheim. Und dabei soll's auch bleiben.«

Kirk nickte und lächelte ebenfalls. Ein Verlust der planetaren Basis wäre schlimm genug. Aber sie ausgerechnet ans Imperium zu verlieren... Schlimmer konnte es gar nicht kommen.

Er stellte sich die Begeisterung der Klingonen vor.

Ihre Diplomatie würde versuchen, politischen Druck auszuüben, durch die Organianer und auf andere, scheußlichere Weise. Und ob Einladung oder nicht: Bestimmt trafen die Klingonen nur einen Tag nach der Abreise des Föderationspersonals auf Dekkanar ein. Ganz zu schweigen von den Romulanern, die Föderationsprobleme immer als eine gute Gelegenheit erachteten...

Die Unruhe in Jim wuchs.

»Nun, wir sollten den Stein ins Rollen bringen«, sagte er. »Ich entschuldige mich bei allen, die gerade den Dienst beendet haben, aber ich erneuere hiermit unseren aktiven Status. Danke. Das wär's.« Er schaltete den Tischkommunikator ein. »Achtung, an alle. Hier spricht der Captain. Ich habe Ihnen folgendes mitzuteilen: Der Landurlaub wurde verschoben. Die *Enterprise* ist mit einer neuen Mission beauftragt, die voraussichtlich zehn Tage dauern wird. Kirk Ende.«

»Das war ziemlich abrupt«, meinte McCoy von der Tür her. Spock und Scott hatten das Quartier bereits verlassen.

»Mag sein«, erwiderte Jim und wußte, daß Leonard recht hatte. »Es spiegelt meine Gefühle wider. Ich habe mich ebenso wie alle anderen darauf gefreut, ein wenig auszuspannen.«

»Ja. Ich könnte mir einen besseren Abschluß für unseren Einsatz vorstellen, Jim. Ein nachrichtendienstliches Durcheinander aufzuräumen… Dabei riskiert man, ins sprichwörtliche Wespennest zu stechen.«

»Jemand muß sich darum kümmern, und wir sind in der Nähe.«

»Aber wir sind nicht nahe genug, um *sofort* zu beginnen. Was für dich bedeutet: ab ins Bett.«

»Ich muß…«

»… schlafen.«

»Sobald ich die Post erledigt habe und sicher sein kann, daß die *Enterprise* unterwegs ist. Einverstanden?«

»Na schön. Ich bleibe noch eine Weile hier. Um auf Nummer Sicher zu gehen.«

Jim seufzte schwer. »Manchmal klingst du wie meine Mutter, Pille.«

»Oh, ich bin viel schlimmer als deine Mutter, Captain.« McCoy lächelte einmal mehr und nahm neben Kirks Bett Platz. »Ich bin dein *Arzt*.«

»Wie wär's mit einem eigenen Schiff, Pavel?«

»Nun, was soll schon damit sein? Ich weiß noch nicht einmal, ob ich zur *Nelson* oder *Reliant* versetzt werde, und Sie sprechen bereits von einem eigenen Kommando. Das ist doch absurd!« Pavel Andreijewitsch Chekov, der im Kontrollraum den wissenschaftlichen Offizier vertrat, ruderte mit den Armen. »Außerdem: Wenn ich die Wahl hätte, würde ich mich für ein Schiff mit einem ordentlichen russischen Namen entscheiden, zum Beispiel *Sacharow, Gorbatschow* oder *Tolstoi*.«

»*Potemkin* klingt ebenfalls nicht schlecht«, entgegnete Sulu. »Oder *Minsk*.«

»Wenn mir etwas an solchen Schiffen läge, brauchte ich mich gar nicht versetzen zu lassen.«

Bevor die Nachricht für Captain Kirk eintraf, hatten sie über den bevorstehenden Landurlaub gesprochen. Jetzt war dieses Thema tabu, da es nur Enttäuschung brachte. Bei den Gesprächen ging es nun um Beförderungen, Versetzungen und die Frage, ob der nächste Patrouillenflug interessanter sein mochte als der letzte – langweiliger konnte er wohl kaum werden. Nur drei gedämpfte Stimmen erklangen auf der Brücke, die der ›alten Hasen‹. An den anderen Stationen saßen Fähnriche und ein Lieutenant. Sie alle blieben stumm, wagten es nicht, sich in den freundlichen Wortwechsel der ›lebenden Legenden‹ einzumischen.

Kurz darauf ertönte ein vertrautes Pfeifsignal aus den Interkom-Lautsprechern an Bord. »Achtung, an alle. Hier spricht der Captain. Ich habe Ihnen folgendes mitzuteilen: Der Landurlaub wurde verschoben ...«

Sulu atmete tief durch und widerstand nur mit Mühe der Versuchung, enttäuscht zu stöhnen. »Sie haben die Wette gewonnen«, flüsterte er Chekov zu. »Ich schulde Ihnen zehn Credits und einen Drink. Wir sollten das hinter uns bringen, solange Sie noch zur Besatzung der *Enterprise* gehören. Wer weiß, wann wir erneut die Möglichkeit bekommen, zusammen einen zu heben.«

»Aber bieten Sie mir bloß keinen Sake an. Ich möchte *Wodka*.« Chekov sah zu Fähnrich Penney, die an den Kontrollen der Waffen- und Verteidigungssysteme saß – während des gerade beendeten Einsatzes hatte sie sich noch mehr gelangweilt als alle anderen. »Zustandskontrolle, Fähnrich«, sagte er. »Bringen Sie die Phaserbänke auf Betriebstemperatur. Und überprüfen Sie den Energietransfer vom Warptriebwerk. Sorgen Sie dafür, daß energetische Entladungsschübe zu den Photonentorpedos umgeleitet werden. Und wenn das nicht möglich sein sollte ... In dem Fall schreien Sie laut.«

Nach der Umrüstung waren die Phaser direkt mit dem Haupttriebwerk verbunden – eine Innovation, mit der sich Chekov nicht anfreunden konnte. Wenn eine Komponente der *Enterprise* beschädigt wurde, so fiel auch die andere aus. Die Photonentorpedos stellten eine gute Waffe dar, aber sie genügten nicht, um das Schiff auf wirkungsvolle Weise zu verteidigen.

»Klingonen?« fragte er den Rest der Welt. Einige der übrigen Anwesenden sahen kurz von ihren Pulten auf.

»Nicht so tief im stellaren Territorium der Föderation.« Sulu klang zuversichtlich, wie jemand, der nicht daran zweifelte, zehn verlorene Credits zurückzugewinnen.

»Station K-Sieben war noch weiter von der Grenze des Imperiums entfernt«, sagte Chekov leise. »Ebenso wie Organia.«

Uhura winkte plötzlich, forderte ihre beiden Kollegen mit dieser Geste auf, still zu sein. Mit der anderen Hand hob sie den Datencoder ans Ohr. »Die Schirme«, hauchte sie, leise genug, damit ihre Stimme nicht von den Audiosensoren der Kom-Station erfaßt wurde. »Datenübertragung.«

Kirks Stimme erklang. »Übermitteln Sie Commodore Nhoma folgende Nachricht: ›Betreff: Ihre Mitteilung. Schilderung der Situation zur Kenntnis genommen. *Enterprise* einsatzbereit.‹ Fügen Sie die üblichen Grüße und so weiter hinzu. Klassifikation: Antwort der Priorität Eins. Stellen Sie Kopien der Mitteilung und dieser Nachricht den Leitern aller Sektionen zur Verfügung. Fragen und Kommentare sind an Mr. Spock zu richten.«

Uhuras Finger berührten Schaltflächen, und sie wartete, bis die Bestätigungsanzeigen aufleuchteten. »Nachricht gesendet, Sir.«

»Danke, Commander.« Ein seltsames Geräusch kam aus Uhuras Datencoder, und zunächst konnte sie es nicht deuten. Dann begriff sie: Der Captain hatte gegähnt. »Transferieren Sie die von Commodore Nhoma genannten Koordinaten ins Navigationssystem. Unser Kurs soll entsprechend geändert werden. Warptransit mit Faktor acht Komma fünf. Ich ...« Kirk gähnte erneut, lauter als beim erstenmal. »Ich glaube, das wär's zunächst. Gute Nacht. Kirk Ende.«

»Aye, Captain. Gute Nacht, Sir.« Uhura nahm den Datencoder aus dem Ohr und legte ihn neben den Sichtschirm aufs Pult. Sie las die Worte auf dem Monitor und murmelte etwas. Unter bestimmten Umständen ließ sich mit ihrer Muttersprache Kisuaheli nur wenig anfangen: Es mangelte ihr an geeigneten Flüchen. *Es geht wieder los,* dachte Uhura und stellte eine Verbindung zum Navigationssystem her.

Eine kaum spürbare Vibration im Deck wies darauf hin, daß die *Enterprise* beschleunigte. Die dunkelhäutige Frau an den Kom-Kontrollen warf noch einen letzten Blick auf die Anzeigen, bevor sie sagte: »Bitte übernehmen Sie, Mr. Mahase.« Dann stand sie auf und ging zum Befehlsstand. Sulu hatte den neuen Kurs unmittelbar nach dem Transfer der Koordinaten programmiert, und die *Enterprise* entfernte sich nun von Starbase 12, kehrte in die leere Dunkelheit im Bereich der Neutralen Zone zurück.

Uhura nahm im Kommandosessel Platz und betätigte einige Tasten der in die Armlehne integrierten Kontrolleinheit. Das Bild auf dem Wandschirm wechselte und zeigte eine Sternenkarte. Eine Zeitlang betrachtete sie die Darstellungen und schüttelte dann den Kopf. Die Sonne namens 4725 Cancri hatte sieben Trabanten, doch nur einer davon war bewohnt: Dekkanar. Was den Rest betraf ... Entweder herrschte auf den Planeten so enorme Hitze, daß Metall Seen bildete, oder sie bekamen aufgrund der großen Entfernung so wenig thermische Energie vom Zentralgestirn, daß selbst Gase auf ihnen gefroren. Es handelte sich um ein ›unordentliches‹ System: Es gab einen breiten Gürtel aus Asteroiden und Meteoren, vermutlich Reste eines geborstenen achten Planeten. Einige kosmische Trümmerstücke waren massiv genug, um Ausweichmanöver zu erfordern – immerhin eigneten sich die normalen Navigationsschilde der *Enterprise* nur dafür, Meteoriten und dergleichen vom Schiff fernzuhalten. Größere Hindernisse konnten nach der Ortung mit den peripheren Deflektoren aus der Flugbahn gedrängt werden. Allerdings: Die Allgemeine Order 12 verbot den Einsatz von Schilden, und im Innern des Sonnensystems durften sie nicht mehr mit einem einwandfreien Funktionieren der Sensoren rechnen.

In diesem Zusammenhang hielt 4725 Cancri eine weitere Überraschung parat. Die Sonne war ›schmutzig‹ – ein geringfügig instabiler Stern vom Typus F2, von dem ständig ionisierte Strahlung ausging. Derzeit herrschte bei ihm starke Sonnenfleckenaktivität, was besonders intensive Emissionen zur Folge hatte. Sie störten alle hohen Frequenzen und beeinträchtigten damit die Funktionsweise der Navigationssensoren. Es gab nur zwei Lösungen für dieses Problem: Entweder setzte man die Sensoren mit maximaler Sondierungsenergie ein, oder man aktivierte leistungsfähigere Systeme, die dazu bestimmt waren, Störimpulse – ob natürlichen oder künstlichen Ursprungs – zu überlagern. Doch diese Möglichkeit konnten sie nicht nutzen, und der Grund dafür lag ebenfalls bei den Vorschriften der Allgemeinen Order 12. Hochenergetische Sensoren galten als militärische Technik, und daher bezog sich das in AO Zwölf formulierte Verbot auch auf sie. Nach den gegenwärtig gültigen Interventionsregeln konnte die Verwendung solcher Geräte als ›Provokation‹ interpretiert werden.

Hoffentlich ist das Cancri-System gut kartographiert, dachte Uhura. *Andernfalls steht uns ein interessanter interplanetarer Flug bevor …* Sie aktivierte ein Simulationsprogramm, gab die aktuellen Parameter und Beschränkungen ein. Anschließend beobachtete sie, wie das Programm eine Kurselaboration vornahm: Kurven und Linien bildeten ein komplexes Muster, endeten an einem Bogen, der den geosynchronen Orbit symbolisierte. Uhura verzog das Gesicht. Ganz gleich, aus welcher Richtung man kam: Praktisch jeder interplanetare Flug war ›interessant‹.

»Sieht vielversprechend aus.« Chekov hatte die Simulation beobachtet, und ihr Ergebnis gefiel ihm ebensowenig wie Uhura. »Die *Vanguard* und *Sir Richard* leisten uns bei dem Flug durch jenes Sonnensystem Gesellschaft, bis zum Planeten. Das kann ja heiter werden ...«

»Bei der ganzen Sache gibt es einen guten Aspekt«, meinte Sulu. »Wir bleiben nicht lange.« Er hatte gerade die Navigations- und Steuerungssysteme überprüft, nahm einen Bereitschaftseintrag im elektronischen Logbuch vor und drehte sich dann halb zu Uhura um. »Ich habe an mehreren SGE-Übungen teilgenommen. Angehörige der Sicherheitsabteilung beamen sich auf den Planeten, um die Zivilisten und Diplomaten zu schützen, bis man sie an Bord bringt. Unsere Aufgabe besteht nur darin, in der Umlaufbahn präsent zu sein.«

»So einfach ist das?« Uhura schüttelte den Kopf. »Warum fällt es mir so schwer, Ihnen zu glauben?«

»Weil die Übungsleiter einem immer Knüppel zwischen die Beine werfen. So legen sie zum Beispiel ein Zeitlimit fest. Oder sie fügen noch einige Zivilisten hinzu. Einmal bekamen wir es mit Soziologen, Naturforschern und zwei Familien zu tun, die im Moor Vögel beobachteten – auf einem Planeten, der praktisch nur aus Moor bestand! Es gelang uns, sie zu lokalisieren, zum vereinbarten Evakuierungsort zu bringen und an Bord des wartenden Raumschiffs zu beamen, aber viel Spaß machte es nicht. Dies hier ...«

Sulu deutete zum Schirm. »Ich fürchte, dabei können wir uns keine Fehler leisten. Wenn ich die Situation richtig beurteile... Wahrscheinlich bleiben uns nur ein oder zwei Tage, um die Zivilisten und Diplomaten zu finden und sie anschließend in Sicherheit zu bringen. Außerdem müssen wir dabei möglichst viel Zurückhaltung üben, um die Verhandlungen nicht zu stören.«

»Die Dekkanari verhalten sich wie verzogene Kinder, die Bonbons von uns wollen, bevor sie uns auf ihrem Hof spielen lassen«, sagte Chekov verärgert. »Als ich klein war, bekam man für ein solches Verhalten keine Süßigkeiten, sondern eine Ohrfeige.« Er erinnerte sich und lächelte schief. »Nur wenige Kinder versuchten so etwas zweimal. Schade, daß solche Mittel in der Politik ausgeschlossen sind. Man könnte sich damit eine Menge Schwierigkeiten ersparen.«

»Kanonenbootpolitik, Pavel?« Sulu winkte ab. »Die Klingonen verwenden solche Methoden bei den Welten des Imperiums. Ich rate davon ab, ihrem Beispiel zu folgen.«

»Ich habe nicht an Kanonenboote gedacht.«

Uhura sah zu Chekov und hob die Brauen. »Wenn Sie sich eine Art orbitale Fliegenklatsche vorgestellt haben, die bei Bedarf globale Ohrfeigen verteilt... Dann sollten Sie sich schleunigst von Dr. McCoy untersuchen lassen.«

3

Zwanzig Trockendocks umgaben die Orbitalwerft, und bei neunzehn von ihnen herrschte rege Aktivität. Doch was die zwanzigste betraf... Dunkelheit umhüllte sie. Allein die Positionslichter und Sicherheitsbaken glühten, wodurch sich das Schiff im großen Gerüst nur als vager Schemen zeigte. Der graue Thermopanzer reflektierte kein Licht, schien selbst den Glanz der Sterne aufzusaugen. Deshalb blieben dem Beobachter im All Einzelheiten verborgen.

Eine Wartungskapsel löste sich vom zentralen Werftkomplex und glitt langsam in Richtung Trockendock Zwanzig. Als sie sich näherte, wich ein Teil des Schutzmantels zurück, und das obere Segment verwandelte sich in eine transparente Kuppel, die nach allen Seiten Ausblick gewährte. Nur ein Passagier befand sich an Bord, und er sah nun zum Piloten – der daraufhin bestätigend nickte und einen Schalter betätigte.

Alle Lichter des Trockendocks erstrahlten und verdrängten die Finsternis.

Die Kapsel schwebte an Stützmasten vorbei, drehte dann ab und wandte sich dem Eingang des Docks zu. Das Schiff war jetzt kein grauer Schatten mehr, sondern glänzte wie etwas, das aus Obsidian und Kunststoff bestand. Schon auf den ersten Blick war zu erkennen, daß dieser Raumer noch keinen Flug durch die Sternenräume hinter sich hatte. Die Form unterschied ihn von anderen Einheiten seiner Klasse, und der Thermopanzer wies nicht einen einzigen Kratzer auf. Dieses Schiff hatte weder Phaserstrahlen noch interstellaren Staub zu spüren bekommen, nur die Hände und Werkzeuge jener Techniker, die für Struktur und Ausstattung Verantwortung trugen. Ein zweiter Anflug begann, diesmal von der anderen Seite. Der Passagier erhob sich zu einem wortlosen Gruß; sein stummer Respekt galt jenem Kreuzer, der einst ihm gehört hatte und zu dem er nun zurückkehrte.

Das Schiff war völlig neu und so makellos wie damals, als der erste Flug begann. Die Insignien und Symbole am Rumpf offenbarten nun wieder die ursprüngliche Farbenpracht und leuchteten im Schein kleiner, in die Außenhülle integrierter Lampen. Ähnliche helle Flecken zeigten sich auch bei den primären Waffenmodulen. Dort hatte sich jemand die Mühe gemacht, das Metall im Bereich der Strahlenprojektoren und Ergkatapulte glattzuschleifen und auf Hochglanz zu polieren, so daß es glänzte wie ein Spiegel.

Die Kapsel wurde langsamer, passierte die mit schimmerndem Rot markierte Brücke und trieb wie in Zeitlupe den Warpgondeln entgegen. Sie flog darüber hinweg, neigte sich dann nach unten und folgte dem Verlauf des ›Bauches‹. Zu Anfang war die Entfernung so gering, daß die Unterseite des Schiffes eine eigene stählerne Welt zu bilden schien.

Der Passagier beobachtete den massiven Rumpf, die Außenhülle *seines* Schiffes. Die eine Hand schloß sich so fest um den Rand der Polarisierungskonsole am Kuppelfenster, daß die Finger Mulden in der Polsterung schufen. Mit der anderen Hand klopfte er mehrmals an die Wand. Der Pilot hörte das Pochen, lächelte und wandte sich dann wieder den Kontrollen zu. Tasten klickten in einem ganz bestimmten Rhythmus – es klang fast wie eine Melodie.

Jenseits des Schiffes zündeten die Manövrierdüsen der Kapsel, und einige kurze Schubphasen brachten sie zu einem Andockstutzen. Die Magnetanker reagierten, und hydraulische Systeme zischten, als der Druckausgleich erfolgte. Stille schloß sich an.

Der Schutzmantel schob sich wieder übers Kuppelfenster, und der Passagier beobachtete den Vorgang so, als sähe er ihn zum erstenmal. Dann schritt er zum rückwärtigen Teil der Kapsel und öffnete dort die Luke. Er zögerte vor dem mit rotem Licht erhellten Korridor des Schiffes, drehte sich noch einmal um und blickte zum Piloten, der nun die Bordsysteme der Kapsel desaktivierte. »Ich danke Ihnen«, sagte er, betonte dabei jedes einzelne Wort.

Der Pilot stand sofort auf. »Das ist nicht nötig«, erwiderte er.

»Es mag nicht nötig sein, aber ich danke Ihnen trotzdem für die Besichtigungstour.« Captain Kasak sutai-Khornezh aus dem imperialen Volk der Klingonen lächelte dünn und ließ sich zumindest einen Teil seiner Erheiterung anmerken. »Und für die Musik. Insbesondere dafür. *Geschichten der Kaperer.*«

»Das erschien mir angemessen, wenn man die Umstände berücksichtigt.« Wieder klickte eine Taste, und ein Aufzeichnungsmodul schob sich aus dem Abtaster. »Die Melodien von *Kampfkreuzer Rache* sind fast schon zu einem Klischee geworden.«

»Angemessen erschien Ihnen die Musik, *Zan* Askel?« erwiderte Kasak leise und fragte sich, ob die Ohren des Sicherheitsdienstes zuhörten. »Und was ist mit *Anstand?* Normalerweise spricht man nicht von Kaperern, wenn der Captain an Bord seines neuen Schiffes eintrifft.«

»Angesichts der besonderen Reputation von sutai-Khornezh kann ein solcher Hinweis nicht mit Taktlosigkeit verwechselt werden«, sagte Askel förmlich.

Kasak kniff die Augen zusammen. Handelte es

sich um eine Andeutung? Wollte der wissenschaftliche Spezialist Askel auf irgend etwas hinweisen? *Vielleicht arbeitet er für den imperialen Geheimdienst,* dachte Kasak. Das mochte seine Kühnheit erklären. Ausdrücke wie ›Reputation‹ oder ›Ruf‹ führten immer dazu, daß sich tief in ihm etwas verkrampfte. In solchen Fällen analysierte er den Kontext und hielt argwöhnisch nach verborgenen Bedeutungen Ausschau. Auf diese Weise reagierte er schon so lange, daß eine Art Reflex daraus geworden war. In den meisten Fällen – und gerade bei Askel – hatte ein solches Reaktionsmuster keinen Sinn. Eigentlich spielte es gar keine Rolle, ob er dem imperialen Geheimdienst angehörte oder nicht: Er stand Kasak so nahe, daß er die Bezeichnung Freund verdiente.

Kasak verdrängte diese Gedanken und konzentrierte sich wieder aufs Schiff.

Es hieß *Hakkarl* – ›Vorhut‹. Den gleichen Namen trug eine Figur jenes Spiels, das man *Klin zha* nannte. Die Registrierungsnummer lautete KL-1017. Sein ›Leben‹ hatte dieser Raumer vor fünf Jahren begonnen, hier in der Orbitalwerft von Taamar, und zwar als erstes Schlachtschiff der K't'inga-Klasse. Kasak hatte damals alle Prototypen getestet, so auch die *Hakkarl:* Sie erwies sich als sehr leistungsfähig – ein gutes, prächtiges Schiff, allen seinen Vorgängern überlegen. Doch nach dem erfolgreichen Testflug bekam nicht etwa er den Raumer, sondern jemand anders – jemand, der als politisch zuverlässiger galt.

Jemand, der politisch ebenso zuverlässig war wie die Narren, die drei andere K't'inga-Schiffe in ein Energiefeld steuerten, das die Föderation V'ger genannt hatte.

Jetzt befand sich die *Hakkarl* erneut im Dock. Die alte ›Vorhut‹, und gleichzeitig eine neue, umgerüstet, erweitert, verstärkt, mit hochmoderner Technik ausgestattet … Und wieder hatte Kasak das Kommando. Zumindest für eine Weile.

Er bleckte die Zähne, als er an Bord seines Schiffes ging.

Die Krise begann vor vielen Jahren, während Kasaks Kadettenflug – obgleich damals kein Geringerer als Koloth vestai-Lasshar das Kommando führte.

Bei der Raumstation K-7 kam es zu einem Zwischenfall, der eine vergleichsweise einfache Mission in ein Fiasko verwandelte. Das Resultat für die Besatzungsmitglieder des Schiffes: negative Anmerkungen in ihren Personalakten. Dadurch ergaben sich erhebliche Probleme für die beruflichen Laufbahnen der Beteiligten. Nur die Kadetten kamen mehr oder weniger ungeschoren davon, zumindest diejenigen von ihnen, die damals nicht tüchtig genug gewesen waren, um Aufmerksamkeit auf sich zu lenken. Fähnrich Vasak – so hieß er zu jener Zeit – hatte Pech. Sein Name erschien in den Unterlagen häufig genug, um dem imperialen Sicherheitsdienst aufzufallen, als man nach einem Sündenbock suchte. Man brauchte jemanden, dem man die Schuld geben konnte – für den Verlust von Shermans Planet, die Entlarvung eines wichtigen Agenten und die Verseuchung eines Schlachtkreuzers mit den gräßlichen, flauschigen *yiHmey* …

In den Korridoren glühte nur das matte rote Licht, das Kasak mit Kampf, Notfall und unmittelbar bevorstehender Gewalt assoziierte. Nun, *das* war angemessen. Ganz im Gegensatz zur Luft, die sich als äußerst unangenehm erwies. Der Klingone empfand sie als zu kühl und zu trocken. Er mußte flach atmen, um zu verhindern, daß die Nasenschleimhäute austrockneten. Angesichts der neuen Ausstattung dieses Schiffes hatte er mit so etwas gerechnet. Was jedoch nicht bedeutete, daß er Gefallen daran fand.

In der Nähe eines Turbolifts schloß Askel zu ihm auf. »Die Kapsel ist gesichert«, sagte er.

»Gut.« Die Tür des Lifts öffnete sich, und Kasak betrat die Transportkapsel. Nur einen Sekundenbruchteil später fiel ihm die Klimatisierungseinheit an der Decke auf.

»Das freut Sie bestimmt«, meinte Askel und sah ebenfalls nach oben. Die zugleitende Tür aktivierte das Modul: Es erhöhte Temperatur und Luftfeuchtigkeit in der Kabine.

»Brücke«, sagte Kasak. Er wünschte sich, daß der Transit vom Andockbereich zum Kontrollraum des Schiffes länger dauerte, spielte sogar mit dem Gedanken, den Lift anzuhalten und einige Minuten lang in der Transportkapsel zu verweilen, um die ›normale‹ Luft zu genießen. Doch er entschied sich dagegen. Die anderen warteten auf der Brücke. Zwar konnte er als Captain schalten und walten, wie er es für richtig hielt, aber je eher er die Einsatzbesprechung vor dem Flug hinter sich brachte, desto besser für sie alle. Wenigstens stand ihm wirklich nicht mehr bevor als eine kurze Besprechung, bei der es um den Flug ging: Er brauchte keine Zeit damit zu vergeuden, *diesen* Offizieren zu imponieren...

Nach dem Kadettenflug hatte sich Vasak oft gefragt, warum er vom Schicksal seiner Gefährten verschont blieb. Man stellte ihn nicht vor Gericht, um ihn nach einem angeblich fairen Prozeß zum Tode zu verurteilen. Er bekam nicht den Befehl, Selbstmord zu begehen. Und er verschwand nicht einfach. Sicher, er gehörte zum imperialen Volk, aber daraus erwuchs keine echte Sicherheit. Sogar das Gegenteil konnte der Fall sein. Die Besatzung von Koloths Schiff hatte zum größten Teil aus gewöhnlichen Klingonen bestanden, und die Angehörigen des imperialen Volkes erhielten durch ihre Abstammung das ›Privileg‹ besonders strenger Strafe. Man ging dabei von folgendem Prinzip aus: Ganz gleich, wie niedrig ihr Rang gewesen sein mochte – sie hätten es besser wissen müssen. Vielleicht verdankte Vasak das eigene Überleben dem Eingreifen seiner Linie. Seine Verwandten waren sicher für ihn eingetreten – sobald nicht mehr die Gefahr bestand, daß ein solches Engagement negative Konsequenzen nach sich zog. Wodurch er tief in ihrer Schuld stand. Sowohl finanziell als auch in Hinsicht auf Verpflichtungen.

Doch vielleicht basierte sein Überleben schlicht auf dem Umstand, daß er zu nützlich war, um wie die anderen eliminiert zu werden. Nun, zweifellos hatte er sich nützlich gemacht – nachdem er nicht hingerichtet, sondern zum Fähnrich befördert wurde und sogar seinen Namen ändern durfte. Gleichzeitig wurde ihm befohlen, in den aktiven Dienst zurückzukehren, und zwar in den kritischsten Bereichen an der romulanischen Grenze.

Fähnriche hatten kaum Zeit für sich selbst – und noch viel weniger, wenn der Sicherheitsdienst sie besonders streng überwachte. Trotzdem war es Kasak gelungen, vor dem Transfer zur wartenden Fregatte einige Minuten für sich allein zu finden. In der Orbitalstation 3 stand er damals am Fenster und blickte zu den nackten Sternen: Sie umgaben all jene, die nach Ruhm strebten, sichtbar oder unsichtbar. Bei jener Gelegenheit beschloß er, das Ewige Spiel zu spielen. Voller Stolz beschloß er, die Regeln selbst zu bestimmen. Er glaubte, als erster Klingone einen solchen Schwur zu leisten, doch schon bald stellte er sich folgender Erkenntnis: Im *Komerex zha* gab es gar keine anderen Regeln.

Die Kommandanten von Testflügen genossen das Privileg, ihre Erfahrungen bei früheren Einsätzen dieser Art zu nutzen und die Sektionsleiter der Besatzung selbst zu bestimmen. Kasak hatte dieses Vorrecht genutzt und die *ganze* Crew vorgeschlagen – sie bestand nur aus acht Personen.

Sie nahmen nun Haltung an, als er die Brücke betrat und dort vertraute Gesichter sah. Bei diesen Leuten hatten sich nur Alter und Rang geändert; außerdem war die eine oder andere Narbe hinzugekommen. Es schien sie mit Zufriedenheit zu erfüllen, für diese ehrenvolle, wenn nicht unbedingt ruhmreiche Pflicht ausgewählt worden zu sein. Einige wirkten so neugierig, wie man es von ihnen zu Beginn einer Einsatzbesprechung erwarten konnte. Und die Luft an Bord gefiel ihnen ebensowenig wie Kasak.

»Was ist dies, Captain?« fragte Waffenspezialistin Katta nach den offiziellen Grüßen.

Kasak musterte sie. Er wußte genau, in welche Richtung die Frage zielte, und er kannte auch alle Elemente der Antwort. Anders ausgedrückt: Er wußte, warum es keine anderen Besatzungsmitglieder gab, warum die Luft so kühl und trocken war, warum im Kontrollraum weder Schaltkonsolen noch Sessel existierten, nur die kleinen Stützflächen, auf denen sie nun saßen.

Katta bemerkte den Blick des Captains, erahnte die Bedeutung und fügte rasch hinzu: »Außer einem Schlachtschiff, meine ich.«

»*Kai*«, erwiderte Kasak mit gutmütigem Spott und vollführte eine Geste, die Askel galt. »Die Erklärung steht der wissenschaftlichen Abteilung zu. Je schneller wir sie hinter uns bringen, desto eher können wir diese Brücke verlassen und die andere aufsuchen.« Es kam zu weiteren neugierigen Blicken, was Kasak nicht überraschte. »Askel?«

Der wissenschaftliche Spezialist nickte. »Sicher sind Ihnen niedrige Temperatur und geringe Luftfeuchtigkeit an Bord dieses Schiffes aufgefallen.« Es war keine Frage, sondern eine Feststellung, und daher blieb alles still. »Einige von Ihnen haben sich vielleicht nach dem Weshalb gefragt. Die Antwort lautet: Das Schiff wird von einem Computer kontrolliert.«

Hier und dort weiteten sich Pupillen. Den von Captain Kasak ausgewählten Besatzungsmitgliedern mangelte es nicht an Erfahrung. Sie wußten, daß Starfleet einmal ein vollautomatisches Schiff eingesetzt hatte – mit katastrophalen Folgen.

Askel wartete einige Sekunden lang und lächelte dünn. »Bevor Sie jetzt um Versetzung zu einem sicheren Ort bitten und zum Beispiel einen unbewaffneten Patrouilleneinsatz in den Peripheriesektoren des romulanischen Reiches beantragen... Dieses Schiff hat nicht die geringste Ähnlichkeit mit dem Föderations-*Khest'n* M-5. Starfleet hat aus den damaligen Fehlern ebenso gelernt wie wir. Und falls nicht... Dann zeigen wir der Föderation, daß es auch anders geht.«

Die Klingonen lachten, obgleich sie nicht alle Hintergründe des Scherzes verstanden.

Askel klopfte auf eins der dunklen Metallgehäuse, die sich überall im Kontrollraum zeigten. »Das hier sind spezielle Kommandorelais, verbunden mit einem primären Elaborationszentrum vom Typ Z-Acht. Weder die Kom-Rs noch das EZ sind handlungsautonom strukturiert. Mit anderen Worten: Die eigentliche Kontrolle wird von *Ihnen* ausgeübt. Sie kontrollieren die hiesigen Anlagen auf die gleiche Weise, als säßen sie an entsprechenden Pulten. Was allerdings nicht der Fall sein wird. Sie und der Captain werden sich *dort* aufhalten.«

Der Hauptschirm erhellte sich – praktisch das einzige unveränderte Gerät auf der Brücke – und zeigte den zentralen Rumpf der *Hakkarl*.

Diesmal war die Verblüffung der Disziplinierten so groß, daß sie unwillkürlich nach Luft schnappten.

Eine Kriegsschwalbe hing dicht über dem Schlachtschiff im All, ein Scout. Die Manövrierdüsen feuerten kurz und sorgten dafür, daß der Abstand zur *Hakkarl* unverändert blieb.

»*Tazhat*«, sagte Askel. »Registrierungsnummer KL-1018. Der ›Flieger‹ für unsere ›Vorhut‹.« Hier und dort zeigte ein Lächeln spitze Zähne. »Hören Sie nun: Lebenserhaltungssysteme und Anlagen für künstliche Gravitation gibt es nur in der *Tazhat*.«

Askel musterte die Anwesenden der Reihe nach und gestattete sich ein kurzes Schmunzeln. »Offenbar ist Ihnen klar, was das bedeutet. Gut. Dann brauche ich weniger zu erklären. Der Captain teilte mir mit, daß Sie schnell verstehen.« Er verlieh den letzten Worten die *Klin zha*-Betonung, doch diesmal änderte sich nichts am Ernst der Anwesenden. Sie versuchten nun, den vollen Bedeutungsinhalt der gerade gehörten Worte zu erfassen, und deshalb reagierten sie nicht auf den neuerlichen Scherz des wissenschaftlichen Spezialisten. Askel nahm das mit einer gewissen Genugtuung zur Kenntnis. Je mehr sich die Crew konzentrierte, desto mehr Details fanden einen festen Platz im Gedächtnis der einzelnen Personen.

»Ohne Besatzungsmitglieder und ihre Bedürfnisse ist die *Hakkarl* während eines Gefechts nicht mehr den üblichen Beschränkungen unterworfen. Dieser Kreuzer ähnelt den übrigen Einheiten der K't'inga-Klasse, aber er zeichnet sich durch eine weitaus größere Manövrierfähigkeit aus und kann mit wesentlich höheren Werten beschleunigen. Ein ahnungsloser Beobachter findet das natürlich erst heraus, wenn es für ihn längst zu spät ist... Nun, die Energie des Haupttriebwerks wird allein für Schub, Schilde und Waffen verwendet. Im Gegensatz zu anderen Schiffen, bei denen ein Drittel des energetischen Potentials von Licht, Heizung, künstlicher Schwerkraft und Lebenserhaltung beansprucht wird.«

Die Besatzungsmitglieder wechselten stumme Blicke und dachten daran, welche Vorteile sich dadurch bei einem Kampf ergeben konnten. Viel zu oft geschah es, daß Duelle mit Föderationsschiffen oder romulanischen Kreuzern ohne Sieger blieben, da die Kräfte zu gleichmäßig verteilt waren. Wenn der Testflug dieses Raumers mit einem Erfolg endete, so ergab sich daraus vielleicht eine ganz neue *Klasse* von Schiffen. Und damit mochte es dem Imperium gelingen, sich endlich in eine dominierende militärische Position zu bringen.

»Die physische Verbindung stellt ein monomolekularer Strang her«, fuhr Askel fort. Seine Finger tanzten über Tasten und starteten ein Diagnoseprogramm. Graphische Darstellungen und erläuternde Schemata erschienen auf dem Hauptschirm. Ingenieur Aktaz betrachtete sie, holte tief Luft, lachte leise und verzichtete auf einen Kommentar, der auch gar nicht nötig war. Die übrigen Angehörigen der Crew verstanden mehr oder weniger, welche Botschaft die angezeigten Daten vermittelten – es hing von den individuellen technischen Kenntnissen ab. Aber in einem Punkt bestand nicht der geringste Zweifel: Die *Hakkarl* verkörperte das erste Exemplar einer ganz neuen Generation von Kampfschiffen – wenn sie den allgemeinen Erwartungen gerecht wurde.

»Alle Verbindungen zu den Waffensystemen des Kreuzers sind nichtphysischer Natur, und ihre Energie stammt vom Scout. Ein weiterer wichtiger Punkt kommt hinzu: Die beiden Schiffe verfügen über voneinander unabhängige Tarnvorrichtungen. Beide Einheiten sind imstande, gemeinsam auf der Lauer zu liegen; wenn der Scout dann ein Separationsmanöver durchführt, kann er dem Feind auch weiterhin verborgen bleiben, während die *Hakkarl* …«

Askel unterbrach sich, als er den nicht überraschenden Protest von Klingonen hörte, die sich in ihrer Ehre verletzt fühlten. Sollten sie sich vor dem Feind verstecken und nicht direkt angreifen, was Ruhm bedeutete? Der wissenschaftliche Spezialist wartete mit der kühlen Geduld eines Mannes, der solche Einwände schon häufig gehört hatte, ohne sich von ihnen aus der Ruhe bringen zu lassen. »Sind Sie jetzt fertig?« fragte er in jenem Tonfall, den zwei Fähnrich-Generationen gefürchtet hatten. Er wollte noch etwas hinzufügen, schwieg jedoch, als Captain Kasak sutai-Khornezh vortrat.

»Meine Kinder...«, sagte Kasak. Diese Anrede ehrte alle Anwesenden, auch Askel. »Ich verstehe Ihren Zorn, Ihre Besorgnis. Sie fürchten, keinen Ruhm für Ihre Linien zu erringen. Nun, Sie sollen folgendes wissen: Wenn die *Hakkarl* auch nur halb so gut ist, wie ihre Entwickler behaupten, dann gibt es genug Ruhm nicht nur für Sie, sondern auch für Ihre Nachkommen. Die nackten Sterne sehen Ihnen zu, ebenso der Imperator, und es wird heißen: ›Dies sind wahrhaftige Klingonen!‹ Meine Kinder, Sie kennen mich und wissen, welche Dienste ich dem Imperium geleistet habe. Lassen Sie mich deshalb feststellen: Wenn wir unsere Mission mit der *Hakkarl* hinter uns haben, so spricht man unsere Namen mit der gleichen Ehrfurcht aus, die dem legendären Imperator Kahless gebührt. Dann sind wir *unvergeßlich.*«

Bei einem anderen Kommandanten wären die Veränderungen in Hinsicht auf Sprache und Tonfall vielleicht unbewußt erfolgt, aber Askel kannte Kasak gut genug, um die Absicht zu erkennen: Ganz bewußt wechselte der Captain von der Konversationssprache zum Kampfcode.

Der wissenschaftliche Spezialist hörte die vielstimmigen Rufe »Kai kassai!«, während seine Gedanken hinter kühl blickenden Augen verweilten, ohne in Worte gekleidet zu werden.

Wie mochte die begeisterte Crew reagieren, wenn

sie die Wahrheit erfuhr, wenn sie herausfand, zu welchem Zweck der Captain das prächtige neue Schiff einsetzen wollte? Was hätten die Besatzungsmitglieder davon gehalten? Und was noch wichtiger war: Was hätten sie *unternommen?* Aus diesem Grund befand er sich hier. Was auch immer Kasak sutai-Khornezh glaubte: Askels Pflichten als wissenschaftlicher Offizier kamen erst an zweiter Stelle. Den Vorrang genossen die Aufgaben eines Einsatzleiters des Imperialen Geheimdienstes. Askels ›Verbindungen‹ zum Geheimdienst waren häufig Gegenstand von Scherzen gewesen, damals, während der Zeit in den Häusern. Es schien eine Ewigkeit her zu sein. Vor vielen Jahren neigte Askel zu ruhiger, stiller Introvertiertheit. Man hielt ihn für *zu* nachdenklich. Ein Klingone, der zuviel nachdachte, galt als potentieller Störenfried in einer Flotte, die bedingungslosen Gehorsam Vorgesetzten gegenüber verlangte. Was die Sache mit dem IG betraf... Sie verwandelte sich von mehr oder weniger gutmütigem Spott in – geheime – Wirklichkeit.

Der Imperiale Geheimdienst ahnte, daß sich hinter dem ersten Flug der KL-1017 mehr verbarg als nur ein Test. Die Informationsquelle hatte den einen oder anderen Verdacht bestätigt und auch Antworten auf einige jener Fragen geliefert, die für geheimdienstliche Tätigkeiten typisch waren.

Zum Beispiel die nicht unerheblichen Bemühungen eines bestimmten Captains, das Kommando über ausgerechnet *dieses* Schiff zu bekommen... Solche Aktivitäten eines politisch unzuverlässigen Offiziers waren es wert, beobachtet zu werden – erst recht dann, wenn er den Ruf eines Kasak sutai-Khornezh genoß. Seinen gegenwärtigen Status hatte Kasak erreicht, indem er mit großem Eifer Ruhm an der romulanischen Grenze sammelte. Darüber hinaus beteiligte er Angehörige seiner Linie (und auch vorgesetzte Offiziere) an der auf diese Weise erworbenen Ehre, wodurch er mittel- und langfristig ihre Unterstützung erwarb. Askel war sehr von dem Geschick beeindruckt gewesen, mit dem Kasak vorging. Bestimmte Passagen in den IG-Akten bewiesen, daß er mit seiner Strategie große Erfolge erzielte: Hochrangige Flottenoffiziere brachten in Zitaten ihr Bedauern darüber zum Ausdruck, daß Kasak aufgrund des dunklen Kapitels in seiner Vergangenheit nicht so belohnt werden konnte, wie er es eigentlich verdiente. Eine dieser Stellen hatte Askel zweimal gelesen und dann mehrere Sekunden lang auf den Namen des Epetai gestarrt, von dem diese Worte stammten: Es handelte sich um einen Gedankenadmiral.

Er erinnerte sich daran, zu jenem Zeitpunkt ungläubig den Kopf geschüttelt zu haben.

Nun, Kasak *bekam* eine Belohnung: Man gab ihm das Kommando über ein neues Schiff. Allerdings hatte die Sache auch einen Haken. Der Umstand, daß man ihm den Prototyp anvertraute, deutete auch auf folgendes hin: Wenn ihm etwas zustieß – falls der Testflug zu einem Mißerfolg führte –, so verlor man eben ›nur‹ Kasak. Er stand nicht in dem Verdacht, ein Verräter zu sein. Die auf ihm lastende Schande ging einzig und allein auf den Zwischenfall mit den gräßlichen Tribbles zurück. Natürlich gab es für alles ein erstes Mal ...

Auch die persönlichen Kontakte deuteten nicht auf verräterische Absichten hin. Askel hatte das selbst überprüft, und es wohnte nicht der geringste Zweifel in ihm. Was genügte – die Gewißheiten eines IG-Einsatzleiters wurden nicht von geringeren Lebensformen in Frage gestellt. Zwei Jahre lang hatte Askel in unregelmäßigen Abständen Berichte erhalten, und alles deutete darauf hin, daß es Kasak – wenn überhaupt – nur darum ging, sein Schäfchen ins trockene zu bringen, indem er ein wenig auf eigene Faust kaperte.

Woraus sich eine neue Frage ergab: Wenn dieser besondere Captain gar kein eigenes Schiff hatte und nur dann eins bekam, wenn es darum ging, Prototypen und dergleichen zu testen ... Wie wollte er unter solchen Voraussetzungen zu einem Kaperer werden?

Doch dann baute man einen Raumer so um, daß er nur noch acht Besatzungsmitglieder benötigte, und das Kommando bekam ausgerechnet Kasak sutai-Khornezh. Was unmöglich ein Zufall sein konnte ...

Es gab noch einen anderen Aspekt bei dieser Sache, und er erklärte, warum Einsatzleiter Askel die Akte nicht einfach dem Sicherheitsdienst übermittelt hatte, zusammen mit einer Exekutionsorder. Es ging um Kasaks Verbindung mit einem Planeten im stellaren Territorium der Föderation – eine Welt mit einem ausgeprägten innenpolitischen Konflikt.

Die Föderation nannte sie Dekkanar.

Der nächste Vortrag dauerte nicht annähernd so lange, wie die Crew zunächst befürchtet hatte. Der auf Kommunikation spezialisierte *Zan* Khitar schien fähig zu sein, Wunder zu vollbringen, wenn es darum ging, Tachyonenbündel per Richtstrahl auf die Reise zu schicken. Doch in Hinsicht auf Diskussionsbeiträge im Verlauf von Einsatzbesprechungen war er geradezu gefürchtet. Weil er mit seiner Weitschweifigkeit innerhalb weniger Minuten schier unerträgliche Langeweile schuf.

Askel beobachtete, wie die anderen erleichtert aufatmeten, als sich Khitar erstaunlich kurz faßte. Er fragte sich, wer von ihnen für den Sicherheitsdienst tätig sein mochte. Vielleicht Khitar: Der Kom-Offizier konnte problemlos Berichte und dergleichen senden. Nun, möglicherweise bot eine solche Position *zu viele* Vorteile, wodurch alles zu offensichtlich wurde.

Oder ... Oder steckte ein besonders gut durchdachter Plan des Sicherheitsdienstes dahinter? *Vielleicht wird in diesem Fall das Offensichtliche zum Verborgenen,* überlegte Askel. *Vielleicht* soll *ich glauben, daß Khitar als Kommunikationsoffizier nicht in Frage kommt.* Die Andeutung eines Lächelns umspielte Askels Lippen. Der Imperiale Geheimdienst wußte über die meisten Dinge Bescheid, doch in manchen Fällen war es schwieriger als in anderen, Informationen zu sammeln. Es hätte Askel kaum überrascht, wenn er diese Mission beginnen mußte, ohne seinen Verbündeten zu kennen. Zwischen Sicherheitsdienst und IG herrschte starke Rivalität, was dazu führte, daß sie manchmal *gegeneinander* aktiv wurden. Gelegentlich bedauerte Askel, daß diese Dinge nicht besser organisiert waren. Die Leute vom SD setzten zu schnell ihre Intervaller ein, verzichteten zu oft darauf, zuerst Fragen zu stellen. Eine Leiche konnte man kaum verhören.

Der wissenschaftliche Spezialist sah wieder zu Captain Kasak, der Marag zuhörte. Marag nahm die Pflichten des Sicherheitsoffiziers wahr, wenn auch nur deshalb, weil jedes klingonische Raumschiff – ganz gleich wie groß oder klein – einen Sicherheitsoffizier brauchte.

Auch Marag zählte zu den alten Freunden des Captains. Sie alle waren ›Freunde‹ von ihm – sofern man diesen Begriff bei Untergebenen verwenden konnte, zu denen Kasak immer eine gewisse Distanz gewahrt hatte. Es mochte besser sein, von ›Bekannten‹ zu sprechen, von Offizieren, die nicht zum erstenmal zur Crew dieses Captains gehörten und ihn schätzten. Während seiner vielen erfolgreichen Einsätze hatte Kasak das Vertrauen seiner Offiziere gewonnen. Hinzu kam seine Bereitschaft, errungenen Ruhm mit Gleichrangigen und Vorgesetzten zu teilen – das brachte ihm Anerkennung ein. Zweifellos gab es Leute, die das für eine Art Schwäche hielten, aber Askel gehörte nicht zu ihnen. Er sah ein schlau gesponnenes Netz aus Stärken: Einzeln bedeuteten sie nicht viel, doch als Einheit konnten sie zur richtigen Zeit und am richtigen Ort die gleiche Überzeugungskraft entfalten wie eine Garrotte, die sich langsam am Hals zusammenzog.

Kasak sutai-Khornezh wußte, daß ihn jemand beobachtete – nur die Frage nach dem Wer blieb zunächst unbeantwortet. Bisher hatte kein einziger Testflug ohne die Präsenz von mindestens zwei Agenten des imperialen Sicherheitsdienstes stattgefunden; er sah keinen Grund, warum es diesmal anders sein sollte. Vielleicht war sogar ein Repräsentant des IG zugegen – um die ›Kollegen‹ vom SD im Auge zu behalten. Kasak nahm dies nicht zum Anlaß, besorgt zu sein. Er plante keinen Verrat.

Gewisse Kontaktpersonen lieferten ihm Informationen von der Art, wie sie normalerweise auf die private Korrespondenz eines Admirals beschränkt blieben. Der größte Teil davon erwies sich als nutzlos: Kasak interessierte sich – noch – nicht für Haus-Intrigen. Er hoffte, daß sich früher oder später etwas Interessantes ergab, und sein Wunsch ging in Erfüllung. Es kam einem Geschenk der nackten Sterne gleich. Er wußte nicht nur von den internen dekkanarischen Konflikten und der Ausweisung des Föderationspersonals. Er kannte auch den Grund dafür. Es hatte ihn einen großen Teil seines privaten Vermögens gekostet, die Grundlagen für eine solche Situation zu schaffen, und als Testflug-Kommandant konnte er sie ausnutzen. Ein weiterer großer Vorteil bestand darin, daß die *Hakkarl* keine große Besatzung erforderte. Dadurch war Unterstützung praktisch garantiert.

Manchmal glaubte Kasak, daß es so etwas wie

einen Schutzgeist für ehrliche, anständige Raumschiff-Kommandanten gab.

Der Captain dachte an seinen Plan, der ihm Gelegenheit geben würde, Namen und Linie jene Ehre zu geben, die man ihm bisher vorenthalten hatte. Er zweifelte nicht eine Sekunde lang daran, daß sein Unternehmen zu einem Triumph führen würde. Bestimmt konnte er anschließend mit der Beförderung zum Staffelführer – oder gar zum Admiral – rechnen. Vielleicht bekam er dann das Recht, ein eigenes Haus zu gründen, mit einer eigenen Linie zu beginnen. Dinge, von denen er jetzt kaum zu träumen wagte ... Eine Provokation genügte, um sie in Wirklichkeit zu verwandeln.

Er rechnete fest damit, Starfleet-Schiffe im Orbit von Dekkanar vorzufinden. Eine typische Sache: Wenn eine Welt Diplomaten auswies, schickte die Föderation immer Raumschiffe, um sie zu schützen. *Die Botschafter des galaktischen Völkerbunds haben überhaupt keinen Mumm,* dachte Kasak verächtlich. Klingonische Gesandte waren durchaus imstande, allein zurechtzukommen; wer das Imperium vertrat, mußte vorher als imperialer Krieger bewiesen haben, daß er keine Gefahren scheute. Nun, Starfleet-Schiffe kamen nicht ohne Waffen, und wenn Waffen existierten, so gab es die Chance, ihre Benutzung zu erzwingen. Eine nervöse Reaktion, ein Phaserschuß, ein einzelner Photonentorpedo, auf ein klingonisches Schiff abgefeuert ... Dann *mußten* die Organianer eingreifen. Die *g'day't* Glühwesen würden den Aggressor verurteilen – und die umstrittene Welt den Klingonen zusprechen.

Nun, das Imperium wußte natürlich nichts davon. Die Vorstellung, daß jemand einen wichtigen Prototypen bei einem Kontakt mit den Starfleet-Kriegstreibern aufs Spiel setzte ... Offiziell hätte man entsetzt mit dem Kopf geschüttelt. Weder der Imperator noch die Gedankenadmiräle hätten es gewagt, eine solche Mission in die Wege zu leiten – weil sie eine Katastrophe für den Fall befürchteten, daß ihnen die Organianer auf die Schliche kamen. Aus diesem Grund hatte Kasak beschlossen, auf eigene Faust zu handeln. Wenn er versagte – eine Möglichkeit, die ihm überhaupt nicht in den Sinn kam, die er für völlig ausgeschlossen hielt –, so konnte man weder dem Imperium die Schuld geben noch Kasaks Linie zur Verantwortung ziehen. Wenn er einen Erfolg erzielte... Dann gelang es ihm nicht nur, der Föderation eine Schlappe beizubringen. In dem Fall durfte er sich über einen sehr geschickten Zug beim *Komerex zha* freuen, dem größten aller Spiele. Dadurch errang Kasak sutai-Khornezh eine neue, wesentlich bessere Reputation – und beschämte all jene, die ihn während der vergangenen Jahre für unwürdig gehalten hatten. Nur noch eine letzte Hürde mußte genommen werden: Es ging jetzt darum, die *Hakkarl* ›auszuleihen‹, und zwar ohne offizielle Erlaubnis. Mit anderen Worten: Kasak wollte sie stehlen.

Die Einsatzbesprechung war zu Ende. Kasak sah sich auf der Brücke um und stellte fest, daß die Offiziere ebenso flach atmeten wie er selbst, und nicht durch die Nase. »Ich habe diesen Kühlschrank satt«, sagte er. »Ich bringe meine Flagge zur *Tazhat*, und zwar sofort.«

Diese Bemerkung wäre selbst unter den besten denkbaren Umständen fragwürdig gewesen: Kasak bekleidete nicht den Rang eines Admirals, und deshalb gab es für ihn gar keine Flagge. Doch die Besatzungsmitglieder standen trotzdem auf und nahmen Haltung an. Zwar blieben sie auf eine taktvolle Weise ernst, aber Kasak spürte, daß die Offiziere sein Verhalten voll und ganz billigten. Er nickte – mehr war nicht nötig – und sagte knapp: »Zu den Stationen.«

Der Tradition gemäß brach die Crew mit der ersten Transportkapsel auf, um die Brücke des Scouts für den Captain vorzubereiten. Kasak und sein Erster Offizier betraten die zweite Kapsel des Lifts. Nachdem sich ihre Tür geschlossen hatte, schwiegen Askel und der Kommandant eine Zeitlang, lächelten so glücklich wie Kinder und erfreuten sich an warmer, feuchter Luft.

»Wer möchte schon ein Computer sein?« fragte Askel nach einer Weile.

Kasak schmunzelte und zupfte an imaginären Ohrenspitzen. »An eine solche Form könnte ich mich nicht gewöhnen«, sagte er, meinte damit die Ohren der immerzu logischen und rationalen Vulkanier. Er lachte kurz und abrupt. »Was halten Sie von dem Schiff?«

»Es ist beeindruckend«, erwiderte Askel. »Aber ich vertraue ihm erst, wenn ich sehe, daß alles funktioniert. Vorher nicht. Die Planer und Entwicklungsingenieure können sagen was sie sollen – sie brauchen nachher nicht zwischen den Sternen zu fliegen.«

»Gut.«

»Ist das auch Ihre Meinung?«

»Ja.« Kasak beugte sich vor und betätigte die Kontrollen der Klimatisierungseinheit. Dampf zischte aus einer Düse, und der Captain atmete ihn genießerisch ein. »Deshalb wollte ich eine Crew, auf die ich mich verlassen kann.«

»Ich bin geehrt«, kommentierte Askel.

»Es ist kein Kompliment, Kel, sondern eine Tatsache. Wenn ich dem Schiff nicht trauen kann, so wenigstens der Besatzung.« Kasak bedachte seinen Stellvertreter mit einem durchdringenden Blick. »Ich *kann* ihr doch vertrauen, oder?«

»Bestimmt gehören Beobachter vom Sicherheitsdienst dazu«, entgegnete er. »Angesichts des besonderen Potentials der *Hakkarl* ist auch mit mindestens einem IG-Agenten zu rechnen.« Er zögerte kurz. »Aber von mir wußten Sie schon, nicht wahr?«

Kasak lachte schallend. Es handelte sich um eine amüsante *Antwort,* und deshalb lachte er. Seine Heiterkeit bedeutete nicht, daß er keinen Verdacht in Hinsicht auf den Ersten Offizier hegte. Die scherzhafte Bemerkung war natürlich ein Trick und als solcher leicht zu durchschauen. Wie dem auch sei: Die Besorgnis des Captains galt vor allem dem Sicherheitsdienst. Die Agenten des Imperialen Geheimdienstes hatten gelernt, daß man mit ein wenig Zurückhaltung und Bedächtigkeit mehr erreichte als mit voreiligem, überstürztem Handeln. Sie sahen nicht nur die Gegenwart, das Hier und Heute, sondern auch die Zukunft. Anders ausgedrückt: Im Gegensatz zu den Leuten vom SD befaßten sie sich nicht nur mit dem *Was;* ihre Aufmerksamkeit galt auch dem *Warum* und *Wozu.*

Der Unterschied ließ sich auch folgendermaßen beschreiben: Jemand vom Sicherheitsdienst hätte Kasak gar keine Zeit gegeben, den Diebstahl des Testschiffes zu erklären. Für einen IG-Agenten hingegen wäre überhaupt keine Erklärung nötig gewesen.

Die Offiziere waren an keiner weiteren externen Besichtigungstour interessiert. Als sie sich wieder an Bord der Kapsel befanden, startete Askel, flog mit höherer Geschwindigkeit als vorher über den ›Rücken‹ der *Hakkarl* hinweg und näherte sich dem Andockmodul der *Tazhat*. Kasak gab keinen Ton von sich. Nach der guten Laune im Turbolift hatte er beschlossen, sich unwirsch zu geben. Auch das gehörte zu seiner Reputation, und ein entsprechendes Gebaren konnte von ihm erwartet werden, wenn sie das Trockendock verließen.

Ein solches Manöver mit einem neuen Schiff war nie angenehm, für den Captain ebensowenig wie für die Crew. So mancher Kommandant war durch einen anderen ersetzt worden, weil ein ungeschickter Steuermann auf dem Weg ins All den Kreuzer oder Dock-Installationen beschädigte. Daß solche Zwischenfälle vielleicht auf fehlerhafte Bordsysteme und dergleichen zurückgingen, änderte nichts an den tadelnden Anmerkungen in dieser und jener Personalakte. Kasak brauchte sich keine sehr große Mühe zu geben, um gereizt zu erscheinen. Er empfand tatsächlich so.

Als er die Brücke des Scouts betrat, war dort alles bereit. Gewöhnliche Kriegsschwalben boten zwölf Besatzungsmitgliedern Platz, doch in diesem Fall sorgten die Kommandorelais an den einzelnen Stationen für Enge. Dennoch war der Aufenthalt in diesem Schiff viel angenehmer als der im größeren Kreuzer. Der Luft mangelte es hier nicht an Feuchtigkeit, und zusätzliche Energie – die von der *Hakkarl* stammte – sorgte für eine höhere Temperatur.

Kasak nahm im Kommandosessel Platz und legte beide Hände auf die Armlehnen. Alle, auch Askel, mieden seinen Blick, als er durch den Kontrollraum starrte. Ihn anzusehen … Es hätte bedeutet, sich von den Instrumentenanzeigen abzuwenden, wenn auch nur für ein oder zwei Sekunden. Und alle wußten, welche Konsequenzen sich aus solcher Nachlässigkeit ergeben konnten.

»Schirm ein«, brummte Kasak.

Sofort zeigte das zentrale Projektionsfeld Bilder. Mehrere sich überlappende Bildschirmfenster boten verschiedene Perspektiven an: Blickwinkel von der *Tazhat*, von automatischen Modulen des Trockendocks 20, von der *Hakkarl*. Die Darstellung kam Omnipräsenz gleich.

»Status.«

»Alle Systeme voll aktiv«, ließ sich Krynn von der Navigation her vernehmen. »Energetische Separation vom Dock bestätigt. Externe Verbindungen bereit.« Und: »Ihre Befehle, Sir?«

»Verbindung herstellen.«

»Wird hergestellt.«

Kasak spürte kaum merkliche Vibrationen, als Krynn den Scout zum Kreuzer steuerte. Das kleine Schiff hatte eine Masse von dreißigtausend Tonnen, aber Steuermann Krynn flog es so, als sei es leicht wie eine Feder. Es summte leise, und nach einigen Sekunden erfolgte ein dumpfes Pochen, das die Luft in den Ohren erzittern ließ: Die *Tazhat* hockte nun auf dem Rücken der *Hakkarl*. Eine Erschütterung blieb aus. Krynn prüfte noch einmal die Kontrollen der Konsole – dort glühten jetzt nur noch blaue Lichter – und meldete: »Verbindung stabil.«

»Dann bringen Sie uns nach draußen. Manövrierdüsen: Schubphase einleiten. Ein Drittel Impulskraft, wenn Sie soweit sind.«

»Bestätigung.«

»Kurs, Captain?« fragte Navigator Khalen.

Kasak analysierte die Frage einige Sekunden lang. Der Navigator mußte natürlich wissen, wohin das Schiff fliegen sollte, aber es gab jemanden an Bord, der sich aus ganz anderen Gründen Antwort wünschte. Verbarg sich hinter Khalens Worten mehr als nur ›normales‹ Interesse?

»Wie ist der gegenwärtige Kurs?« fragte der Captain scharf.

»Zwei sieben null, grün, Standard.«

»Warum fragen Sie dann?«

Der zurechtgewiesene Khalen senkte den Kopf. Kasaks Reaktion verriet keine Geheimnisse, wies nur darauf hin, daß er aus irgendeinem Grund ungehalten war und von der Crew verlangte, seine Gedanken zu erraten. Eine derartige Aufgabe beschäftigte den Steuermann sicher so sehr, daß ihm für andere Überlegungen gar keine Zeit mehr blieb.

Kasak wartete eine Zeitlang und spürte, wie sein Schweigen die Anspannung der Offiziere wachsen ließ. »Heckwärtige Sicht auf den Schirm«, sagte er schließlich.

Die Taamar-Werft erschien im Projektionsfeld und wich nur langsam zurück, als die Düsen der *Hakkarl* nach und nach das Trägheitsmoment von zweihunderttausend Tonnen überwanden. »Entfernung zum Dock 20 achthundertvierzig Meter und nimmt zu«, sagte Krynn. »Beschleunigungsfaktor null fünf und steigt.« Eine kurze Pause. »Das Schiff ist träge. Die zusätzliche Masse gefällt ihm nicht.«

Die in den Displays der Kommandorelais angezeigten Daten bestätigten die Meldung des Steuermanns. Der Schlachtkreuzer hatte bemerkenswert viel Zeit gebraucht, um eine Strecke zurückzulegen, die nur dem Dreifachen seiner eigenen Länge entsprach. Zwar waren beide Schiffe vollkommen umgerüstet und strukturell verändert worden, aber jemand schien vergessen zu haben, bei den Manövriertriebwerken der *Hakkarl* die zusätzliche Masse des Scouts zu berücksichtigen. Kasak betätigte einige Tasten in den Armlehnen des Befehlsstands, nahm das Ergebnis der jüngsten Datenkorrelation zur Kenntnis und speicherte es. Ganz gleich, auf welche Weise er den Prototypen verwenden wollte: Die gewissenhafte Erfüllung der Pflichten stellte eine Angewohnheit dar, von der man sich kaum befreien konnte. Außerdem wäre es den Offizieren bestimmt seltsam erschienen, wenn er keinen Bericht aufgezeichnet hätte.

»Schub erhöhen.«

Die fragil anmutenden Gerüste der Dockanlagen wichen etwas schneller fort – aber immer noch nicht schnell genug. Was geschah, wenn die *Hakkarl* in eine Situation geriet, die jähe Beschleunigungen erforderte, ohne daß sich Warp- oder Impulstriebwerk verwenden ließ? Kasak lehnte sich im Sessel zurück und begann damit, sich die Worte für eine sehr bissige Bemerkung zurechtzulegen: Bisher waren nur tapfere Flottenoffiziere mit nachlässig gebauten Schiffen aufgebrochen, aber die Wahrscheinlichkeit wuchs, daß bald auch Konstruktionsingenieure dem All einen Besuch abstatteten – ohne Raumanzug.

Plötzlich heulten die Alarmsirenen.

»Wir werden gescannt!« Askel sah von der wissenschaftlichen Station auf und übermittelte die aktuellen Daten dem Kommandorelais des Captains.

Kasak sah auf die Anzeigen und blickte dann wieder zum Bildschirm. Das Trockendock schrumpfte auch weiterhin, schneller jetzt – aber noch immer nicht schnell genug. Der Captain hielt vergeblich nach anderen Bewegungen Ausschau. Nichts hatte sich verändert. Trotzdem: Kasak wollte kein Risiko eingehen. *»Degh ...«*

Krynn sah nicht von ihren Kontrollen auf. Ihre rechte Hand kam dem Befehl zuvor und tastete bereits nach den Schaltkomponenten für das Haupttriebwerk. *»SuH qaH!«*

Jetzt *wußte* Kasak, daß er beobachtet wurde: Kein halbwegs aufmerksamer Spitzel konnte den Wechsel zum Kampfcode ignorieren. Nun, derzeit spielte das nur eine untergeordnete Rolle. Der Captain starrte erneut zum Bildschirm und traf eine Entscheidung. *»ChuyDah HoS'a'!«*

»VangII'!« Krynn betätigte die Kontrollen. Das Deck vibrierte kurz, als die Massen beider Schiffe dem jähen Schub Widerstand zu leisten versuchten. Einen Sekundenbruchteil später gaben sie nach. Die Orbitalwerft im Projektionsfeld verwandelte sich in einen Fleck, schien einfach fortzuspringen. Unmittelbar darauf glommen einige kleinere Punkte in der Schwärze des Alls und folgten der *Hakkarl*.

»Vergrößerungsstufe sechs«, knurrte Kasak. Die Punkte schwollen an, verwandelten sich in kleine

Raumschiffe vor dem Hintergrund verzerrt wirkender Dockanlagen. »Identifizierung.«

»Abfangjäger«, erwiderte Khalen. »Aus dem Sicherheitskontingent der Werft. Mehr als zwanzig.«

»Der Sicherheitsoffizier des Docks setzt sich mit uns in Verbindung, Sir«, sagte Khitar. »Er befiehlt unsere sofortige Rückkehr.«

Marag lachte. »Sie haben ihm nichts vom Test erzählt. Oder er hat ihn vergessen.«

»Nun, auf diese Weise ist alles realistischer.« Kasak sprach wie zu sich selbst – und gleichzeitig laut genug, damit ihn alle hörten. »Sollen wir feststellen, wozu die *Hakkarl* fähig ist?«

Niemand antwortete. Alles blieb still. Wenn ein Testflug ohne Wissen und Zustimmung des Sicherheitschefs der Werft begann... Dann waren mit dem ersten Einsatz des Prototypen weitaus mehr Gefahren verbunden, als die Offiziere bisher geglaubt hatten. Vorausgesetzt, es handelte sich überhaupt um einen ›Test‹. Es gab auch noch andere Möglichkeiten...

»Gefechtsalarm«, sagte Kasak. »Auf Kampfmanöver vorbereiten. Waffensysteme aktivieren, *Zan* Katta.« Das brachte ihm verblüffte Blicke ein, und zwar von *allen* Besatzungsmitgliedern. Wieder entlarvte sich der Spion an Bord nicht durch ein Verhaltensmuster, das sich von dem der anderen unterschied.

Captain Kasak saß zurückgelehnt im Sessel des Befehlsstands, strich sich mit der einen Hand über die Stirnhöcker und wartete darauf, daß jemand einen Kommentar abgab oder eine Frage stellte. Doch die Offiziere schwiegen auch weiterhin – vielleicht deshalb, weil die andere Hand des Kommandanten am Griff des Strahlers im Gürtelhalfter ruhte. Er wartete noch etwas länger, lächelte dann und sagte: »Nur die Intervaller. Auf Betäubung justieren.«

Die Crew ließ den angehaltenen Atem entweichen, und Kasak glaubte, trotz des Summens elektronischer Systeme hier und dort ein Seufzen zu hören. Eine Zeitlang hatten sich die Offiziere gefragt, was es mit diesem Testflug *wirklich* auf sich haben mochte, doch jetzt war die Unsicherheit aus ihnen verbannt. Insgeheim dankte der Captain Marag für seine Bemerkung, die immerhin vom Sicherheitsoffizier des Schiffes kam und daher große Bedeutung hatte. Die übrigen Angehörigen der Crew mußten sich in diesem Zusammenhang folgende Frage stellen: Wer verdiente mehr Vertrauen – ein kampferfahrener Krieger oder ein Bürokrat wie der Sicherheitschef der Orbitalwerft? Kasak glaubte, so etwas wie Erheiterung in Khitars Stimme zu hören, als der Kom-Spezialist eine neuerliche Mitteilung erwähnte.

»Die Sicherheitsabteilung der Werft kontaktiert uns erneut, Captain. Man fordert uns auf, unverzüglich zurückzukehren. Andernfalls werden energische Maßnahmen ergriffen.«

»Wenn der Sicherheitschef nach der *Hakkarl* greifen will, braucht er einen langen Arm«, brummte Kasak. Die Besatzungsmitglieder lachten lauter, als es der Scherz eigentlich verdiente. Aber es kam von Herzen – sie wollten damit nicht nur dem Captain schmeicheln. »Ignorieren Sie alle weiteren Kom-Signale der Docks. Waffen?«

»Aufwärmphase beendet, Sir. Zielerfassung auf ...« Katta zögerte und blickte so auf die Anzeigen ihrer Instrumente hinab, als sähe sie die Displays jetzt zum erstenmal. »Erfassung wird bei allen Zielen bestätigt, Captain. Es sind insgesamt dreiundzwanzig.«

»Schirm: taktische Darstellung.«

Kasak war nicht daran gewöhnt, daß so viele Informationen eingeblendet wurden, und deshalb spürte er einen Anflug von Verwirrung. Geschwindigkeit, Flugbahn, Vektor, Status und noch viel mehr, für jede einzelne Station. Hinzu kamen die grünen Dreiecke der Zielerfassung. Wenn der Captain den Feuerbefehl gab und jene Dreiecke blau glühten, so wies dies auf einen sicheren Treffer hin – das behaupteten jedenfalls die Entwicklungsingenieure.

»Steuermann, Bereitschaft mit Impulskraft. Aktivieren Sie auf meinen Befehl hin die Tarnvorrichtung. Haben sich die Abfangjäger mit Deflektoren geschützt?«

Askel warf einen raschen Blick auf die Anzeigen. »Nein, Sir.«

»Gut. Schilde hoch.«

»Bestätigung.«

»Steuermann ...« Kasaks Blick klebte noch immer an den taktischen Schemata fest, und er hielt nach den ersten Anzeichen für eine Statusveränderung bei den Jägern Ausschau. Als sie feststellten, daß sich die *Hakkarl* in ihre Schilde hüllte, wechselten die Waffendaten in fünf Fällen von Bereitschaft zu *aktiv*. Das genügte dem Captain. »Steuermann. Impulskraft, Ausweichmanöver nach Steuerbord! Tarnvorrichtung ein!«

Mit der einen Hand betätigte Krynn Kontrollen, die dafür sorgten, daß der Schlachtkreuzer – und mit ihm die *Tazhat* – jäh abdrehte. Mit der anderen Hand aktivierte der Steuermann die Tarnvorrichtung. Kasak spürte, wie sich etwas in ihm verkrampfte, und er überlegte, ob sich dieses Gefühl nur bei ihm einstellte. Der große Schirm zeigte, wie die Abfangjäger ihre bisherige Formation aufgaben, als die Kombination aus *Hakkarl* und *Tazhat* plötzlich von den Ortungsmonitoren verschwand.

Mehrere Energiestrahlen rasten durchs All, galten der letzten Position des Schlachtkreuzers.

Askel beugte sich zu seiner Konsole vor. »Der Gegner hat das Feuer eröffnet. Koordinaten; fünf-zwei, fünf-neun, sechs-sechs und sechs-sieben. Kein Treffer.«

»*Zan* Katta ... Erwidern Sie das Feuer.«

Katta starrte den Captain groß an und riskierte damit, sich seinen Zorn zuzuziehen. Sie wußte: Es war unmöglich, diesen Befehl auszuführen. Solange sich ein Raumschiff in einem aktiven Tarnfeld befand, konnten die Waffensysteme nicht eingesetzt werden.

Allein der Versuch mußte das energetische Niveau so drastisch reduzieren, daß Antrieb, künstliche Schwerkraft und Lebenserhaltungssysteme ausfielen...

Kasak schlug mit der Faust auf die Armlehne des Kommandosessels. »Ich habe Ihnen einen Befehl erteilt! Gehorchen Sie! *BaHwI', baH!*«

Katta blinzelte, schluckte – und löste alle aktivierten Waffensysteme gleichzeitig aus. Der Bildschirm zeigte das Resultat. Zwischen den Abfangjägern glühte es blau, als Intervallerstrahlen von Ziel zu Ziel huschten. Der Klingonin an den Kontrollen blieb kaum Zeit genug, verblüfft nach Luft zu schnappen – da war auch schon alles vorbei. Dreiundzwanzig kleine Raumschiffe trieben antriebslos und mit betäubten Besatzungen durchs All.

Die Anzeigen für den Energieverbrauch der *Hakkarl* hatten sich kaum verändert.

Einige Sekunden lang gab sich Kasak der Zufriedenheit hin. »Gefechtsalarm beenden«, sagte er dann. »Ganz offensichtlich sind keine weiteren Ausweichmanöver nötig. Die Tarnvorrichtung bleibt aktiv. Nach diesem Zwischenfall werden alle imperialen Schiffe im Umkreis von fünfzig Lichtjahren versuchen, Ruhm zu erringen, indem sie Jagd auf uns machen und danach trachten, uns wie Narren erscheinen zu lassen.«

Er stand auf und streckte sich, erweckte dadurch fast einen gelangweilten Eindruck. Auch das war eine Angewohnheit von ihm. Einmal hatte er beim Anblick einer romulanischen Flotte gegähnt, die ihm im Verhältnis sieben zu eins überlegen gewesen war – erstaunlicherweise kamen er und seine Crew tatsächlich mit dem Leben davon. »Normaler Flugstatus«, sagte der Captain. »Bugwärtige Sicht auf den Schirm. Beschleunigen Sie auf Warp vier, sobald wir das Sonnensystem verlassen haben. Geschwindigkeit und Kurs beibehalten, bis ich neue Anweisungen erteile.«

Kasak drehte sich mit der Absicht um, die Brücke zu verlassen, zögerte jedoch und wandte sich noch einmal der Crew zu. Lob wurde nicht erwartet, und es gehörte auch nicht zu den Pflichten eines guten Kommandanten, den Besatzungsmitgliedern Anerkennung auszusprechen, aber ... Kasak musterte die Offiziere der Reihe nach, maß sie mit einem Blick, der mehr zu sehen schien, als es wirklich der Fall war, weckte dadurch Unbehagen in *allen*, in den Schuldigen ebenso wie in den Unschuldigen. Schließlich erwies er seiner Crew die Ehre eines Grußes. »Ein guter erster Kampf. Die nächsten werden sicher noch besser.« Würdigung, das Versprechen von Ruhm – und auch eine verschleierte Drohung. Die klingonische Sprache konnte sehr praktisch sein.

Die Offiziere erwiderten den Gruß, als Kasak zum Turbolift schritt, dessen Transportkapsel ihn zu seinem Quartier bringen sollte. Dort wartete andere, weniger dramatische Arbeit auf ihn – wie auf jeden Kommandanten eines Raumschiffs. Hinter ihm erklang eine leise Stimme, die Krynn oder Katta gehören mochte, aber bestimmt nicht Askel: *»Oapla', joHwI.«*

Kasak betrat den Lift und drehte sich um, damit die Crew seinen neutralen Gesichtsausdruck sehen konnte. »Erfolg, Herr«, hatte ihm die Stimme gewünscht. Nun, der Captain zweifelte nicht daran, daß er erfolgreich sein, sogar triumphieren würde.

Die Tür des Lifts schloß sich gerade noch rechtzeitig, um sein Lächeln zu verbergen.

4

Die USS *Enterprise* beendete den Warptransfer und kehrte in den Einstein-Raum zurück. Harte Strahlung begrüßte sie, glitt über den Rumpfschild. Normalerweise gab es niemanden, der die schillernde ›Bugwelle‹ beim Wiedereintritt in den Normalraum beobachtete, doch diesmal wartete ein Publikum auf die *Enterprise*.

Zwei andere Starfleet-Schiffe – die *Vanguard* und *Sir Richard* – drifteten im Ortungsschatten eines Planetoiden, unsichtbar für die Ortungssensoren anderer Raumer. Dieser Sektor gehörte zum stellaren Territorium der Föderation, und nur Föderationseinheiten hatten das Recht, sich hier aufzuhalten. Trotzdem: Die Präsenz der Schiffe war ungewöhnlich genug, um Neugier zu wecken, vom Rand des romulanischen Reiches bis hin zum Imperialen Palast auf der klingonischen Zentralwelt. Deshalb galt es, eine Entdeckung zu vermeiden.

Beide Schiffe ›schwiegen‹ in energetischer Hinsicht: Sie verursachten so wenige Emissionen wie möglich. Vermutlich schnitten ihre Kommandanten Grimassen, als die *Enterprise* mit dem Retransfer im Erfassungsspektrum der Nah- und Fernbereichssensoren für eine Menge Unruhe sorgte. Grenzen, Neutrale Zonen und offizielle Proteste hatten klingonische Erkundungsschiffe nie daran gehindert, in den Föderationsraum vorzustoßen, und nichts deutete darauf hin, daß sich etwas daran geändert haben sollte. Was die *Enterprise* betraf… Allein *ihre* Anwesenheit genügte, um erhebliches Aufsehen zu erregen.

Jim Kirk saß im Kommandosessel und spürte, wie ein Teil der Anspannung aus ihm wich. Es bestand immer die Möglichkeit, daß am Retransferort eine unangenehme Überraschung wartete, und deshalb ordnete der Captain Alarmstufe Gelb an – bis sich herausstellte, daß nicht die geringste Gefahr drohte.

»Schilde senken«, sagte er.

»Grußfrequenzen offen, Sir«, teilte ihm Uhura mit. »Ich empfange Signale von der *Vanguard* und *Sir Richard.*«

»Auf den Schirm, Commander.«

»Ist alles in Ordnung mit Ihnen, Jim? He, Sie sehen gut aus! Offenbar nimmt Starfleet Command Sie nicht hart genug ran.« Captain Fareys Gesicht – beziehungsweise Nicholas Fareys bärtiges Grinsen – erschien in der einen Hälfte des Wandschirms. Die andere zeigte Captain North.

»Hallo, Jim. Willkommen in der abgelegensten Ecke des Nichts.« Gytha North war genauso schlank und eindrucksvoll wie bei ihrer letzten Bewegung. Das offene, von grauen Strähnen durchzogene Haar umschmiegte hohe Wangenknochen, aber Kirk zweifelte nicht eine Sekunden lang daran, daß die Frisur in allen Einzelheiten den Vorschriften entsprach – Gytha wäre sicher imstande gewesen, ihm alle betreffende Paragraphen zu nennen. Sie hatte es immer für sehr wichtig gehalten, selbst die unwichtigsten Details der Starfleet-Vorschriften zu kennen – dadurch wurde es leichter, sie so auszulegen, wie es ihr paßte. »Bewundern Sie das hiesige Panorama. Man braucht nicht viel Zeit dazu, oder?«

»Danke, Nic, es geht mir gut. Und Sie haben recht, Gytha: Mit der hiesigen Gegend ist wirklich nicht viel los.« Jim lächelte dünn. »Damit hätten wir den Small talk bereits hinter uns gebracht. Nun, welche Informationen haben Sie?«

»Typisch Jim. Kommt immer sofort zur Sache.« Farey zuckte mit den Achseln und wurde plötzlich ernst. »Wenn Sie Nhomas Nachricht empfangen haben... Dann wissen Sie ebensoviel wie wir.«

»Verstehe.« Kirk stand auf. »Ich bin ziemlich sicher, daß niemand unser Kom-Gespräch mithört, aber wir sollten es trotzdem hier an Bord fortsetzen. Ich empfange Sie beide im Transporterraum.«

»Äh... Jim... Wir kommen zu dritt.«

»Zu dritt?« Kirk runzelte verwirrt die Stirn – bis sein Gedächtnis einen Namen lieferte. »O ja. Colonel Johnson.« Er zögerte und lauschte dem mentalen Klang der Frage, bevor er sie stellte. »Wieso befand er sich nicht auf der einen oder anderen Brücke?«

»Brücken sind für Kommandanten, Shuttle-Hangars für Gendarmen – so lauteten seine Worte.« Nic Fareys Lippen deuteten ein Lächeln an; er wirkte nicht sehr verärgert. »Johnson hatte Besseres zu tun als wie eine Topfpflanze in der Ecke zu stehen. Niemand nannte uns einen genauen Zeitpunkt für Ihr Eintreffen, und Bemerkungen wie ›möglichst schnell‹ sind sehr relativ. Deshalb...«

»Jim wartet auf uns, Nic.«

»O ja. Entschuldigung. Jim, wir sind in... äh... fünf Minuten bei Ihnen.«

Farey hatte nicht zuviel versprochen. Fünf Minuten später schimmerten drei Energiesäulen im Transporterraum, und wenige Sekunden später standen drei Starfleet-Offiziere auf der Transferplattform. Besser gesagt: zwei Offiziere und jemand, der einen khakifarbenen Overall trug. Der entsprechende Mann wirkte müde, fand Kirk. Zu müde für die bevorstehende Mission. Allerdings: In seinem zackigen Salutieren deutete nichts auf Erschöpfung hin.

»Colonel Todd Johnson von der diplomatischen Schutzgruppe. Bitte um Erlaubnis, an Bord kommen zu dürfen.«

Er war recht groß und kräftig gebaut, hatte kurzes, dunkles Haar. Für einen Colonel schien er recht jung zu sein. Kirk verglich ihn mit jemandem, der eine Zeitlang Sergeant gewesen war, um dann ganz plötzlich die Karriereleiter nach oben zu fallen. Die Rangabzeichen glänzten nicht, und zwar aus gutem Grund: Angehörige der DSG wußten, wie ungesund es sein konnte, bei ihren Einsätzen durch irgend etwas Aufmerksamkeit zu erregen.

»Erlaubnis erteilt, Colonel Johnson«, erwiderte Jim. »Willkommen an Bord der *Enterprise.*«

»Danke, Sir. Bitte entschuldigen Sie meine Aufmachung.« Er zeigte auf seinen Overall – der völlig sauber war und aussah, als sei er erst vor wenigen Minuten gebügelt worden. »Ich habe nicht damit gerechnet, daß sofort nach Ihrer Ankunft eine Besprechung stattfindet. Andernfalls hätte ich mich rechtzeitig umgezogen.«

»Der Colonel und seine Leute überprüften an Bord der *Richard* ihre Ausrüstung. Von der Truppe verlangt er nur das, was er selbst zu leisten bereit ist – oder schon geleistet hat.« Captain North sprach in einem neutralen Tonfall, aber Kirk glaubte trotzdem, einen Hauch Mißbilligung zu hören. »Mit anderen Worten: Er verlangt viel. Auch und vor allem von sich selbst. Wenn Sie ständig bei Ihrer Truppe sind, riskieren Sie das Unentbehrlichkeitssyndrom.«

»Tja, Captain ...« Johnson lächelte. Offenbar hörte er solche Hinweise nicht zum erstenmal. »Man kann nur jenen Ausrüstungen trauen, die man selbst überprüft hat.«

»Außerdem weiß man dann ganz genau, wen gegebenenfalls die Schuld trifft«, warf Nic Farey ein.

»Wenn man lebt und unverletzt ist, so besteht gar kein Grund, nach einem Schuldigen zu suchen.«

Sie hatten den Transporterraum verlassen und gingen übers G-Deck zum Konferenzzimmer, wo sich ihnen McCoy und Spock hinzugesellten. Der Arzt grummelte leise vor sich hin, richtete jedoch keine mürrische Bemerkung an den Vulkanier – was Spock mit einer gewissen Erleichterung zur Kenntnis nahm. McCoy schien wegen irgend etwas sauer zu sein, und Kirk brauchte ihn gar nicht nach dem Grund zu fragen. Er kannte ihn – eine seiner Anweisungen hatte Leonard verstimmt. Und er wußte auch: Pille würde seinem Ärger Luft machen, sobald ihm die richtigen Worte auf der Zunge lagen.

Die Besprechung begann, indem der Computer Bekanntes wiederholte: die ans Föderationspersonal auf Dekkanar gerichtete Aufforderung der neuen Regierung, den Planeten innerhalb einer bestimmten Zeit zu verlassen; und die Aktionen der PDU-Terroristen, für die sie nach Ansicht des regierenden Rates auf keinen Fall zur Verantwortung gezogen werden durften.

Spock schaltete den Bibliothekscomputer auf Bereitschaft und sah vom Monitor auf. »Selbst wenn der Planetare Rat seinen Standpunkt noch einmal überdenkt, wofür es keine Garantie gibt ... Die PDU-Terroristen werden eine Liberalisierung mit allen Mitteln – auch mit Waffengewalt – bekämpfen. Historische Präzedenzfälle lassen darüber hinaus den Schluß zu, daß ein derartiger Kampf erst endet, wenn es die Fanatiker mit einer ›erdrückenden Übermacht des Feindes‹ zu tun bekommen – oder wenn von ihnen niemand mehr übrig ist.« Bei den letzten Worten sah sich Spock am Tisch um.

Die Bemerkungen des Vulkaniers verliehen der Diskussion zusätzlichen Ernst. Todd Johnson musterte den Ersten Offizier der *Enterprise* kurz und nickte.

»Mr. Spock hat recht«, sagte er. »Darüber hinaus weiß er ebensogut wie wir: Die Bezeichnung ›erdrückende Übermacht des Feindes‹ darf sich keineswegs auf uns beziehen.«

»Den Terroristen ist das ebenfalls klar«, meinte Kirk. »Sie wissen, daß uns die Hände gebunden sind – weil wir im Auftrag der Föderation kommen und nicht als Gesandte des klingonischen Imperiums.«

»Wir stecken also in einer Sackgasse«, entgegnete Nic Farey. »Die PDU-Burschen können anstellen, was sie wollen – während wir gezwungen sind, uns mit der Rolle von Beobachtern zu begnügen. Wundervoll.«

»Wozu *sind* wir imstande?« In Gythas Stimme erklang eine für solche Erörterungen unübliche Mischung aus Ärger und Frustration, und deshalb erntete die Kommandantin überraschte Blicke.

Spock beantwortete die Frage, und ganz offensichtlich hielt er die eigenen Ausführungen für unzulänglich. »Uns bleibt zunächst nichts anderes übrig, als tatenlos abzuwarten, Captain. Ich habe die Allgemeine Order 12 einer genauen Analyse gezogen. Computer: Korreliere Abschnitt sieben eins, Interventionsregeln, mit den Erfordernissen und Umständen unserer Mission.«

»Korrelation erfolgt«, antwortete die Sprachprozessorstimme. Der Bericht nahm etwa drei Minuten in Anspruch, und anschließend dachten die Anwesenden eine Zeitlang schweigend über das Gehörte nach.

»Es klingt fast so, als seien die Vorschriften von der anderen Seite festgelegt worden«, sagte Johnson schließlich.

Die Starfleet-Offiziere wußten bereits von den umfangreichen Beschränkungen in bezug auf Navigations- und Verteidigungssysteme, aber die Rückkehr zum Status voller Einsatzbereitschaft hatte soviel Aufmerksamkeit erfordert, daß außer Spock niemand dazu gekommen war, sich mit den übrigen Details der Allgemeinen Order 12 zu befassen. Einige Zitate des Computers bezogen sich auf Erläuterungen, die so klangen, als seien sie von einem typischen Bürokraten geschrieben – von jemandem, der irgendwo an einem Schreibtisch saß und keine Gefahren zu fürchten brauchte, während er über Risiken schrieb, die andere Leute viele Lichtjahre entfernt eingehen mußten.

Die meisten Instruktionen galten den Bodentruppen, in diesem Fall den fünfhundert Männern und Frauen von Johnsons DSG. Der Stil zeichnete sich durch häufigen Gebrauch von ›wohingegen‹ und ›nichtsdestotrotz‹ aus, was jedoch nicht annähernd so sehr ärgerte wie folgender Hinweis: Um die friedliche Natur der Mission zu beweisen, sollten die Teilnehmer weder Helme noch Schutzkleidung irgendeiner Art tragen, es sei denn, »ihre Notwendigkeit wird durch nachfolgende Ereignisse bestätigt«.

Colonel Johnson nickte. »Das heißt: Wir dürfen uns erst dann schützen, wenn man auf uns geschossen hat, wenn vielleicht schon jemand ums Leben kam. Denn *bis* so etwas passiert, ist es gar nicht *nötig* für uns, irgendwelche Schutzmaßnahmen zu ergreifen.«

»Waffen kommen ebensowenig in Frage, nicht einmal Handphaser.« Gytha North lächelte schief. »Wie heißt es so schön? ›Föderationsrepräsentanten dürfen nur dann Waffen tragen, wenn die in den Abschnitten sieben bis zwölf genannten Bedingungen zutreffen oder eine noch kritischere Situation herrscht. Allein in solchen Fällen ist die Präsenz von Phasern statthaft...‹ Und so weiter und so fort. Blablabla. Außerdem: ›Das Verbot bleibt jedoch absoluter Natur, soweit es Handphaser betrifft. Angesichts des hohen Provokationspotentials, das mit verborgenen beziehungsweise leicht zu verbergenden Waffen verbunden ist, dürfen derartige offensiven Instrumente weder passive noch aktive Rollen bei planetaren Einsätzen bilden.‹«

Gytha beendete das Zitat mit unüberhörbarer Bitterkeit und sah die anderen Starfleet-Offiziere an. »Lieber Himmel: Ganz abgesehen davon, daß jemand Handphaser als ›offensive Instrumente‹ beschreibt: Wie oft haben Sie sich ohne so ein Ding hinterm Gürtel auf einen gefährlichen Planeten gebeamt?«

»Diesmal kommt ein Einsatz des Transporters nicht in Frage«, sagte Spock. »Commander Uhura und Commander Sulu haben festgestellt, daß 4725 Cancri gerade den Höhepunkt der Sonnenfleckenaktivität erreicht hat. Bei allen Systemen, die in irgendeiner Weise mit den Sensoren zusammenhängen, muß mit Leistungseinbußen gerechnet werden, was insbesondere für die Navigation gilt. Die externe und interne Kommunikation hingegen sollte auch weiterhin funktionieren. Nun, die bisherigen Analysen deuten darüber hinaus auf eine energetische Fluktuation hin, deren Struktur ein natürliches Äquivalent jener Impulsfolgen darstellt, mit denen man Transferstrahlen entfokussieren kann. Wenn innerhalb des Cancri-Systems Transportersysteme eingesetzt werden, so ist keineswegs ein kohärenter Retransfer gesichert. Ganz im Gegenteil: Es besteht eine hohe Wahrscheinlichkeit dafür, daß bei der Rematerialisierung nur formlose Massen entstehen.«

Kirk preßte die Lippen zusammen, als scheußliche Erinnerungen in ihm erwachten. Er hatte mit eigenen Augen gesehen, was Spock meinte, und zwar an Bord der *Enterprise,* kurz vor dem V'ger-Zwischenfall. Zwei gute Freunde verlor er bei jener Gelegenheit. Es mußte unter allen Umständen verhindert werden, daß sich so etwas wiederholte. Jim schauderte innerlich, als er daran dachte, daß es an Bord der *Vanguard* und *Sir Richard* insgesamt acht Transporter gab, mit einer Kapazität von jeweils zwanzig Personen ...

Sicher hatte auch Pille an diese Möglichkeit gedacht, aber anscheinend handelte es sich dabei nicht um das einzige ihn belastende Problem. »Heute haben Sie besonders erfreuliche Nachrichten für uns«, meinte er. »Möchten Sie Ihren bisherigen Ausführungen noch etwas hinzufügen?«

»Nur dies: Wenn sich die Lage innerhalb der nächsten dreißig Stunden nicht sehr verbessert, muß die Evakuierung des Föderationspersonals auf Dekkanar mit Hilfe von Shuttles erfolgen. Bitte erlauben Sie mir außerdem, Erstaunen in Hinblick auf Ihre Reaktion zu äußern, Doktor. Es ist allgemein bekannt, wie wenig Sie von Transportern halten. Ich hätte gedacht, daß Sie eine derartige Mitteilung mit Genugtuung entgegennehmen.«

»Normalerweise wäre das auch der Fall, verdammt. Aber diesmal nicht. Haben Sie gesehen, was aus meiner Krankenstation geworden ist?«

»Ich *kann* es gar nicht gesehen haben, Doktor«, entgegnete Spock steif. »Weil ich während der bisherigen Dienstphasen auf der Brücke gewesen bin.« Der Vulkanier legte eine kurze Pause ein und fügte etwas sanfter hinzu: »Ich weiß allerdings, was Sie meinen. Und daher verstehe ich auch Ihre Beunruhigung.«

Kirk sah zu McCoy. Spock hatte gerade seine eigene Vermutung in bezug auf Leonards Verstimmung bestätigt. Es geschah nicht sehr oft, daß der Kommandant eines Raumschiffes volle Notstandsbereitschaft für die Krankenstation anordnete, doch eine solche Anweisung hatte Jim vor einigen Stunden erteilt. Leonard kannte natürlich die Hintergründe, was jedoch nicht bedeutete, daß er am konkreten Ergebnis Gefallen finden mußte.

Die medizinische Abteilung der *Enterprise* war dazu bestimmt, alle Gesundheitsprobleme der über vierhundert Besatzungsmitglieder an Bord zu lösen. Man behandelte dort nicht nur Menschen, sondern auch die Angehörigen anderer Spezies, und zwar in einer Umgebung, die man sicherer kaum gestalten konnte. Unter normalen Umständen wurden McCoy und seine Mitarbeiter nur mit harmlosen Erkrankungen und geringfügigen Verletzungen konfrontiert, manchmal auch mit einem Arbeitsunfall oder dergleichen. Man konnte die Krankenstation mit dem Hospital einer Kleinstadt vergleichen. Alle nicht unbedingt erforderlichen Geräte aus ihr zu entfernen, die Station in einen großen Verbandsplatz zu verwandeln, wie man ihn bei einer mittleren Katastrophe brauchte ... Nun, McCoy hatte ein dickes Fell, aber dies war selbst für ihn zuviel.

Mit den Krankenstation der *Vanguard* und *Sir Richard* stand es ähnlich. Die drei Starfleet-Schiffe hatten zusammen eine Besatzung von über tausend Personen, und hinzu kamen Johnsons Leute und das Föderationspersonal auf dem Planeten. Zivilisten, die nicht mehr von der Regierung geschützt wurden und zur Zielscheibe der PDU-Terroristen werden mochten. Daß bei der Evakuierung und medizinischen Versorgung nur Shuttles eingesetzt werden konnten, kam einem Schock gleich für jene, die an einen Einsatz der Transporter gedacht hatten.

»Und da wir unbedingt vermeiden wollen, die Dekkanari zu provozieren ...«, sagte Captain Farey. »Man schickt drei Schiffe hierher, zwei Versorgungseinheiten und einen Forschungskreuzer. Aber wir müssen in der Umlaufbahn bleiben. Zu Landungen auf Planeten sind die *Vanguard, Sir Richard* und *Enterprise* überhaupt nicht in der Lage. Jim, Starfleet Command muß gewußt haben, was bei einer solchen Mission benötigt wird: ein Schiff, das auf Dekkanar landet, das ganze

Personal aufnimmt und wieder startet. Zum Beispiel ein Transporter. Damit ließe sich die Evakuierung innerhalb weniger Stunden durchführen. Dann wäre alles ein ganzes Stück einfacher.« Nic schnaufte und machte keinen Hehl aus seinem Ärger.

Jim musterte den Kommandanten der *Vanguard* und dachte daran, daß er ebenfalls einmal so hitzköpfig gewesen war. Vielleicht hatte es nicht nur Nachteile, allmählich älter zu werden. »Noch einfacher wäre es, wenn wir als klingonische Krieger kämen. Sie wissen ja, wie das Imperium auf rebellische Welten reagiert. Nun, ich schätze, niemand in diesem Zimmer möchte sich an Bord eines Schlachtkreuzers versetzen lassen ...« McCoy sah Kirk an und starrte dann auf die so bürokratisch klingenden Worte, die nach wie vor im Projektionsfeld leuchteten. Erneut grummelte er etwas. »Wie bitte, Pille? Ich habe dich nicht verstanden.«

»Wir sind die Guten.«

»So lautet die Theorie.«

»Und die Guten schießen nicht zuerst, oder?«

»Stimmt.«

McCoy seufzte schwer. »Genau das habe ich befürchtet.«

Die *Enterprise* und ihre beiden Begleitschiffe beendeten den Warptransit drei Tage später, in sicherer Entfernung vom Strahlungschaos und den vielen Asteroiden in den inneren Bereichen des Sonnensystems. Zwar spielte der Zeitfaktor bei dieser Mission eine nicht unerhebliche Rolle, Kirk und die beiden anderen Kommandanten vertraten jedoch folgenden Standpunkt: Die besondere Beschaffenheit dieses Sonnensystems zwang die Föderationsschiffe, sich Dekkanar ganz vorsichtig zu nähern. Außerdem: Ein Anflug mit hoher Geschwindigkeit konnte als Provokation empfunden werden.

Nun, ob Provokation oder nicht: Der Weg nach Dekkanar war recht gefährlich. Die drei Raumschiffe verharrten außerhalb des Sonnensystems und damit jenseits des Erfassungsbereichs der dekkanarischen Fernsensoren. Wieder fand eine Besprechung an Bord der *Enterprise* statt, während der letzten ruhigen Phase, die sie im Verlauf der nächsten Tage erwarten durften. Seit fast einer Woche herrschte Bereitschaftsalarm an Bord der drei Schiffe, und Jim beschloß, diese Gelegenheit zu einer Atempause zu nutzen, bevor die eigentliche Arbeit begann. Er war der rangälteste Offizier: Bis Johnson den Planeten erreichte und dann das Kommando übernahm, standen alle Entscheidungen in Hinsicht auf die kleine Flotte ihm zu. Nach einer kurzen Beratung mit den anderen Kommandanten ordnete Kirk eine Unterbrechung des Alarms an, bis zum Beginn des behutsamen Wir-wollen-niemandem-auf-die-Füße-treten-Anflugs. Es mangelte ihm nicht an einer gewissen Zufriedenheit, als er die Brücke verließ, um seinen Gästen in der Offiziersmesse auf dem C-Deck Gesellschaft zu leisten.

Dort sahen sie sich Uhuras beunruhigende Simulation an, betrachteten bunte Linien, die durch ein von Hindernissen verschiedener Art übersätes Sonnensystem führten und schließlich, nach einigen Schleifen, in der Umlaufbahn des vierten Planeten endeten. Die Mienen der Besucher wiesen darauf hin, daß ihnen der Anblick nicht gefiel. Jim blickte kurz zum Schirm, seufzte leise und winkte ab. »Das kenne ich schon«, sagte er. »Und es wird nicht besser, ganz gleich, wie lange man hinsieht. Bringen die anderen Kanäle kein interessanteres Programm?«

Damit erntete er hier und dort ein schiefes Lächeln. »Ich hoffe, Ihre Unterhaltungskanäle sind so gut, wie man behauptet.« Nic griff nach der Voder-Kontrolle und aktivierte sie. »Umschalten auf Kanal eins.«

»Hecu'! JISaHbe!« donnerte es eine Sekunde später aus dem Lautsprecher. *»ChuydaH!«*

Farey reduzierte hastig die Lautstärke und versuchte, gelassen zu wirken – obwohl er eben heftig zusammengezuckt war. »Die hiesigen Programme sind *tatsächlich* sehr interessant«, sagte er langsam und riß unwillkürlich die Augen auf, als der Bildschirm ein klingonisches Kriegsschiff zeigte, das mit flammenden Triebwerken durchs All pflügte.

Captain North und Colonel Johnson sahen zum Projektionsfeld, wechselten einen Blick und wandten sich dann Jim zu, bevor sie begriffen, daß sie beide auf die gleiche Weise reagiert hatten. Verlegen nahmen sie die rechte Hand von der Stelle des Gürtels, an der sich unter anderen Umständen ein Phaser befunden hätte. Gytha straffte die Schultern, kniff die Augen zusammen und beobachtete das klingonische Schiff einige Sekunden lang.

»Seit wann gehört *Kampfkreuzer Rache* zum Unterhaltungsangebot an Bord von Starfleet-Schiffen?« Sie lächelte plötzlich. »Und wo kann ich eine Kopie des Originals bekommen?«

Jim lachte und sah, daß auch McCoy schmunzelte, vermutlich aus ganz persönlichen Gründen. Kirk erinnerte sich an den Hinweis, er hätte das Zeug zum Psychiater. *Oder vielleicht zum diagnostischen Psychologen,* dachte er und lächelte erneut. Möglicherweise hatte Pille recht – wie so oft.

»Sprechen Sie mit unserem Mr. Freeman. Er dürfte in der Lage sein, Ihren Wunsch zu erfüllen.« Jim schlenderte zur Bar, besorgte sich einen Drink, nippte daran und spürte, wie sich die Zufriedenheit in ihm verdichtete. Bei diesem gemütlichen Zusammensein handelte es sich zweifellos um eine gute Idee. Obgleich ihm McCoy zuvorgekommen war, was dazu führte, daß sich das Getränkeangebot auf Mint Julep beschränkte.

Durchs Fenster in der Rückwand des Zimmers sah Kirk einen hellen, unregelmäßig geformten Fleck: eins der beiden Versorgungsschiffe. Die Entfernung betrug zwar nur fünf Kilometer, aber mit bloßem Auge ließ sich der Fleck nicht als *Vanguard* oder *Sir Richard* identifizieren.

Jim drehte das Glas hin und her, während er auch weiterhin nach draußen sah. Die drei Starfleet-Einheiten formten die Spitzen eines gleichseitigen Dreiecks, und der Raum zwischen ihnen... Shuttles glitten hin und her, geflogen von DSG-Piloten, die Übungen für eine Evakuierung ohne den Einsatz von Transportern veranstalteten. Dann und wann blitzte es in der Schwärze, wenn sich eins der keilförmigen Objekte mit einer Rolle um die eigene Achse drehte – dieses Manöver war inzwischen zum Standard geworden, da es schnelles Andocken erlaubte.

Doch die meiste Zeit über zeigten sich die Raumfähren nur als vage Schemen im All.

Vor einigen Stunden waren Johnson und zwei Junior-Commander aufgebrochen, um sich die Übungen nicht mehr von Bord der *Enterprise* aus anzusehen – sie wollten einen unmittelbaren Eindruck gewinnen. Die gleichen Männer standen nun am Panoramafenster, nahe genug, um die Kälte des Weltraums als kühlen Hauch zu spüren – trotz der guten Abschirmung des Klarstahls. Johnson und seine Begleiter schienen überhaupt nichts davon zu bemerken. Aufmerksam hielten sie mit Ferngläsern Ausschau.

Man kann die Professionalität auch übertreiben, dachte Kirk, wobei er darauf achtete, daß sich dieser Gedanke nicht in seinem Gesicht zeigte. Man hatte ihm bei mehr als nur einer Gelegenheit vorgeworfen – derartige Kritik stammte vor allem von McCoy –, daß er die Kommandopflichten *zu* ernst nahm. Doch was diese jungen Leute betraf... Für sie schien es gar nichts anderes zu geben als ihre Aufgabe. Sie sahen nicht die Pracht des Universums, vergeudeten keinen Gedanken an die vielen Welten dort draußen, an das fremde Leben und die fremden Zivilisationen, die ein Grund waren, warum sich Jim für Starfleet entschieden hatte. Diese Leute hingegen sahen nur das, was sie aufgrund ihrer Ausbildung sehen sollten: die Bewegungen von Einsatzgruppen und Schiffen. Vielleicht hätten sie sich anders verhalten, wenn es in diesem Zusammenhang nicht um eine ernste Krise ging, aber Kirk bezweifelte es.

Zum Glück ist der Colonel etwas umgänglicher als seine Leute, überlegte er, trank erneut einen Schluck und genoß den Julep – in dieser Hinsicht hatte sich McCoy selbst übertroffen.

Johnson war alt genug, um die frostige Profi-Phase seines Jobs hinter sich zu haben, und deshalb gelang es ihm, die Sache weniger verkrampft zu sehen. Mit anderen Worten: Er hatte gelernt, lockerer zu sein. Aber er brachte es noch nicht fertig, sich ganz zu entspannen. Es bereitete Kirk immer Unbehagen, wenn eine gefährliche Mission in Begleitung von Personen begann, die ihm zumindest teilweise ein Rätsel blieben. Vielleicht würde Johnson irgendwann den Rangunterschied zwischen ihnen vergessen, um mit Jim ebenso ungezwungen zu reden wie mit den Kommandanten der beiden anderen Schiffe – bisher erweckte er den Eindruck, selbst im Sitzen Haltung anzunehmen. Nun, wenn das geschah... Dann kamen sie sicher besser miteinander zurecht als jetzt. Kirk lächelte. *Vielleicht sollte ich mich tatsächlich der diagnostischen Psychologie zuwenden. Oder... Vielleicht sollte Pille den Colonel darauf hinweisen, daß ein gewisser James T. Kirk die Beförderung zum Admiral verabscheute, während Johnson auf diese Beförderung versessen zu sein scheint...*

Einmal mehr blickte er hinaus – und erstarrte.

Zwei Shuttles präsentierten sich nicht mehr nur als kleine helle Punkte in der Finsternis des Alls. Sie zeigten ganz deutlich ihre Form, als sie zwischen den Warpgondeln hindurchflogen, um ein weiteres Andockmanöver vorzunehmen. Aber diesmal bahnte sich eine Katastrophe an, denn beide Raumfähren näherten sich dem gleichen Anlegemodul, das sich nur ein Deck über der Offiziersmesse befand ...

Kirk ließ das Glas mit dem Mint Julep fallen, und es zersplitterte auf dem Boden, während er zum Interkom sprang und es aktivierte.

»Nach rechts abdrehen!« rief er. *»Abdrehen!«*

Er heulte fast, was nicht unbedingt der Würde seines Rangs gerecht wurde, aber das war ihm gleich. Hier und jetzt gab es nur eine Sache, die Bedeutung hatte: zwanzigtausend Tonnen Metall schickten sich an, mit seinem Schiff zu kollidieren.

Überall zwischen den drei Starfleet-Schiffen drehten Shuttles ab. Die Piloten reagierten, ohne nachzudenken. Und anschließend warteten sie.

Auch die beiden Raumfähren in unmittelbarer Nähe der *Enterprise* änderten den Kurs, aber die Entfernung zwischen ihnen war bereits unter die kritische Schwelle gesunken. Die Flugbahnen überschnitten sich ... Bug stieß an Heck, und zuerst bestand das Resultat nur darin, daß abgeschabte Thermopanzer-Splitter glitzerten. Dann zündeten bei einem der beiden Shuttles die Manövriertriebwerke. Es trieb fort, wurde schneller – und hielt direkt aufs Panoramafenster zu.

Niemand floh. Niemand rief um Hilfe oder geriet in Panik. Später dachte McCoy über die Gründe dafür nach. Es lag nicht etwa daran, daß Starfleet-Offiziere tapferer waren als normale Sterbliche. Es blieb schlicht und einfach nicht genug Zeit, um Angst zu bekommen.

Der Zwischenfall endete so plötzlich, wie er begonnen hatte: Das Shuttle hielt jäh an, als sei es gegen eine unsichtbare Wand gestoßen. Eine Zeitlang drehte es sich um die eigene Achse, bis der Pilot schließlich das Triebwerk desaktivierte.

»Zum Teufel auch...«, begann Jim, und seine Stimme klang geradezu absurd ruhig.

»Hab dich, du kleines Mistding«, drang Scottys Stimme aus dem Interkom-Lautsprecher. »Ich lasse nicht zu, daß du auch nur einen Kratzer in der Außenhülle dieses Schiffes hinterläßt.« Der Glasgower Akzent machte sich nur bei besonderen Situationen bemerkbar, und diesmal gewann er eine so starke Ausprägung, daß es Kirk schwerfiel, die einzelnen Worte zu verstehen. Einige Sekunden lang rauschte es nur, und dann räusperte sich der schottische Chefingenieur. »Ähem. Maschinenraum an Captain Kirk.«

»Hier Kirk. Herzlichen Dank, Mr. Scott. Ich nehme an, Sie haben Traktorstrahlen eingesetzt.«

»Aye.« Scott legte eine neuerliche Pause ein, doch diesmal ging es ihm nicht darum, seinen Akzent unter Kontrolle zu bringen. Er suchte vielmehr nach Formulierungen, die falsche Interpretationen ausschlossen. »Ich ... äh ... es liegt mir fern, die Piloten des Colonels in irgendeiner Form zu beleidigen, Captain. Aber so viele Raumfähren in einem verhältnismäßig kleinen Raumbereich ... Unter solchen Umständen hielt ich es für besser, die Situation im Auge zu behalten. Und die Traktorstrahl-Stationen zu besetzen. Nur ... äh ... für den Fall.«

Jim lächelte erleichtert. »Sie haben weise Voraussicht bewiesen, Scotty. Zum Glück für uns alle. Bleiben Sie mit den Traktorstrahlen auch weiterhin einsatzbereit.«

Johnson strich seine Galauniform glatt, stand steif und gerade. »Admiral ... Ich kümmere mich jetzt besser um meine Leute. Vielleicht ist jemand verletzt worden.«

»*Ich* glaube, daß wir uns zuerst einen Drink genehmigen sollten, Colonel ...« Jim musterte Johnson und glaubte, die Symptome zu erkennen. »Um den Umstand zu feiern, daß die beiden Piloten noch am Leben sind. Wodurch Sie die Möglichkeit haben, ihnen die Leviten zu lesen. Nun?« Er blickte aus dem Fenster und beobachtete den letzten Akt des Dramas. Jemand ging sehr geschickt mit den Kontrollen des Traktorstrahls um, und Kirk vermutete, daß Scott höchstpersönlich an der entsprechenden Konsole saß. Das vom Fesselfeld erfaßte Shuttle schwebte langsam zum Hangar im rückwärtigen Bereich des sekundären Rumpfs. Die andere Raumfähre wurde von zwei Drohnen aus dem Maschinenraum abgeschleppt.

»Ich ...« Todd Johnson stand noch einige Sekunden lang stocksteif, bevor er leise seufzte. »Na schön. Einverstanden.«

»Gut«, sagte Jim. »Den Mint Julep kann ich sehr empfehlen.« Er lächelte und sah zu McCoy, dem das Kompliment zu gefallen schien. Dann starrte er auf sein zerbrochenes Glas hinab. »Wenigstens hat sich das Zeug diesmal nicht durchs Deck gefressen.«

»Captain auf der Brücke.«

Chekov betätigte einige Tasten in der Armlehne des Sessels, bestätigte damit die Ablösung und stand auf. »Sie haben das Kommando, Captain.«

»Danke, Mr. Chekov.« Kirk setzte sich, nahm einen Bericht entgegen, überflog ihn und unterzeichnete mit seinen Initialen. »Situation?«

»Alle Stationen und Abteilungen melden Einsatzbereitschaft, Captain. Das Zentralgestirn des Cancri-Systems verursacht bereits Interferenzen. Jene Systeme, die nach der Allgemeinen Order 12 nicht verwendet werden dürfen, haben derzeit keinen aktiven Status.«

»Mit der Kommunikation ist soweit alles in Ordnung, Captain«, sagte Uhura. »Sie können uns jederzeit dem Planetaren Rat von Dekkanar ankündigen.«

»Das sollten wir sofort erledigen – bevor man uns ortet und für einen Angreifer hält. Senden Sie die üblichen Grußbotschaften. Fügen Sie hinzu, wer wir sind und aus welchem Grund wir kommen.«

»Mehr nicht, Captain?«

»Das genügt vorerst. Ich schätze, zum gegenwärtigen Zeitpunkt ist den Dekkanari gar nichts an einem Austausch von Höflichkeitsfloskeln gelegen. Allerdings: Wenn sie Mitteilungen für uns haben ...«

»Ja, ich verstehe.« Uhura lächelte, als sie sich wieder dem Kom-Pult zuwandte. Wenn sich Captain Kirk über irgend etwas ärgerte, so neigte er oft dazu, jene tadellos guten Manieren zu offenbaren, hinter denen Starfleet-Offiziere ihren Zorn versteckten.

Derzeit war Jim *sehr* sauer auf die Dekkanari.

Auch und vor allem wegen der Navigationsparameter für den Anflug. Sulu hatte Überstunden machen müssen, um alle Kursphasen zu berechnen – angeblich blieb er auch während des Shuttle-Zwischenfalls auf die Arbeit konzentriert.

Die ursprüngliche Geschwindigkeit der *Enterprise* sollte null Komma vier zwei fünf *c* betragen und noch weiter sinken, je tiefer sie in den ›Schuttbereich‹ des breiten Asteroidengürtels vorstießen. So etwas ging Kirk ganz entschieden gegen den Strich, zumal Gefahren mit dem Anflug verbunden waren – immerhin mußten sie auf Schilde und Deflektoren verzichten. Und anschließend der Aufenthalt im dekkanarischen Orbit: ungeschützt in der Umlaufbahn eines feindlichen Planeten. Es war schon schlimm genug, daß die *Enterprise* in eine solche Lage geriet. Aber der *Vanguard* und *Sir Richard* würde es ebenso ergehen. Hinzu kam das Schicksal des Föderationspersonals und der Zivilisten auf Dekkanar.

Uhura nahm den Datencoder aus dem Ohr und starrte so auf das kleine Gerät hinab, als hätte es sie gerade gebissen. »Na so was!« Und etwas lauter: »Unsere Botschaft ... ist bestätigt, Captain.«

»Handelt es sich um eine von *jenen* Bestätigungen, Commander?«

»Ja, Sir. Sie läuft im großen und ganzen auf folgendes hinaus: ›Kommt und haut möglichst schnell wieder ab.‹« Uhura hob den Datencoder wieder ans Ohr und drückte eine Taste, um die Mitteilung aufzuzeichnen. Nach einigen Sekunden schüttelte die dunkelhäutige Frau den Kopf. »Ich bin gerade daran erinnert worden, wie gut der automatische Translator auch mit Redewendungen zurechtkommt. Damit meine ich insbesondere Bemerkungen, die man als ›derb und anschaulich‹ bezeichnen kann.«

Kirk bedachte sie mit einem Blick, der Anteilnahme zum Ausdruck brachte. »Setzen Sie sich mit der *Vanguard* und *Sir Richard* in Verbindung. Weisen Sie darauf hin, daß wir die Anfluggenehmigung erhalten haben. Und noch etwas ... Sorgen Sie dafür, daß von jetzt an alle Kom-Botschaften ausgedruckt werden.«

»Das geschieht bereits, Sir. Übrigens gilt das auch für die dekkanarische Bestätigung.«

»Gut. Nun, es hat keinen Sinn, noch länger zu warten. Halbe Impulskraft, Mr. Sulu.«

»Fünfzig Prozent Impulskraft, Captain.«

Jim nickte. »Bringen Sie uns nach Dekkanar.«

Sulu steuerte die *Enterprise* mit einer Mischung aus Präzision und Inspiration. Unter den besonderen Umständen im Cancri-System konnte die Navigation der drei Starfleet-Schiffe nicht allein den Computern überlassen werden. Menschliche Wachsamkeit war nötig, um in den Karten nicht verzeichnete Hindernisse zu erkennen und ihnen rechtzeitig auszuweichen. Dadurch kamen sie nur langsam voran, von der nervlichen Anspannung ganz zu schweigen.

Und als sie den vierten Planeten fast erreicht hatten …

»Wir werden gescannt, Captain!«

»Zur Kenntnis genommen, Mr. Chekov. Keine aktive Reaktion unsererseits.« Kirk warf einen raschen Blick auf die Datendisplays, und ihre Anzeigen gefielen ihm nicht. Die *Enterprise* wurde von Ortungssignalen abgetastet, wie sie für Zielerfassungssysteme typisch waren. Solchen Sondierungen folgten meistens Angriffe mit Phaserkanonen oder Photonentorpedos.

»Alarmstufe Gelb«, ordnete Kirk an. »Schilde in Bereitschaft. Es wird weder ein Verteidigungsmanöver durchgeführt noch Energie in die Waffensysteme geleitet.«

»Verstanden, Captain.«

»Daran zweifle ich nicht, Mr. Chekov. Ich wollte es nur noch einmal betonen. Uhura, öffnen Sie einen internen Durchsagekanal.«

Überall an Bord piepten Interkom-Anschlüsse.

»Achtung, an alle: Hier spricht der Captain. Die *Enterprise* wird von Zielerfassungseinheiten gescannt. Achten Sie nicht darauf. Es ist kein Zeichen für einen bevorstehenden Angriff. Ich wiederhole: Es ist kein Zeichen für einen bevorstehenden Angriff. Es stecken nur schlechte Manieren dahinter. Während unserer Mission müssen wir mit weiteren Nettigkeiten dieser Art rechnen, denn der neuen dekkanarischen Regierung sind wir ein Dorn im Auge. Wenn wir uns provozieren lassen, bieten wir ihr damit nur Anlaß, uns noch weniger zu mögen. Aus diesem Grund gilt es, alle überstürzten Reaktionen zu vermeiden. Kirk Ende.«

Diese Angelegenheit ist schon schwer genug für uns, aber man will uns noch mehr Probleme bereiten. Jim verscheuchte Ärger und Besorgnis. Er konnte sich üblere Situationen vorstellen. Wenn er daran dachte, im Starfleet-Hauptquartier an einem Schreibtisch zu sitzen und von dieser Sache zu lesen …

»Wenn Sie soweit sind, Mr. Sulu … In die Umlaufbahn.«

Das Einschwenken in den Orbit verlief ohne irgendwelche Zwischenfälle. Die *Vanguard* folgte der *Enterprise* dreißig Minuten später, und nach noch einmal zwanzig Minuten erreichte auch die *Sir Richard* das Ziel der Reise. Und dort ›hockten‹ sie nun, die Repräsentanten der Vereinten Föderation der Planeten. Ihnen blieb nichts anderes übrig, als Däumchen zu drehen, bis sich die dekkanarische Regierung dazu herabließ, sie nicht länger zu ignorieren und ihnen den Transfer des ausgewiesenen Personals zu gestatten.

Einerseits will man die Föderationsdiplomaten und zivilen Personen so schnell wie möglich loswerden, überlegte Kirk. *Aber man läßt sich trotzdem Zeit – um uns zu reizen.*

Die *Enterprise* und ihre beiden Begleitschiffe genügten den Vorschriften der Allgemeinen Order 12 und hatten die Sensoren desaktiviert, damit sich keine Sondierungssignale feststellen ließen – ein weiterer Beweis für freundliche Absichten. Das hinderte die drei Raumer natürlich nicht daran, Dekkanar im Auge zu behalten. Um vor unliebsamen Überraschungen gewappnet zu sein, wie Captain North meinte. Zur Beobachtung dienten passive Systeme, die Bewegungen, Wärme oder Strahlung registrierten. Auf den entsprechenden Monitoren zeigten sich die beiden Versorgungsschiffe als helle Punkte, gekennzeichnet mit Namen, Registriercode und ID-Nummer. Ein komplexes Muster aus Kommunikations- und Wettersatelliten war in ständiger Bewegung: Parabolantennen empfingen Radiowellen, und kleine Schubmodule hinterließen Infrarotspuren …

Von einem Augenblick zum anderen heulten die Alarmsirenen an Bord der *Enterprise.*

»Drei Raumschiffe verlassen die Atmosphäre des Planeten, Captain.« Spock stand an der wissenschaftlichen Station und blickte in den Sichtschlitz des Scanners. »Nein, es sind insgesamt acht.« Kurzes Zögern. »Und sie kommen direkt auf uns zu.«

Die Brückenoffiziere sahen mit verdoppelter Aufmerksamkeit auf die Anzeigen ihrer Konsolen und erwarteten die Anweisungen des Captains.

Kirk saß im Kommandosessel und gab sich gelassen, während er zum Wandschirm blickte. Der Computer blendete acht verschiedene Ortungssymbole ein, und die starken infraroten Emissionen konnten nur von antiquierten Raketentriebwerken stammen.

»Analyse, Mr. Spock?«

»Offenbar verwenden die Objekte chemischen Treibstoff«, erwiderte der Vulkanier. »Ein recht primitives Antriebssystem.«

»Aber was stellen die Objekte dar? Vielleicht Raketen? Nimmt man uns unter Beschuß?«

»Schwer zu sagen, Captain. Die Infrarotstrahlung der Chemo-Triebwerke ist so stark, daß wir derzeit keine detaillierten Daten gewinnen können.«

»Eine Vermutung, und zwar schnell. Worum handelt es sich?«

»Captain …«, ließ sich Chekov vernehmen. »Die Entfernung beträgt nur noch eintausendvierhundert Kilometer und sinkt rasch.«

Kirk drehte den Kommandosessel. »Spock?«

»Unsere besondere Situation verlangt Vorsicht. Wenn jene Objekte tatsächlich Raketen sind, die man auf uns abgefeuert hat …«

»Gefechtsalarm! Schilde hoch! Phaser, Zielerfassung!« Jim sah erneut zum Wandschirm, blinzelte und fügte hinzu: »Den letzten Befehl nehme ich hiermit zurück.« Bei den Raketen kam es zu einer deutlichen Verringerung des Schubs. Innerhalb weniger Sekunden verblaßte das infrarote Gleißen, und als die damit verbundene Störstrahlung nachließ, konnte der Computer endlich einige zusätzliche Daten gewinnen. Für die Beobachter schloß sich eine kurze Phase der Verwirrung an, als sich die Ortungsreflexe im Projektionsfeld verdoppelten. Dann wurde die Ursache dafür klar: Abgesprengte Treibstofftanks blieben hinter den zentralen Objekten zurück, die nun in eine Umlaufbahn steuerten.

Kurze Zeit später stellte sich heraus, was die Dekkanari ins All geschickt hatten: Shuttles. Plumpe, schwerfällig anmutenden Raumfähren, die Jim an Bilder der alten *Enterprise* erinnerten. Er ließ den angehaltenen Atem entweichen. »Wenn bitte jemand den Alarm desaktivieren würde ...«, sagte er.

Jemand kam der Aufforderung nach, und das Heulen der Sirenen verstummte endlich. Rotes Glühen im Kontrollraum wich normalem Licht.

»Die Bio-Indikatoren verifizieren Lebensformen an Bord der dekkanarischen Shuttles«, meldete Spock.

Die Raumfähren beschleunigten nun mit Hilfe der eigenen Triebwerke, und dabei veränderte sich allmählich ihre Formation. Als sie hinter der Wölbung des Planeten verschwanden, glitten sie wie ein Pfeil dahin. Kirk verglich sie mit einem Gänseschwarm.

»Seltsam.« Sulu betätigte mehrere Tasten, und eine Computergraphik erschien auf dem Wandschirm. Weitere Linien verdeutlichten Kurs und Flugvektoren. Man brauchte die Schemata nur kurz zu betrachten, um zu folgendem Schluß zu gelangen: Wenn es den dekkanarischen Shuttles um ein Rendezvousmanöver ging, so hätten sie es sofort nach dem Verlassen der Atmosphäre durchführen können. »In siebzehn Komma zwei Minuten kehren sie zurück«, sagte der Steuermann wie zu sich selbst. »Dann werden wir sehen ...«

»Was erwarten Sie, Mr. Sulu?« fragte Spock.

»Ich bin mir nicht sicher, Sir.« Noch eine Graphik leuchtete auf dem Wandschirm – eine Kurselaboration, die auf verschiedenen Variablen beruhte, zum Beispiel Flugbahn, Orbitalgeschwindigkeit und so weiter. »Die Sache kommt mir komisch vor. Ich bezweifle, ob die Raumfähren Evakuierte transportieren.«

»Sie glauben, in siebzehn Minuten erhalten wir Gewißheit?« erkundigte sich Kirk.

»Ja, Captain. Davon gehe ich aus.«

»Jetzt sind es noch sechzehn Komma vier fünf Minuten«, sagte Spock. Jim drehte seinen Sessel weit genug, um dem Vulkanier einen Blick zuzuwerfen. Das Gesicht des Ersten Offiziers verharrte in einer Ausdruckslosigkeit, die Kirk gut kannte. »Ungefähr«, fügte Spock hinzu. »Und die Zeitspanne verkürzt sich auch weiterhin.«

»Natürlich. Danke, Mr. Spock. Weitermachen.« Kirk verbarg sein Lächeln. Ganz gleich, mit welcher Mission die *Enterprise* und ihre Crew beauftragt waren: Irgendwann nutzte der Vulkanier immer die Gelegenheit, einen ganz speziellen Sinn für Humor zu zeigen – den er angeblich überhaupt nicht besaß.

Ein akustischer Signalgeber des Kom-Pults piepte, und Uhura lauschte kurz. »Die *Vanguard,* Sir. Captain Farey möchte wissen, ob ...« Sie rückte den Datencoder zurecht und lächelte. »... ob Sie den Vorbeiflug der Veteranen selbst organisiert haben.«

»Auf den Schirm, Uhura.« Sulus Navigationsschemata verschwanden, wichen Nic Fareys schmunzelnder Miene. Die Züge verrieten mehr Anspannung als beim letztenmal. Der Grund: An Bord der *Vanguard* wurde gerade die Alarmstufe Rot aufgehoben. »Ihnen ist es also ebenso ergangen, wie?«

»Ja. Die Burschen in den Shuttles wissen gar nicht, wie knapp sie mit dem Leben davongekommen sind. Wenn einer meiner Offiziere die Nerven verloren und die Phaser aktiviert hätte ...« Farey sah kurz über die Schulter. »Zum Glück habe ich eine sehr disziplinierte Crew.«

»Was ist denn passiert? Ich meine, die Raumfähren haben uns ziemlich überrascht, als sie plötzlich die Atmosphäre verließen und in den Orbit schwenkten, aber ...«

»Bei Ihnen kam es also nicht zu einer Fast-Karambolage? Mann, da können Sie von Glück sagen!«

»Karambolage? Was soll das heißen?«

»Die Typen ...«

»Entschuldigen Sie bitte, Captain Farey«, erklang Uhuras Stimme. »Captain North möchte Captain Kirk sprechen. Erste Priorität.«

Die Darstellung von Nic Farey schrumpfte und wich in eine Hälfte des Projektionsfelds. Doch dort, wo sich eigentlich Gytha North präsentieren sollte, wogte nur gestaltloses Grau.

»Uhura? Wird die Übermittlung gestört, oder ...« Kirk zögerte, die andere Möglichkeit zu nennen – manchmal schienen solche Dinge deshalb Wirklichkeit zu werden, weil man über sie sprach.

»... uns hören, *Enterprise?* Hier ist die NCC-2382 *Sir Richard,* und wir rufen die NCC-1701 *Enterprise.* Bitte melden Sie sich. Empfangen Sie unsere Signale?«

Die Stimme schwamm durchs Chaos aus Interferenzen, mal leiser und mal lauter. Plötzlich knackte und prasselte es in den Lautsprechern. Das wabernde formlose Grau wich aus dem zweiten Bildschirmfenster, und klare Konturen formten sich dort.

In Captain Norths großen, dunklen Augen zeigte sich etwas, das Kirk zunächst nicht zu interpretieren vermochte. Es war keine Furcht – so etwas paßte nicht zu der Gytha North, die er kannte. Plötzlich begriff er: Zorn. Dieses Gefühl brodelte in einem mentalen Kokon, der es unter Kontrolle hielt, so daß es in Stimme und Tonfall keinen Niederschlag fand. Aber es gab andere Anzeichen. Zum Beispiel die Haut des Gesichts: Sie schien sich stärker als zuvor über den Wangenknochen zu spannen. Das Ergebnis bestand darin, daß die Miene fast vulkanisch ausdruckslos wurde. Aber die Augen glühten darin wie heiße Kohlen.

Was für ein Glück, daß die Dekkanari nur den Ton empfangen, dachte Kirk. *Das heißt ... Vielleicht ist das Glück gar nicht so groß.*

»Während der letzten Minuten hatten wir fünfmal Alarmstufe Rot«, sagte Gytha. Sie sprach langsam und wußte ebenfalls von den Lauschern auf Dekkanar. Trotzdem – oder vielleicht gerade deshalb – verzichtete sie darauf, ihre Worte mit Sorgfalt zu wählen. »Wir hätten die verdammten Shuttles *fast* vom dekkanarischen Himmel gefegt. Sie passierten mein Schiff in einem Abstand von nur wenigen Metern! Ich meine wirklich *Meter,* nicht etwa *Kilo*meter. Es wäre fast zu einer *Kollision* gekommen! Um ganz offen zu sein, Jim: Wenn die Typen unbedingt Ärger wollen, so können sie ihn bekommen.«

»Das genügt, Captain North.« Jim lehnte sich zurück und zählte stumm bis zehn, während er gleichzeitig versuchte, sich seine Unruhe nicht anmerken zu lassen. Die Situation erforderte Besonnenheit, und Gythas Vorrat an Geduld schien bereits erschöpft zu sein. Kirk war bei ›acht‹ angekommen, als erneut die Sirenen der *Enterprise* schrillten.

»Chekov!« rief er gerade noch rechtzeitig, um den Waffenoffizier daran zu hindern, die Deflektoren zu aktivieren. »Nicht ohne meinen ausdrücklichen Befehl. Und ich erinnere mich keineswegs daran, Ihnen eine entsprechende Anweisung erteilt zu haben.«

»Sehen Sie sich das an!« Chekovs Finger huschten über Tasten und Schaltflächen, woraufhin die Abbilder der beiden Kommandanten vom Wandschirm verschwanden. Sie wichen einem taktischen Display. »Eine klassische Angriffsformation, Captain. Von den *Klingonen* abgeschaut.«

Jim betrachtete die Darstellung. Pavel hatte recht. Die dekkanarischen Shuttles kamen hinter der anderen Seite des Planeten zum Vorschein; sie bildeten nun keine bunt zusammengewürfelte Schar mehr, sondern flogen in perfekter Formation. »Stellen Sie fest, ob die Raumfähren mit Waffen ausgestattet sind, Spock. Ich bezweifle es.«

»Sondierung läuft, Captain. Doch allein mit den passiven Systemen ...«

»Spock?«

»Keine Waffen. Aber das ist kaum eine Garantie.«

»Es garantiert, daß wir nicht als erste das Feuer eröffnen. Alarmstufe Rot beenden.« Kirk stand auf, schritt durch den Kontrollraum und sah über Chekovs Schulter. »Bitte schalten Sie die Sirenen aus.«

Das Heulen verklang – und begann sofort von neuem, als ein Shuttle primitive Zielerfassungssensoren auf die *Enterprise* richtete.

Eine Anpeilung wurde nicht vorgenommen. Und war vermutlich auch gar nicht beabsichtigt. Es ging den Dekkanari einzig und allein darum, mit einer kurzen ›Salve‹ aus Sondierungssignalen alle Warnsysteme an Bord des Starfleet-Schiffes auszulösen.

Das fünfte Shuttle setzte den gleichen Trick ein und fügte der elektronischen Belästigung noch etwas anderes hinzu: Es flog zwischen den beiden Warpgondeln der *Enterprise* hindurch und passierte das Diskussegment in so geringer Entfernung, daß der geringste Navigationsfehler zu einer Katastrophe geführt hätte.

»Die Sirenen abschalten«, sagte Kirk zum viertenmal innerhalb kurzer Zeit und kehrte zum Befehlsstand zurück. So etwas wie müde Resignation erklang in seiner Stimme, und das Gebaren vermittelte eine ähnliche Botschaft. Er nahm im Kommandosessel Platz und dachte daran, daß die nächsten Stunden – wahrscheinlich sogar die ganze Mission – sehr anstrengend sein mochten.

5

Die *Hakkarl* hing antriebslos im All. Alle Bordsysteme waren desaktiviert, selbst die Positionslichter. Dennoch: Etwas bewegte sich an der großen, schattenhaften Masse des Schlachtschiffs – eine kleine Inspektionskapsel. Ihr Manövriertriebwerk feuerte ab und zu, und dann schien in der Finsternis ein Funke zu glühen. Askel und Chefingenieur Aktaz befanden sich an Bord, nahmen eine letzte externe Kontrolle vor und begannen dann mit der nächsten Phase des Tests. Seit drei Stunden schien Aktaz integraler Bestand des Kontrollpults zu sein, das die Systeme semiautomatisch überprüfte, und er sah praktisch nur auf, um sich zu vergewissern, ob Askel die ferngelenkte Sonde richtig steuerte. Der wissenschaftliche Offizier fühlte sich von den manchmal recht skeptischen Blicken in seinem Stolz verletzt, aber er beherrschte sich. Es hatte keinen Sinn, den Chefingenieur dafür schon jetzt zur Rechenschaft zu ziehen.

»Strukturanalyse, Warpgondeln, Gehäuse und Verschalung«, murmelte Aktaz mehr zu sich selbst und starrte wieder auf die Anzeigen.

Askel hörte einige Sekunden lang zu, während der Ingenieur eine lange Checkliste durchging, die hier nicht interessanter war als auf der anderen Seite des Schiffes. Bei solchen Gelegenheiten bekam Commander Askel eine Vorstellung von der Große und Komplexität eines Kampfkreuzers. Gleichzeitig konfrontierten ihn solche Erfahrungen mit kolossaler Langeweile. Sein Interesse galt vor allem den komplizierten Strukturen des Geistigen, den vielfältigen Möglichkeiten von Intrigen und Verschwörungen, den Methoden, derartige Pläne zu vereiteln – oder sie so zu modifizieren, daß sie eigenen Zielen gerecht wurden.

Es mußte hier einen Plan geben. Askel kannte den Geruch des Komplotts, und an Bord der *Hakkarl* hatte er ihn sofort wahrgenommen. Captain Kasak betonte immer wieder, daß er nichts im Schilde führte, aber diese Beteuerungen führten nur dazu, daß Askel noch argwöhnischer wurde.

Jeder klingonische Offizier war an irgendeiner Art von Konspiration beteiligt. In vielen Fällen ging es nur darum, befördert zu werden und/oder in der eigenen Linie mehr Einfluß zu gewinnen. Wenn Kasak behauptete, daß von allen Kommandanten in der imperialen Flotte ausgerechnet er, der berühmte sutai-Khornezh, *nicht* versuchte, mit irgendwelchen schlauen Tricks der eigenen Karriere nachzuhelfen... Nun, dann log er zweifellos. Wenn er außerdem von seinem Ersten Offizier erwartete, solchen Unsinn zu glauben... Ebensogut hätte er Askel laut und deutlich einen Narren nennen können. Doch der wissenschaftliche Spezialist und IG-Einsatzleiter mußte erst besser über Kasaks Pläne Bescheid wissen, um festzustellen, wie sehr er beleidigt worden war. Derzeit begnügte er sich mit folgender Erkenntnis: Sobald er alle erforderlichen Informationen bekommen hatte, konnte der Imperiale Geheimdienst genug Schmerzstimulatoren zur Verfügung stellen, um dem Captain und seinen Komplizen auch die letzten Geheimnisse zu entreißen.

Es sei denn...

Es sei denn, eine Unterstützung von Kasaks Plänen stellte mehr Profit in Aussicht als seine Entlarvung.

Darin bestand ein großes Problem bei der Tätigkeit für den IG. Die Agenten wurden häufig aufgefordert, eine bestimmte Angelegenheit von allen Seiten zu betrachten, um ihre tiefere Bedeutung zu verstehen und wirkungsvollere Gegenmaßnahmen zu ergreifen. Doch eine solche Einstellung hatte auch zur Folge, daß die potentiellen Vorteile einer List für den Agenten ebenso klar zu erkennen waren wie offener Verrat für jemanden vom Sicherheitsdienst. Außerdem: Man konnte die Angehörigen des IG gewiß nicht als dumm bezeichnen. Ganz im Gegenteil. Aufgrund ihrer hohen Intelligenz wußten sie, daß unter bestimmten Umständen die Treuepflichten dem Geheimdienst gegenüber eine untergeordnete Rolle spielten.

Nal komerex, khesterex, hieß es. »Was nicht wächst, wird sterben.« Askel stellte den Satz um, wodurch er eine neue, der aktuellen Situation angemessenere Signifikanz bekam: *Nal khesterex, komerex.* In diesem Zusammenhang fiel ihm eine Redensart ein, die schon vor langer Zeit ins Föderationsstandard übersetzt worden war – eine Sprache, die Askel verstand. Die Worte stammten von einem Gedankenmeister der *Doy'tS,* einer Menschen-Linie, und sie lauteten: *Was uns nicht umbringt, macht uns stärker.*

»Träumen Sie, Commander?« Aktaz' gereizte Stimme unterbrach Askels Überlegungen. »Ich habe gesagt: Die Analyse ist fertig. Wir können jetzt zum nächsten Kontrollbereich.«

Warum neigen Ingenieure und Ärzte immer dazu, leicht verärgert zu sein? dachte Askel, als er die Kontrollen der kleinen Inspektionskapsel betätigte. Weil die Maschinen, mit denen sie arbeiteten, leicht aufgrund von Defekten ausfielen? Er zuckte mit den Schultern und öffnete einen Kom-Kanal zum Kreuzer.

»Askel an Brücke.«

»Hier Brücke«, meldete sich Krynn – eine der beiden Frauen an Bord. Der Captain brachte ihnen ganz spezielles Interesse entgegen. Es war interessant, sie zu beobachten, nicht nur aus den offensichtlichen Gründen.

»Die externen Überprüfungen sind beendet. Stellen Sie die Energieversorgung wieder her. Wir warten, um das Ergebnis festzustellen.«

»Bestätigung. Brücke Ende.«

Ja, sehr tüchtig. Vielleicht war Krynn sogar *zu* tüchtig – wenn es einen solchen Offizier an Bord eines klingonischen Schiffes geben konnte. Nun, derartige Situationsaspekte hatten nur dann Bedeutung für Askel, wenn Captain Kasak private Kaperungen plante, bevor er mit der *Hakkarl* zur Taamar-Werft zurückkehrte. *Und* wenn seine Offiziere mit einem derartigen Mißbrauch von imperialen Ressourcen einverstanden waren. Wenn Ruhm lockte, wenn der ›Profit‹ – welcher Art auch immer – groß genug war und das Schiff unbeschädigt zurückgebracht werden konnte ... Unter solchen Umständen mochte Askel bereit sein, den Captain zu unterstützen. Und dann stellte Tüchtigkeit eine sehr willkommene Eigenschaft dar.

Er beobachtete nun, wie der Schlachtkreuzer wieder zu energetischem Leben erwachte, dabei wie ein riesiges, legendäres Monstrum wirkte, das seinen Schlummer beendete. Zuerst erschien das matte Glühen des Rumpfschilds, der sich wie eine dunstige zweite Haut an der Außenhülle erstreckte und bis zum Kommandostutzen reichte. Anschließend leuchteten die Positionslichter auf, wie Perlen an einem grauen Panzer – ein angemessener Schmuck für ein so mächtiges Schiff. Und dann, noch etwas heller: die blinkenden Module des Kollisionsschutzes, Sicherheitsleuchten und die Insignienlampen, deren Schein die imperialen Kleeblattsymbole der *Hakkarl* den Myriaden nackten Sternen darbot.

Bei diesem prächtigen Anblick erzitterte etwas tief in Askel.

»Die Hauptsysteme sind wieder aktiv, Captain«, sagte Krynn. »Überall blaue Lichter. Maximale Energie steht zur Verfügung.«

Kasak sah auf die Anzeigen und nickte. »Gut. Die Inspektionskapsel soll an Bord zurückkehren, damit wir ... Nein. Mitteilung an *Zan* Askel: Position halten. Die *Tazhat* löst sich nun von der *Hakkarl*. Beobachten Sie den Vorgang und erstatten Sie anschließend Bericht.«

Er wartete auf die Bestätigung des Signals und richtete den Blick dann erneut auf die Anzeigen. »Manövrierschub, halbe Kraft.«

Krynn nahm die notwendigen Schaltungen vor, und die *Tazhat* vibrierte leicht – ein Zittern, das man in den Knochen spürte. Graphische Darstellungen auf den Monitoren veränderten sich, und Diagramme wiesen darauf hin, daß der Scout ein vom Kreuzer unabhängiges Bewegungsmoment bekam. Krynns Konsole drehte sich und verharrte neben einer anderen, deren Sicherheitsklappen zurückwichen; darunter kamen weitere Schaltelemente zum Vorschein. Die Klingonin gab den Separationscode ein, und die anderen Brückenoffiziere folgten ihrem Beispiel an den übrigen Stationen.

»Verbindungsstatus, *Zan* Khitar?«

»Kommandoverbindungen stabil. Volles Kommunikationspotential bestätigt.«

»Gut«, brummte Kasak. »Navigation: Führen Sie auf meinen Befehl hin ein volles Kampfmanöver mit Aktivierung der Tarnvorrichtung durch. Ein Viertel Impulskraft für beide Einheiten. Ausführung.« Er sah sich auf der Brücke um und lächelte. Die Mitglieder seiner Crew waren nervös – kein Wunder –, aber sie teilten auch die Neugier des Captains und wollten herausfinden, ob der Schlachtkreuzer wirklich den in ihn gesetzten Erwartungen gerecht wurde.

Kasak straffte die Schultern, während er im Kommandosessel saß, blickte zum Hauptschirm und den dort leuchtenden Sternen. »*Degh*«, sagte er, woraufhin sich der Steuermann zur Konsole vorbeugte. »*YIchu'Ha'*.«

»Manöver wird durchgeführt.« Krynn drückte Tasten.

Askel und Aktaz wußten nicht genau, wonach sie Ausschau halten sollten. Als das Manövriertriebwerk aktiv wurde, waren die ersten Bewegungen nur für das Sensorsystem erkennbar. Bisher kannten sie das Separationsmanöver allein aus Simulationen; nun fand es zum erstenmal tatsächlich statt.

Der monomolekulare Strang zwischen den beiden Schiffen degenerierte, und daraufhin sollte sich der Scout ganz langsam mit Hilfe der Manövrierdüsen vom Kreuzer entfernen. In diesem Fall gab es keine kleinen Sprengladungen, deren Explosion für eine Trennung sorgte, wie zum Beispiel bei Kommandostutzen und Rumpf.

Nun, auf jene Weise beschrieben Simulationen den Vorgang. Die Wirklichkeit unter dem Kommando von Captain Kasak sutai-Khornezh sah ein wenig anders aus.

Die *Tazhat* trieb nicht etwa langsam und gemächlich von der *Hakkarl* fort, sondern *sprang* regelrecht ins All. Bei beiden Schiffen glühten die Schuböffnungen der Impulstriebwerke, und eine jähe Beschleunigung schickte sie in verschiedene Richtungen. Sie rasten so plötzlich davon, daß Askel die Situation erst erfaßte, als *Tazhat* und *Hakkarl* bereits zu winzigen Punkten in der Schwärze geworden waren. Und dann verschwanden sie ganz, als die Tarnvorrichtungen aktiviert wurden.

»*Kai* der imperialen Technik!« Aktaz lachte laut, hämmerte mit der Faust auf die Konsole und merkte gar nicht, daß Askel ernst blieb.

Der wissenschaftliche Spezialist und IG-Agent hatte gerade etwas beobachtet, das seiner Meinung nach keinen Applaus verdiente, sondern leidenschaftliches Fluchen. Ein Fluchen, das Kasaks geschicktem Schachzug galt – *und auch mir,* fügte Askel in Gedanken hinzu. *Ich hätte so etwas erwarten sollen, als ich den Befehl bekam, die Inspektionskapsel zu fliegen.* Ein meisterhafter Trick des Captains. Selbst wenn Askel lange genug überlebte, um von einem anderen klingonischen Schiff aufgenommen zu werden, das durch diesen Sektor flog ... Anschließend mußte er mit Strafe, vielleicht sogar mit der Hinrichtung rechnen – der Imperiale Geheimdienst hielt nicht viel von Einsatzleitern, die bei so wichtigen Missionen versagten.

Und um in der Kapsel zu überleben ... Die Kapazität des Lebenserhaltungssystems war begrenzt, was bedeutete: Für eine Person reichte der Vorrat an Sauerstoff, Wasser und so weiter länger als für zwei. Askel starrte zum Hinterkopf des Ingenieurs und fragte sich, wann er ihn töten sollte – vor oder nach dem Senden eines Notrufs. Je eher, desto besser. Warum warten, bis die Luft schlecht wurde? Warum überhaupt warten? Askel konzentrierte sich auf eine bestimmte Stelle an Aktaz' Nacken und holte aus, um mit der Handkante zuzuschlagen ...

Von einem Augenblick zum anderen erschienen Raumschiffe im All.

Kantige Metallmassen schluckten das Licht der Sterne, als nur zweihundert Meter entfernt Tarnvorrichtungen desaktiviert wurden. Die *Tazhat* schwebte dicht über dem Rumpf des Schlachtkreuzers, während der monomolekulare Strang regenerierte. Als das geschehen war, sank der Scout und verankerte sich an der Außenhülle.

»Ihre Meinung?« klang die Stimme des Captains aus dem Kom-Lautsprecher. Er klang zufrieden.

»Beeindruckend.« Askel hätte gern noch mehr gesagt, und dabei ging es nicht allein um die Schiffe. Er wollte wie ein Sturmläufer brüllen und den Rest des Universums seinen Zorn spüren lassen. Aber dadurch wäre seine wahre Identität verraten worden, und mit ihr der Grund für seine sekundenlange Panik in der Kapsel. »Ein reibungsloser Vorgang.«

»Ist er aufgezeichnet?«

»Ja. Sind Sie mit der Leistung des neuen Schiffes zufrieden?«

»Das bin ich in der Tat. Kehren Sie nun zurück. Es gibt viel zu tun.«

Askel beobachtete die beiden Raumschiffe und sah dann zu Aktaz, der nicht ahnte, wie nahe er dem Dienst in der Schwarzen Flotte gewesen war. Ja, es gab viel zu tun. *Eine Menge Denkarbeit wartet auf mich,* fuhr es Askel durch den Sinn. Die ganze Situation mußte neu eingeschätzt, neu bewertet werden. Irrte sich der Imperiale Geheimdienst? Hegte Captain Kasak sutai-Khornezh gar keine verborgenen Pläne? Oder war er gar noch schlauer, als man bisher angenommen hatte? Wie auch immer: Askel gehörte an die Seite des Kommandanten.

Er starrte so auf das Schaltpult, als sähe er es jetzt zum erstenmal. Nach einigen Sekunden betätigte er die Schubkontrollen und flog die Inspektionskapsel zur *Hakkarl.*

Die acht dekkanarischen Shuttles flogen zehnmal dicht an den Föderationsschiffen vorbei, bevor sie ihren Orbitalvektor änderten. Bei zweiundzwanzig Gelegenheiten lösten sie Alarmstufe Rot an Bord der *Enterprise, Vanguard* und *Sir Richard* aus. Jetzt befanden sie sich in einer polaren Umlaufbahn – so weit wie möglich von den geostationären Positionen der Starfleet-Schiffe entfernt. Damit verschafften sie Kirk und seinen Leuten kaum Erleichterung.

Während der letzten Stunde hatte Jim auf der Brücke mehr Flüche gehört als jemals zuvor. Ein solches Verhalten war für die Offiziere im Kontrollraum ganz und gar nicht typisch. Normalerweise ließ ihnen die Arbeit gar keine Zeit, sich deftige Ausdrücke der einen oder anderen Art einfallen zu lassen. Diesmal jedoch mußten sie schlicht und einfach abwarten, was ihnen ausreichend Gelegenheit gab, ihre rhetorische Phantasie auf die Probe zu stellen – manche Wortkombinationen hätte man besser aufzeichnen sollen, um sie später in der xenosoziologischen Abteilung zu analysieren. Freeman wäre sicher begeistert gewesen. Vielleicht eignete sich ein derartiges verbales Material sogar für eine Doktorarbeit.

Es ließ sich kaum feststellen, ob die vielen Flüche auf eine Anspannung hindeuteten, die allmählich ein kritisches Maß erreichte. Kirk hatte den Bordarzt zur Brücke bestellt, damit McCoy einen Eindruck gewann. Leonard fand bestimmt heraus, ob Anlaß zur Besorgnis bestand oder nicht.

»Bei allen Raumgeistern und dem Klabautermann obendrein: Was ist hier los?« ertönte eine Stimme vom Turbolift, noch bevor sich die Tür ganz geöffnet hatte. Kirk blinzelte nicht einmal. Leonard schien selbst jemanden zu brauchen, der seine emotionale Verfassung diagnostizierte.

»Die Dekkanari versuchen, uns zu ärgern«, erwiderte er.

»Das ist Ihnen auch gelungen.« McCoy schnitt eine Grimasse, als er aus der Transportkapsel trat. Hinter ihm schloß sich die Tür des Turbolifts mit einem leisen Zischen, das wie ein erleichtertes Seufzen klang. »Können wir nicht irgend etwas *unternehmen?*«

»Du hast an der Einsatzbesprechung teilgenommen, Pille. Daher weißt du ganz genau, daß mir die Hände gebunden sind.« *Das Fluchen kann ansteckend wirken, verdammt,* dachte Kirk – um sofort sein eigenes ›Verdammt‹ zu verdammen. Eine Sekunde später begriff er, daß er sich mit solchen Überlegungen im Kreis bewegte. »Direkte feindselige Aktionen sind bisher ausgeblieben ...«

»Ach, tatsächlich?«

»Du weißt genau, was ich meine. Ich beziehe mich auf die Interventionsregeln. Die Dekkanari verhalten sich wie Kinder, die an Türen klingeln und dann weglaufen.«

»Und weißt du, was man mit solchen Kindern anstellt? Man zieht ihnen das Fell über die Ohren, gibt ihnen eine Tracht Prügel.«

»Ein Photonentorpedo kommt keiner Ohrfeige gleich, Pille. Und mit den Phaserkanonen kann man niemandem den Hintern versohlen.«

Chekov wechselte einen bedeutungsvollen Blick mit Sulu und Uhura. Alle drei lachten leise.

»Mr. Chekov?« Kirk sah zu dem Russen. »Wenn Sie imstande sind, die Phaser entsprechend zu justieren ...«

Sulu und Uhura entwickelten plötzlich großes Interesse an den Anzeigen ihrer Konsolen. Chekov schnaufte leise und lief rot an.

Seinen roten Wangen gesellte sich rotes, pulsierendes Licht hinzu, als die automatischen Systeme einen neuerlichen Alarm auslösten.

Glücklicherweise dauerte das Heulen der Sirenen nur wenige Sekunden – Spock gab den Desaktivierungscode ein. »Wieder eine Zielerfassung ohne Peilung, Captain. Durchgeführt von einem Shuttle im Apogäum seiner Umlaufbahn.«

»Offenbar sind die Raumfähren noch immer in Reichweite, Mr. Spock.«

»So scheint es.«

»Gute Psychologie, und auf die richtige Weise angewendet«, murmelte McCoy. Er bemerkte Kirks durchdringenden Blick und zuckte mit den Schultern. »Ich will das dekkanarische Gebaren keineswegs rechtfertigen, Jim – du brauchst mich also gar nicht so anzusehen. Aber eins steht fest: Es steckt gut überlegte Absicht dahinter.«

»Du meinst, daß sie uns mal in Ruhe lassen und mal nicht? Na klar: Man zuckt heftiger zusammen, wenn man vorher Gelegenheit hatte, sich ein wenig zu entspannen. *Dauerndes* Zusammenzucken hingegen fördert den Gewöhnungseffekt. Das ist keine Psychologie, sondern ausgezeichnete Taktik, Pille.«

»Verschiedene Worte, gleiche Bedeutung.«

»Da muß ich Ihnen widersprechen, Doktor«, sagte Spock. McCoy rollte mit den Augen und verzog wie schmerzerfüllt das Gesicht. »Die dekkanarischen Aktionen basieren tatsächlich auf einer sorgfältig geplanten Taktik«, fuhr der Vulkanier fort. »Zwar sind unsere passiven Sensoren nicht annähernd so leistungsfähig wie die aktiven, aber wenn ich genügend Sondierungssignale empfange ... Dann wäre es möglich, den Computer so zu programmieren, daß er die angeblichen Zielerfassungen ignoriert.«

»Meinen Sie eine Art Ortungsfilter?« erkundigte sich McCoy. »Warum haben Sie das nicht gleich gesagt?«

»Ich *habe* es gesagt, Doktor. Nur mit anderen Worten.«

»Ja, mit einem Kauderwelsch, das nur Sie verstehen.«

Spock schwieg. Er wölbte nur eine Braue und musterte den Arzt zwei oder drei Sekunden lang, bevor er sich wieder der wissenschaftlichen Station zuwandte. Zwar behielt McCoy das letzte Wort, aber Kirk gewann trotzdem den Eindruck, daß der Vulkanier als Sieger aus dem kurzen rhetorischen Duell hervorging. Wenigstens klagte Leonard jetzt nicht mehr darüber, daß immer wieder Alarme ausgelöst wurden.

Bis erneut die Sirenen heulten.

Die *Hakkarl* flog mit Warpfaktor sechs Komma zwei – eine ›gemütliche‹ Geschwindigkeit für die verbesserten Triebwerke. Fast die ganze Energie stand dem Antrieb zur Verfügung; nur ein sehr kleiner Teil wurde für die Sensoren und Scanner benötigt. Captain Kasak hatte eine volle Aktivierung der Sensorsysteme angeordnet, und zwar mit folgender Begründung: Während der kurzen Auseinandersetzung mit den Abfangjägern von Taamar war es ihnen gelungen, Ruhm zu erringen, doch sie standen wie Narren da, wenn sie sich von den nach ihnen suchenden Schiffen überraschen ließen.

Wer nach diesem Kreuzer Ausschau hält, muß lange suchen, dachte Askel, als er in der kleinen Inspirationskammer an Bord des Scouts Platz nahm. Nicht nur die Sensoren waren aktiv, sondern auch die Tarnvorrichtungen – ohne feststellbare energetische Belastungen für den Warpantrieb der *Hakkarl*. Diesmal schien die technische Entwicklungsabteilung des Imperiums wirklich ausgezeichnete Arbeit geleistet zu haben. Und *das* war ungewöhnlich genug, um den Captain zu einem entsprechende Logbucheintrag zu veranlassen.

»Alles in Ordnung?« fragte Marag von der Tür her.

»Blaues Licht«, erwiderte Askel. »Worum geht's?«

»Wir sind hier in der Inspirationskammer.« Marag nahm Platz. »Wir dürfen also damit rechnen, inspiriert zu werden.«

»Damit etwas geschieht, das der Sicherheitsoffizier überwachen kann – um nicht aus Langeweile zu sterben?«

Marag zeigte die Spitzen der seitlichen Zähne, als er die Lippen zu etwas verzog, das kaum die Bezeichnung ›Lächeln‹ verdiente. Askel hatte recht, und deshalb schwieg er. Angesichts einer so kleinen Crew gab es für einen Sicherheitsbeauftragten kaum etwas zu tun. Immerhin: Der geringste Rang an Bord war der eines Lieutenant Commander.

Andere Mitglieder der Besatzung – jene, die nicht mit der Auswertung der Sensordaten beschäftigt waren – trafen ein, nickten und winkten kurz. Sie alle fragten sich, was ihnen der Captain mitzuteilen gedachte. Die Zusammenkunft hätte auch auf der Brücke stattfinden können, aber angesichts der vielen Kommandorelais gab es dort nur wenig Platz.

Es summte leise, und der große Bildschirm erhellte sich, zeigte Kasak im Befehlsstand. Hinter ihm nahm der medizinische Spezialist Arthag Askels Platz an der wissenschaftlichen Station ein. Arthag schien nur deshalb zur Besatzung zu gehören, weil jede Crew einen Arzt brauchte. Bisher hatte er zwei banale Verbrennungen und eine Schnittwunde im Finger behandelt, verursacht von der scharfen Kante einer Verkleidungsplatte. Vermutlich freute er sich über die Gelegenheit, den Ersten Offizier zu vertreten – dadurch bekam er wenigstens etwas zu tun. Askel hatte nichts dagegen. Andere Dinge erforderten seine Aufmerksamkeit.

»Der Testflug nimmt einen guten Verlauf«, begann Kasak. »Dieses Schiff hat keine falschen Hoffnungen in uns geweckt. Ein geringerer Captain und eine geringere Crew gäben sich vielleicht damit zufrieden. Aber mir genügt es nicht. Als ich von Zufriedenheit sprach, habe ich nur einen Teil der Wahrheit gesagt.«

Askel setzte sich auf und spitzte die Ohren.

»Meine Absicht besteht darin, der *Hakkarl* eine würdige erste Mission zu ermöglichen«, fuhr Kasak fort. »Eine Mission, die nicht nur diesem Schiff angemessen ist, sondern auch seiner Besatzung. Die Romulaner haben bereits unternommen, was ich plane, damals, als sie Tarnvorrichtung und Plasmatorpedo testeten. Doch seit dem Eingreifen der *g'daya* Organianer hat kein Schiff des Imperiums derartige Aktionen gewagt. Bis jetzt. In zehn Standardminuten verlassen wir die neutrale Raumzone und gelangen in das von der Föderation beanspruchte stellare Territorium.«

Plötzlich wußte Askel Bescheid. Die einzelnen Mosaiksteine rückten zusammen und ergaben ein einheitliches Bild: ein von innenpolitischen Konflikten heimgesuchter Planet, der das Föderationspersonal ausgewiesen hatte und neue Beschützer benötigte; der Umstand, daß die *Hakkarl* ohne Genehmigung aufgebrochen war. Nein, es handelte sich nicht um eine Übung. Kasak hatte den Schlachtkreuzer gestohlen, damit die Organianer keine Vorwürfe gegen das Imperium erheben konnten – auch wenn es von einem Erfolg des Captains profitierte.

All dies und noch viel mehr ergab jetzt einen Sinn, als Kasak seine Ansprache fortsetzte. Die Offiziere hörten ihm mit ungläubigem Erstaunen, fasziniert und voller Bewunderung zu. Askel vereinte alle drei Empfindungen in sich. Die Ungläubigkeit dauerte nicht lange, denn die Tätigkeit für den IG hatte ihn gelehrt, weitaus unwahrscheinlichere Dinge für möglich zu halten und ihnen auf den Grund zu gehen. Der so dramatisch anmutende Plan des Captains ließ sich durchführen – und versprach so viel Ruhm, wie sich ein klingonischer Krieger wünschen konnte.

Marag bewegte sich. Der Sicherheitsoffizier hatte wie erstarrt gesessen, während Kasak sprach, doch jetzt stand er auf. Askel spannte unwillkürlich die Muskeln, wartete auf Marags Reaktion und bereitete sich innerlich vor. Er trug eine kleine Projektilschleuder an der üblichen Stelle, und wenn der Sicherheitsoffizier Anstalten machte, ihm – ihnen allen – diese einzigartige Chance zu nehmen, in der imperialen Hierarchie nicht nur nach oben zu klettern, sondern bis zu ihrer Spitze zu *springen* ... Dann wollte Askel die Waffe benutzen, um ihre Verwendung später zu erklären – falls später noch Rechtfertigungen irgendeiner Art nötig waren.

Doch er brauchte Marag nicht zu erschießen.

»*Kai* dem Captain!« donnerte der Sicherheitsoffizier. »*Kai kassai, Klingon!*«

Die übrigen Anwesenden erhoben sich ebenfalls, stampften mit den Füßen und teilten Marags Begeisterung. Askel entspannte sich. Alles war in bester Ordnung. Nun, vielleicht nicht in *bester*. Er mußte erst noch die Identität der *khest'n* Agenten des Sicherheitsdienstes herausfinden und feststellen, was *sie* von dieser Sache hielten. Um anschließend die eine oder andere Maßnahme zu ergreifen.

Aber nicht jetzt. Nicht sofort.

Auch Askel stand nun auf und trat langsam durch die Inspirationskammer. Er blieb ernst, was den anderen Klingonen immer seltsamer erschien. Er war der Freund des Captains – warum bejubelte er ihn nicht? Der wissenschaftliche Spezialist ignorierte die fragenden Blicke, schritt zum Interkom an der Wand und schaltete es ein. Dann drehte er sich um und sah aus kühlen gelben Augen zum Schirm, der nach wie vor den Captain zeigte.

»Brücke.« Kasaks Stimme tönte nun auch aus dem Interkom-Lautsprecher.

»Ihre Offiziere sind begeistert«, verkündete Askel in einem neutralen Tonfall.

»Und Sie?«

»Mir geht es nur darum, etwas zu sagen.«

»Ich höre.«

Askel lächelte, zeigte dabei die Zähne. Sein Blick glitt kurz zu den Besatzungsmitgliedern, die eben noch an seiner Loyalität gezweifelt hatten. Er hob die rechte Hand, ohne eine Waffe, ballte sie zur Faust des ehrenvollen Grußes. Neuerlicher Jubel erklang.

»Erfolg, Herr«, sagte Askel.

»Colonel Johnson meldet die Startbereitschaft der Shuttles, Captain.«

James Kirk kritzelte seine Unterschrift auf einen weiteren Bericht und sah dann zum Wandschirm, der das gleiche Bild wie zuvor zeigte: einen Planeten, darüber taktische Darstellungen, die sich auf acht dekkanarische Raumfähren bezogen. Abgesehen davon – nichts. Visuelle Kom-Signale blieben nach wie vor aus. »Sind die Föderationsdiplomaten bereit, den Planeten zu verlassen, Uhura?«

»Es läßt sich noch immer kein Kontakt herstellen, Sir – was nicht nur an der hohen Sonnenfleckenaktivität liegt, sondern auch auf künstlich erzeugte Interferenzen zurückzuführen ist.«

»Verstehe, Uhura. Versuchen Sie es weiter.«

»Wenn ich von der ganzen Kapazität des Systems Gebrauch machen könnte... Durch die Verbesserungen der duotronischen Schaltkreise sollte es eigentlich möglich sein, einen dekohäsiven Richtstrahl selbst durch die dichteste Störstrahlung zu schicken.«

»Was allerdings kaum der dekkanarischen Aufmerksamkeit entgehen dürfte. Und dann ist die neue Regierung sicher noch weniger zur Kooperation bereit als jetzt. Schon seit einer ganzen Weile zerbreche ich mir den Kopf über dieses Problem. Ich habe sogar daran gedacht, Flaschenpost einzusetzen.«

»Dann glauben die Dekkanari vielleicht, daß wir sie bombardieren, Captain«, sagte Chekov. »Oder daß wir sie mit der Aussicht bestechen wollen, ihnen beim nächsten Mal volle Flaschen zu bescheren.«

Kirk verzog das Gesicht und blickte wieder zum Wandschirm. Wenigstens wußten die zu evakuierenden Personen, wo sie sich einfinden sollten. Das Standardverfahren sah für solche Fälle folgendes vor: Die auf den Planeten zu transferierenden Personen – per Transporter oder mit Shuttles – wurden an Orten abgesetzt, die den Schutz diplomatischer Immunität genossen. Das Föderationspersonal wußte also, wo es Hilfe erwarten konnte.

Bisher hatten die PDU-Terroristen noch keine Aktionen gegen die Außenweltler auf ihrem Planeten eingeleitet. Vielleicht beabsichtigten sie, ganz auf so etwas zu verzichten. Kirk blinzelte, schüttelte andeutungsweise den Kopf und verdrängte diesen hoffnungsvollen Gedanken. *Geh nicht von solchen Annahmen aus,* dachte er. *Sie verleiten zu Sorglosigkeit und Überraschungen der übelsten Sorte.*

»Uhura ...«, sagte er müde und stellte sich der unangenehmen Erkenntnis, daß er die unmittelbare Kontrolle übers Geschehen verlor. »Öffnen Sie einen allgemeinen Kanal.«

»Kanal geöffnet, Sir.«

Jim spürte, wie ihm die Hände feucht wurden, und er verabscheute seine Unsicherheit. »Hier spricht Captain Kirk von der *Enterprise*. Beginnen Sie mit der Rettungsmission.« Er holte tief Luft, als die grünen Bestätigungslichter aufleuchteten. »Ich rate Ihnen dringend, die nötige Vorsicht walten zu lassen, Kirk Ende.«

»Du bist sehr besorgt«, sagte McCoy leise. Er stand hinter dem Kommandosessel.

Jim drehte erstaunt den Kopf und nahm die Präsenz des Arztes erst jetzt zur Kenntnis. »Ich bin nicht nur besorgt, sondern auch sauer.«

»Ja ...« Leonard sah sich kurz im Kontrollraum um. Die Offiziere saßen an den Konsolen, konzentrierten sich ganz auf ihre Arbeit. »Ich möchte dich unter vier Augen sprechen, Jim.«

»Ich kann die Brücke nicht ...« Kirk unterbrach sich. Er konnte die Brücke durchaus verlassen, zumindest für kurze Zeit. Und eine Ablehnung hätte McCoy ohnehin nicht akzeptiert. »Mr. Spock, Sie haben das Kommando.«

Die Tür des Turbolifts schloß sich, und Pille sagte: »Krankenstation.«

Stille folgte.

Kirk musterte McCoy und hob fragend die Brauen.

»Du bist nicht nur besorgt und sauer, Jim. Du bist auch müde und erschöpft.«

»Ich bin für die Mission verantwortlich, bis Johnson ein planetares Einsatzzentrum eingerichtet hat.«

»Wann ist deine letzte reguläre Dienstschicht zu Ende gegangen, Jim?«

»Was spielt das für eine Rolle? Ich muß zur Brücke zurück. Wenn es doch noch gelingt, einen Kontakt mit der neuen dekkanarischen Regierung herzustellen ...«

»In dem Fall gibt dir Uhura bestimmt Bescheid. Ich glaube, dein derzeitiges Verhalten ist eine Reaktion auf die letzte Mission, auf den ereignislosen Patrouillenflug im Bereich der Neutralen Zone. Hier *passiert* etwas, und du willst nichts davon versäumen.« McCoy schüttelte den Kopf. »Aber das ist noch nicht alles, oder?«

»Da hast du recht, verdammt! Es steckt noch viel mehr dahinter. Zum Beispiel: Wenn Dekkanar und das diplomatische Korps der Föderation bereit gewesen wären, nicht zu reden, sondern auch mal zuzuhören ... Dann befänden wir uns jetzt überhaupt nicht in der Umlaufbahn dieses Planeten!«

»Beiden Seiten sind Fehler unterlaufen. Nun, ist das der Grund für deinen Ärger? Oder hast du mir vielleicht nur einen Vorwand genannt?«

»Hör endlich damit auf, mich einer Art Psychoanalyse zu unterziehen, Pille.« Jim sprach leise, aber trotzdem kam in seinen Worten eine Schärfe zum Ausdruck, die McCoy als Warnung erkannte. »*Natürlich* liegt die Schuld bei beiden Seiten. Eine so riesige Organisation wie die Vereinte Föderation der Planeten kann es sich leisten, großzügig zu sein bei der Konfrontation mit einer Welt, die nicht einmal zu ihren Mitgliedern zählt. Doch hier ist niemand auch nur auf den *Gedanken* gekommen, Großzügigkeit walten zu lassen. Andernfalls würden sich Colonel Johnson und seine Leute jetzt nicht anschicken, ein Minenfeld zu betreten. Wie hast du die Föderation bezeichnet? Als die ›Guten‹? Nun, vielleicht stimmt das. Wir geben uns Mühe. Wir alle. Aber wir haben das Ziel noch nicht erreicht.«

Sie schwiegen, als die Transportkapsel hielt und die beiden Türhälften auseinanderglitten. McCoy trat in den Korridor, drehte sich um und winkte ungeduldig. »Komm. Zur Krankenstation geht's hier entlang.«

»Ich kehre zur Brücke zurück.«

»Da irrst du dich. Bis eben wollte ich keine weiteren Einwände erheben und dich gehen lassen, damit du den Start der Shuttles beobachten und dich mit irgendwelchen anderen Beschäftigungen belohnen kannst, um anschließend für die Routineuntersuchung zu mir zu kommen. Aber dann dachte ich: Leonard, die Untersuchung hätte schon vor zwei Wochen stattfinden sollen. Sicher mußt du sie erneut verschieben, wenn du diese gute Gelegenheit ungenutzt verstreichen läßt. Und deshalb ... Komm mit.«

»Pille ...«

»Muß ich dich daran erinnern, daß der Erste Medo-Offizier eines Raumschiffs dem Captain Dienstuntauglichkeit bescheinigen und ihn des Kommandos entheben kann, Jim? Ich schrecke nicht davor zurück, mein Privileg zu nutzen.«

»Vorschriften dieser oder jener Art stehen mir bis hier. He, du setzt mir praktisch das Messer auf die Brust ...« Jim hob die Arme zu einer kapitulierenden Geste – und schlug sich mit der flachen Hand auf die Stirn. »Lieber Himmel, offenbar hast du recht: Ich bin wirklich müde. Oder ich werde langsam alt. Oder beides.« Er lächelte jungenhaft und eilte zum nächsten Interkom.

»Daran hätte ich schon vor einer Stunde denken sollen«, sagte er über die Schulter hinweg. »Kirk an Maschinenraum.«

»Hier Maschinenraum«, meldete sich Montgomery Scott.

»Läuft bei Ihnen alles glatt, Scotty?«

»Aye, Sir. Wir haben keinen Grund zur Klage – abgesehen von den dauernden Alarmen.«

»Deshalb wende ich mich an Sie. Wenn Sie die Kontrollen bei Ihnen von den gleichen Leuten bedienen lassen können wie bei den Andock-Übungen der Shuttles ...«

Einige Sekunden blieb es still im Interkom-Lautsprecher, und dann erklang Scottys Lachen.

»Der Chefingenieur freut sich«, sagte Jim zu Pille und hörte, wie im Maschinenraum Anweisungen erteilt wurden.

»Die Stationen der Traktorstrahlen werden gerade besetzt, Captain.« Scott lachte erneut. »Bald wird sich herausstellen, ob uns die Burschen da draußen auch weiterhin ärgern wollen, wenn sie dafür ordentlich durchgeschüttelt werden.«

»Die Interventionsregeln klassifizieren Traktorstrahlen nicht als Waffen«, erklärte Kirk dem staunenden Arzt. »Viele einfache Sensoren orten sie nicht einmal. Wenn es Spock jetzt auch noch gelingt, einen ›Filter‹ für die dekkanarischen Sondierungssignale zu programmieren ... Dann können uns die Raumfähren da draußen gestohlen bleiben.«

»Es sei denn natürlich, sie entscheiden sich zum Angriff«, gab McCoy zu bedenken.

»Sie wären nicht imstande, die *Enterprise* ernsthaft in Gefahr zu bringen.« Die Tür der Krankenstation öffnete sich, und Jim trat ein. Unmittelbar darauf blieb er wieder stehen, drehte den Kopf langsam von einer Seite zur anderen und sah sich verblüfft um. Die Beschwerden des Arztes über eine völlig veränderte medizinische Abteilung fielen ihm ein. Er erinnerte sich auch an den Grund dafür, an seine Anweisung, alles für den Notfall vorzubereiten. Erst jetzt wurde ihm klar, was das in der Praxis bedeutete.

Es gab nicht mehr die geringsten Andeutungen von Bequemlichkeit. Selbst die Holobilder an den Wänden fehlten. Wo früher Sessel gestanden hatten, warteten nun zusammengeklappte Feldbetten mit grauen Decken. Kleine, versiegelte Versorgungseinheiten füllten Nischen und schmale Lücken; sie enthielten hauptsächlich Sedative, schmerzstillende Mittel und Verbände. Die komplexen mikrodiagnostischen Instrumente waren klobig wirkenden anabolischen Protoplasern und medizinischen Tricordern mit einfachen Analyseprogrammen gewichen. Jim nahm den alles andere als einladenden Anblick in sich auf und merkte erst nach einigen Sekunden, daß er eine Grimasse geschnitten hatte. Der Abscheu des Captains galt nicht etwa dem jetzigen Erscheinungsbild der Krankenstation, sondern seiner Bedeutung.

»Die *Enterprise* mag den hiesigen Gefahren gewachsen sein«, sagte McCoy bitter. »Das Dumme ist nur, daß es bei derartigen Auseinandersetzungen zu Verletzten und gar Toten kommt – selbst dann, wenn sie gut ausgehen.«

»Das lasse ich nicht zu, Pille.« Jim verwandelte sich in einen sehr ernsten Admiral James T. Kirk. »Ich werde alles versuchen, um dir und deinen Mitarbeitern Arbeit zu ersparen.«

»Und ich hoffe inständig, daß du mit deinen Bemühungen Erfolg hast«, erwiderte McCoy.

Alle Alarmsysteme, mit denen die *Hakkarl* von ihren Entwicklungsingenieuren ausgestattet worden war, schalteten gleichzeitig von passiven auf aktiven Status um. Hunderte von Sirenen schienen in der *Tazhat* zu heulen, laut genug, um selbst die Zähne der Crew vibrieren zu lassen.

Kasak sutai-Khornezh richtete sich kerzengerade im Kommandosessel auf und bedachte die Besatzungsmitglieder nacheinander mit finsteren Blicken. Es war keine individuelle, eher eine kollektive Schuldzuweisung. »Sorgen Sie dafür, daß wieder Ruhe einkehrt«, knurrte er, und trotz des Kreischens ließen sich seine Worte deutlich vernehmen. »Sonst ziehe ich den Verantwortlichen zur Rechenschaft.«

Ganz plötzlich herrschte Stille auf der Brücke des Scouts. »Schon besser«, sagte Kasak. »Und jetzt ... Ich wünsche eine Erklärung.«

Askel stand auf, salutierte und berief sich auf die Freundschaft mit dem Captain, indem er gleich darauf eine entspanntere Haltung einnahm. Doch als er das Blitzen in Kasaks Augen sah, straffte er die Gestalt wieder. »Der Erstflug dient unter anderem dazu, Fehler in der neuen Konstruktionsstruktur zu entdecken.«

»Was ich sehr wohl weiß.« Der Kommandant beugte sich vor, und das Feuer des Zorns in den Augen brannte heißer. »Erläutern Sie.«

»Ein solcher Fehler hat sich gerade gezeigt, Sir.« Askel berührte eine Schlachtfläche auf der wissenschaftlichen Konsole; nun zeigte der Hauptschirm nur noch flimmerndes Grau. »Wenn Sie gestatten ...«

»In Ordnung, *Zan* Askel.« Kasak lehnte sich zurück, gab seine gefährliche Förmlichkeit auf und spürte, wie sich Erleichterung wellenartig im Kontrollraum ausbreitete. Allerdings: Niemand wagte es, sich ohne ausdrückliche Anweisung zu entspannen. »Fahren Sie fort.«

»Bestätigung«, sagte Askel. »Ingenieur Aktaz, projizieren Sie die Relais-Schemata auf den Schirm. Fügen Sie ein Diagramm des monomolekularen Strangs hinzu.«

Er sprach einige Minuten lang und wies auf kritische Punkte während Verbindung und Separation der beiden Raumschiffe hin. Durch das Kampfmanöver war die Justierung wichtiger Schaltmodule verändert worden, die zur Weiterleitung von Kommandos dienten. Vibrationen hatten eine weitere Desynchronisierung bewirkt. »Deshalb kam es nicht zu einem Alarm, als sich die *Tazhat* zum erstenmal auf der *Hakkarl* verankerte«, erklärte Askel. »Bei der Signalübertragung blieben Fehler aus. Bis jetzt ...«

»Was ist mit der Reparatur, wissenschaftlicher Spezialist?«

»Die Empfänger und Sender dieses Schiffes müssen aus den jeweiligen Installationseinheiten gelöst und neu für den Datentransfer von und zur *Hakkarl* programmiert werden.«

Kasak musterte den Ersten Offizier nachdenklich. Askel war imperialer Klingone, aber der Captain fragte sich nun, ob vielleicht auch Vulkanier zu seinen Vorfahren gehörten. »Wie läßt sich so etwas bewerkstelligen?«

»Alle Bordsysteme müssen stillgelegt werden, um Überlastungen einzelner Komponenten vorzubeugen. Wenn wir ein Übertragungsmodul aus dem Verbund lösen, um es mit einem neuen Code auszustatten, und wenn zu jenem Zeitpunkt die Systeme noch immer aktiv sind ... Dann wird das Modul zum einzigen Transferpunkt für die Daten. Anschließend wären wir eine Woche lang damit beschäftigt, alle defekten Unterbrecher auszutauschen.«

»Ich verstehe«, log Kasak und lächelte. »Nun, das sollten wir besser vermeiden. Gegenwärtiger Kurs und Standort, *Zan* Khalen?«

Der Navigator sah auf die Displays. »Kurs und Position entsprechen dem Flugplan. Ohne Energie können wir den Warptransit nicht fortsetzen. Von hoher Unterlichtgeschwindigkeit ist wegen der Möglichkeit temporaler Verschiebungen aufgrund relativistischer Effekte abzuraten. Mit null Komma vier fünf *c* erreichen wir das Ziel in sieben Komma sechs Stunden.«

»Geschätzte Reparaturdauer: sechs Komma zwei Stunden«, fügte Ingenieur Aktaz hinzu.

»Wir verlieren keine nennenswerte Zeit«, sagte Khalen. »Wir verlassen den interstellaren Raum während der Passivitätsphase. Unser Kursvektor führt uns von oberhalb der Ekliptik ins interplanetare Raumgebiet, und dadurch weichen wir den meisten Hindernissen aus. Wenn es für ein Orbitalmanöver Zeit wird, sind die Bordsysteme längst reaktiviert.«

»Gut.« Ein solcher Anflug – ohne energetische Aktivität – kam Kasaks Meinung nach einem taktischen Bonus gleich. »Einverstanden.«

Der Captain musterte die Offiziere der Reihe nach und wußte, daß sie auf seine Befehle warteten. Er nickte knapp. »Ausführung.«

Jim lehnte sich zurück und sah, wie erneut vier Shuttles den Hangar der *Sir Richard* verließen und zum Planeten glitten. Einmal mehr begann er zu rechnen, zum letztenmal, wie er hoffte. Jedes Schiff verfügte über vier Shuttles, und jedes Shuttle bot Platz für sieben DSG-Leute und einen Starfleet-Piloten. Johnsons Truppe bestand aus insgesamt fünfhundert Personen. Das bedeutete rund sechs Einsätze für jede Raumfähre. Anschließend erfolgte der Transport des Föderationspersonals. Kirk verzog das Gesicht und rieb sich die Augen. Die spezielle Logistik dieser Mission neigte dazu, sein ganzes mentales Potential zu beanspruchen, hinter seiner Stirn für nichts anderes mehr Platz zu lassen. Solche Dinge fielen eher in Spocks Zuständigkeitsbereich oder den der Computer.

Jeder Flug stellte ein mögliches Ziel für Anschläge

dar, aber bisher schien sich die PDU damit zu begnügen, das Geschehen einfach nur zu beobachten. Die dekkanarischen Orbiter verzichteten inzwischen auf Störaktionen – vielleicht begriffen ihre Kommandanten, daß unter den gegebenen Umständen zuviel schiefgehen konnte. Sie hatten ihre Aufgabe erfüllt und in aller Deutlichkeit darauf hingewiesen, daß die Starfleet-Schiffe alles andere als mächtig waren, solange sie die Interventionsregeln beachten mußten. Scotty vermutete, daß die Dekkanari nur beabsichtigten, eine ganz besondere Verhandlungsbasis zu schaffen. Seiner Ansicht nach würde alles mit ›mühsam unterdrückter Aggressivität‹ beginnen, um dann nach und nach einem vernünftigen Dialog entgegenzusteuern.

Wenn nur niemand versuchte, seinen Forderungen mit Waffen Nachdruck zu verleihen …

Wieder schrillten die Sirenen. Kirk murmelte einen Fluch und sah zu Chekov. »Woran liegt's diesmal? Schon wieder eine klingonische Angriffsformation?«

»Nein, Captain.« Chekov klang so ernst, daß Jim spürte, wie sich seine Nackenhaare aufrichteten. Die Darstellung des Wandschirms wechselte, zeigte nicht mehr den Hangarbereich der *Sir Richard,* sondern ein weitaus unheilvolleres Bild: ein großes Raumschiff mit flügelartigen Auslegern. »Diesmal sind es *Klingonen!*«

Kirk starrte zum Wandschirm. Die beiden anderen Föderationsschiffe wußten noch nichts von der Existenz dieses ›Besuchers‹, da sie sich aufgrund ihrer geostationären Positionen in einem ungünstigen Ortungswinkel befanden. Die *Enterprise* mußte sich – wie üblich – allein um dieses Problem kümmern …

Plötzlich lächelte Jim: Die Allgemeine Order 12 hatte gerade eine ganz neue Bedeutung bekommen.

»Uhura?«

»Ich habe bereits versucht, einen Kontakt herzustellen, Captain. Die üblichen Signale, auf den Grußfrequenzen übermittelt. Bisher blieb eine Antwort aus.«

»Überhaupt keine Reaktion?«

»Nicht einmal eine Standard-Identifizierung, Captain. Nur Statik.«

»Gut. In dem Fall beziehe ich mich auf einen anderen Abschnitt der Allgemeinen Order 12.« Die Brückenoffiziere schmunzelten, als sie verstanden, was Kirk meinte. Inzwischen kannten sie die Interventionsregeln gut genug.

»›Wenn sich ein Raumschiff nähert, das nicht auf die Übermittlung von Kom-Signalen reagiert, so erfordert die Sicherheit des Starfleet-Personals eine Klassifizierung als ›möglicherweise feindlich‹, bis sich herausstellt, daß von besagtem Raumschiff keine Gefahr ausgeht. Unter diesen Umständen sind alle zur Verteidigung notwendigen Maßnahmen zu ergreifen.‹«

»Die Veränderung der Situation und des Schiffsstatus ist registriert und im Logbuch gespeichert«, sagte Spock. In seiner Stimme ließ sich so etwas wie kühle Zufriedenheit vernehmen – obgleich der Vulkanier die Existenz eines solchen Gefühls geleugnet hätte.

»Danke, Mr. Spock. Stellen Sie den aktiven Status der Sensoren wieder her. Schilde hoch und Waffensysteme vorbereiten.«

Im Kontrollraum der *Enterprise* eilte niemand zu seinem Posten. Die Offiziere saßen bereits an ihren Konsolen und behielten die Anzeigen im Auge.

»Uhura, senden Sie folgende Mitteilung auf allen Frequenzen. ›Captain Kirk, Kommandant der USS *Enterprise,* an die beiden anderen Föderationseinheiten und das bereits auf dem Planeten eingetroffene Personal. Wir haben ein fremdes Schiff in diesem Sonnensystem entdeckt. Es reagiert nicht auf unseren Versuch, einen Kom-Kontakt herzustellen, und darüber hinaus sendet es keinen ID-Code. Die visuelle Erfassung deutet darauf hin, daß es sich um ein klingonisches Schiff handelt, und zwar um einen Kampfkreuzer der K't'inga-Klasse. Die *Enterprise* wird ein Abfangmanöver durchführen. Setzen Sie unterdessen die Evakuierungsmission fort. Was unsere Schiffe betrifft: Gefechtsstationen besetzen. Ich wiederhole: Gefechtsstationen besetzen. Kirk Ende.‹«

Jim zögerte kurz und fügte dann hinzu: »Achten Sie auch auf eventuelle Mitteilungen der Dekkanari, Uhura.«

Der Wandschirm zeigte den klingonischen Kampfkreuzer nach wie vor als düsteren Schemen, doch seltsamerweise empfand Kirk kein Unbehagen. Ganz im Gegenteil: Er fühlte fast so etwas wie Erleichterung. Das Abwarten hatte ein Ende. Und das Erscheinen dieses Schiffe verlieh der *Enterprise* wesentlich mehr Handlungsfreiheit.

»Mr. Chekov, programmieren Sie einen Abfangkurs. Mr. Sulu: volle Impulskraft. Wir verlassen die Umlaufbahn und fliegen den Klingonen entgegen.«

6

Die *Enterprise* hatte sich erst einige Sekunden lang vom Planeten entfernt, als auf Dekkanar lautes Geschrei begann. Das klingonische Schiff befand sich noch viele Millionen Kilometer jenseits der dekkanarischen Ortungsreichweite. Auf Cancri IV sah man also nur folgendes: Drei bis eben praktisch wehrlose Starfleet-Schiffe offenbarten plötzlich ein Verhalten, das Verteidigungsbereitschaft demonstrierte. Vielleicht bereiteten sie sich gar auf einen Angriff vor.

»Beim Planetaren Rat geht's drunter und drüber, Captain«, sagte Uhura. Sie nahm den Datencoder vom Ohr und reduzierte die Lautstärke, bevor sie das Empfangsmodul wieder hob. »Und die Ausdrucksweise geht jetzt übers Derbe und Anschauliche hinaus.«

»Gibt es wichtige Mitteilungen für uns? Oder werden nur Meinungen über Starfleet im allgemeinen geäußert?«

»Nun, die Meinungen betreffen vor allem den Kommandeur unserer kleinen Flotte«, erwiderte Uhura trocken. »Und es mangelt ihnen nicht an Phantasie. Die Dekkanari sind alles andere als begeistert.«

»Kann ich mir denken.« Jims Blick kehrte zum K't'inga-Kreuzer auf dem Wandschirm zurück. »Geben wir ihnen noch etwas mehr Stoff zum Nachdenken.« Er deutete zum Projektionsfeld. »Übertragen Sie diese Bilder ins Mediensystem des

Planeten. Detaillierte Darstellung. Die Dekkanari sollen nicht daran zweifeln, wer ihr Sonnensystem besucht. Setzen Sie den Transfer der Videodaten einige Minuten lang fort und öffnen Sie dann einen Kom-Kanal.«

Uhura nickte, und Tasten klickten unter ihren Fingern, als sie mit der Datenelaboration begann. Sie schaltete auf eine höhere Vergrößerungsstufe, damit mehr Einzelheiten sichtbar wurden, fügte dann Schemata und Spezifizierungsdiagramme hinzu, die keiner Geheimhaltungsklassifikation unterlagen. Schließlich genügte selbst einem Laien ein einziger Blick, um das gewaltige Vernichtungspotential des Kampfkreuzers zu erkennen.

»Übertragung beginnt, Captain«, meldete Uhura schließlich. »In sieben Minuten wird ein Kom-Kanal für Sie geöffnet. Lehnen Sie bis dahin Kontakte ab?«

»Sieben Minuten. Es sei denn, man möchte mir wichtigere Dinge mitteilen als bisher.« Kirk hatte die Nase voll vom Planetaren Rat, den Dekkanari, ihrer Welt und der ganzen verdammten Mission. »Weisen Sie Captain North und Captain Farey an, alle Kom-Botschaften vom Planeten zu ignorieren. Entsprechende Kontakte erfolgen einzig und allein über die *Enterprise*.« Er drehte den Kommandosessel ein wenig. »Wann erreichen wir das klingonische Schiff, Mr. Sulu?«

»In sechs Komma drei Stunden, Sir – eine Geschwindigkeit von null Komma vier fünf *c* vorausgesetzt. Wenn wir schneller fliegen, müssen wir mit relativistischen Verzerrungen rechnen.«

»Wodurch wir die Party vielleicht versäumen... Nein, auf keinen Fall. Bleiben Sie bei der genannten Geschwindigkeit.«

»Wir können die zusätzliche Zeit nutzen, um einen besseren Eindruck von der Situation zu gewinnen.« Spock blickte vom Sichtschlitz des Scanners auf und runzelte die Stirn. »Ich glaube, das sollten Sie sich ansehen, Captain.«

Diese Bemerkung war erstaunlich genug. Hinzu kam ein besonderer Tonfall, der Kirk veranlaßte, sofort aufzustehen und zur wissenschaftlichen Station zu eilen.

Spock betätigte einige Tasten, und graphische Darstellungen leuchteten auf den Monitoren. Die angezeigten Daten schienen kaum einen Sinn zu ergeben. Jim betrachtete ein Balkendiagramm, das energetische Emissionen verdeutlichte, drehte dann den Kopf und starrte zum Wandschirm.

»Die wissenschaftlichen Sensoren arbeiten jetzt wieder mit voller Leistung«, sagte Spock. »Außerdem ist bereits eine Korrelation der Ortungsdaten und gespeicherten Informationen erfolgt. Erstaunlicherweise zeigt das Ergebnis mehr Abweichungen als Übereinstimmungen. Das ist höchst ungewöhnlich. Ein weiterer überaus sonderbarer Aspekt kommt hinzu. Kampfkreuzer der K't'inga-Klasse haben für gewöhnlich eine Besatzung, die aus etwa fünfhundertdreißig Personen besteht. In diesem Fall lassen sich jedoch nur acht Lebensformen feststellen.«

McCoy war auf der Brücke eingetroffen, sah dem Vulkanier nun über die Schulter und betrachtete ein Display, das Medo-Daten in der Art eines medizinischen Tricorders zeigte. Er klopfte darauf – seiner Meinung nach ein geeignetes Mittel, um widerspenstiger Elektronik Gehorsam abzuringen. »Was ist mit Lebensformen, die nicht klingonischen Ursprungs sind?«

»Ich habe durchaus an die Möglichkeit gedacht, daß rebellierende Angehörige eines Dienstvolkes mit dem Kreuzer geflohen sind«, antwortete Spock. »Die Sondierung hat so etwas berücksichtigt, doch das Ergebnis bleibt negativ.«

»Vielleicht steckt eine Krankheit dahinter.«

»Die Lebensindikatoren stellen die Anwesenheit von acht *gesunden* Klingonen fest. Wenn es sich bei ihnen nicht um in biologischer Hinsicht völlig unbeeinträchtigte Überlebende handelt, sehe ich keinen Grund, irgendeine Krankheit an Bord des Schiffes in Erwägung zu ziehen.« Spock kam McCoys Einwand zuvor, indem er hinzufügte: »Das gilt auch für irgendwelche hypothetischen Unfälle mit Bio- oder Chemo-Waffen.«

Der Arzt brummte etwas Unverständliches und zuckte mit den Schultern. »Eine ausgesprochen seltsame Sache«, kommentierte er.

»Und sie wird noch seltsamer«, warf Uhura ein.

»Wie meinen Sie das?« fragte Kirk.

»Ich habe den Dekkanari eine detaillierte Darstellung des Kreuzers übermittelt, wie von Ihnen gewünscht, Sir. Eine höhere Vergrößerungsstufe ließ die Erfassung von zusätzlichen Einzelheiten der Struktur zu, und bei einem Vergleich mit der typischen Form von K't'inga-Kreuzern ergaben sich gewisse ... Diskrepanzen. Sie können es selbst sehen, auf dem Wandschirm.«

Das klingonische Schiff war noch rund drei Lichtstunden entfernt, und das bedeutete: Selbst wenn die visuellen Sensoren mit maximaler Kapazität eingesetzt wurden, blieb der Kreuzer ein winziger Fleck. Nur komplexe Computerberechnungen erlaubten es, der Darstellung Details zu entnehmen. Ein Vergleich der Silhouette mit den gespeicherten Konstruktionsdaten bestätigte typische Charakteristiken, und gleichzeitig ließen sich dabei Unterschiede feststellen.

Der Wandschirm präsentierte nun ein ›aufbereitetes‹ Bild, und auf den ersten Blick ließ sich erkennen: Dies war alles andere als ein normaler Kreuzer der K't'inga-Klasse.

»Was, zum ...«, begann Kirk und sprach den Satz nicht zu Ende. Er sah den Scout auf dem Rücken des

Schiffes und fragte sich, welche Funktion er erfüllte. Nach einigen Sekunden wandte er sich dem Vulkanier zu, der ebenfalls zum Wandschirm blickte und dessen Gesicht einen Hauch von Interesse offenbarte – was bei Spock auf große Neugier hinwies. »Was halten Sie davon?«

»Derzeit fehlen mir Daten für eine erste Bewertung, und Spekulationen haben zum gegenwärtigen Zeitpunkt nur wenig Sinn. Wie dem auch sei: Der Bibliothekscomputer müßte eigentlich in der Lage sein, uns weitere Informationen zur Verfügung zu stellen – vielleicht genug für eine erste Situationsanalyse.«

»Jetzt wissen wir wenigstens, warum sich nur acht Personen an Bord befinden«, sagte McCoy.

»Wie man's nimmt«, erwiderte Kirk. »Bei den uns bisher bekannten Scoutschiffen dieser Art bestand die Besatzung aus mindestens zwölf Klingonen. *Und* es bleibt die Frage: Warum ist der Kreuzer leer?«

»Der Computer bietet jetzt mehrere mögliche Erklärungen an, Captain.« Spock projizierte die Daten auf den Primärmonitor der wissenschaftlichen Station und wölbte eine Braue. »Faszinierend.«

»Was denn?«

»Ich habe mit einer Datenabfrage nach Präzedenzfällen für Verbindungen zwischen zwei unabhängigen Flugkörpern gesucht, Captain. Der Computer nannte mehrere Beispiele, fünf davon aus der terranischen Geschichte. Sie beziehen sich auf einen Zeitraum, der von den dreißigern bis zu den siebziger Jahren des zwanzigsten Jahrhunderts reicht. In einem Fall geht es sogar um eine frühere *Enterprise*.«

»Der Planetare Rat übermittelt uns eine nicht codierte Nachricht, Captain«, ertönte Uhuras Stimme. »Möchten Sie antworten?«

Kirk reagierte nicht sofort und dachte an die letzten Worte des Vulkaniers. Sie klangen absurd – hatte sich Spock vielleicht einen Scherz ganz besonderer Art erlaubt? Wenn nicht...

»Was für eine Nachricht?« fragte er und sah zu Uhura. Ihre Meldung bot ihm etwas Konkretes, an dem er sich festhalten konnte. »Und wie ist die Ausdrucksweise?«

Die dunkelhäutige Frau schmunzelte. »Offenbar hat man sich auf Dekkanar daran erinnert, daß es so etwas wie Höflichkeit gibt: Es wird um ein Gespräch mit *Admiral* Kirk gebeten.«

»Ach, tatsächlich?« Jim wußte nicht, was er davon halten sollte. Er hatte schon mehrmals die Erfahrung gemacht, daß sich Schwierigkeiten ankündigten, sobald ihn jemand mit seinem vollen Rang ansprach. Wenn irgendein Föderationsbürokrat das politische Chaos auf Dekkanar genutzt hatte, um Einfluß auf die dekkanarischen Räte zu entfalten... *Dann stellt er bald fest, daß so etwas ein zweischneidiges Schwert sein kann,* dachte Kirk. »Auf den Schirm.«

Der Kampfkreuzer verschwand aus dem großen Projektionsfeld...

...und wich einem klingonischen Gesicht.

Jim war bereits zum Befehlsstand zurückgekehrt und hatte im Kommandosessel Platz genommen, um die Mitteilung mit der Würde eines Admirals zu empfangen. McCoy hingegen stand noch. Als er das Gesicht sah, schienen ihm die Knie weich zu werden, und er ließ sich auf das nächste Objekt sinken.

»Doktor...«, sagte Spock ruhig. »Dies ist nicht unbedingt die beste Methode, um eine Tastatur für Input zu benutzen. Bitte stehen Sie auf.«

Während der Vorbereitungen für die Evakuierung war dieser Punkt ganz übersehen worden. Der Flug durchs Sonnensystem, das Einschwenken in den Orbit, die Vorbereitungen für den Einsatz der Shuttles, der Transport des Föderationspersonals, ohne die Bewohner des Planeten in irgendeiner Form zu provozieren... Diese Aufgaben hatten alle so sehr in Anspruch genommen, daß niemand dazu kam, den Bordarzt auf die Physiologie der Dekkanari hinzuweisen.

Kirk holte tiefer Luft, als es für den Beginn eines Gesprächs erforderlich war, und er ließ den Atem langsamer als sonst entweichen, während seine Aufmerksamkeit dem Wandschirm galt. Ein alter Dekkanarer mit weißem Schnurrbart blickte aus dem Projektionsfeld. Die hohe Stirn wies zwar nicht die stark ausgeprägten Wülste eines imperialen Klingonen auf, aber die vielen kleinen Buckel und Furchen sorgten für eine frappante Ähnlichkeit.

»Sind Sie Kirk Admiral, der Flottenkommandeur?« fragte der Dekkanarer.

»Ja, ich bin Admiral James T. Kirk. Doch wenn ich ein Raumschiff kommandiere, bekleide ich den Rang eines Captains.«

»Ach?« In den gelben Augen des Alten glühte es, als er einige Sekunden lang stumm vom Schirm starrte. Dann wandte er sich halb um und gab die Information an jemanden weiter.

Jim hörte mindestens drei andere Stimmen und fragte sich, wann er die betreffenden Gesichter sehen würde. Oder hatte die eine oder andere Stimme ihren Ursprung im Kampfkreuzer? Er unterbrach die Audio-Übertragung und drehte den Kopf. »Was ist mit dem klingonischen Kriegsschiff? Gehen irgendwelche Signale davon aus?«

Uhura kontrollierte die Anzeigen. »Die Kom-Stille dauert an, Sir.« Sie sah zum Wandschirm – der Dekkanarer mit dem weißen Schnurrbart sprach noch immer zu Personen, die von den visuellen Sensoren nicht erfaßt wurden – und drückte anschließend mehrere Tasten. »Eine Analyse des Ambientengeräuschs ergibt, daß die vier Stimmen am gleichen Ort erklingen.«

»Gute Arbeit, Uhura.« Kirks Lippen deuteten ein kurzes Lächeln an.

»Ich bin Varn, Erster Rat«, sagte der Dekkanarer, und Kirk verbannte das Schmunzeln rasch aus seinem Gesicht. »Ich bin auch Varn, das politische Oberhaupt. Ihre Mitteilungen für Rat und Partei nehme ich entgegen.«

Jim schwieg zunächst und offenbarte eine ausdruckslose Miene, während er den Ärger unterdrückte und sich geeignete Worte für eine diplomatische Erwiderung zurechtlegte. »Rat Varn, ich habe nicht mehr zu sagen als beim Einschwenken in den Orbit. Unsere Absicht besteht darin, das ausgewiesene Föderationspersonal aufzunehmen, um dann in den interstellaren Raum zurückzukehren.«

»Ihre Schiffe sind militärischer Natur. Soldaten begleiten Sie.«

»Unsere Schiffe sind bewaffnet, ja, aber sie verdienen nicht die Bezeichnung ›militärisch‹. Es handelt sich vielmehr um Forschungskreuzer, die häufig in gefährlichen und unbekannten Raumsektoren operieren.«

»Und die Soldaten?« fragte Varn scharf. »Haben auch sie nichts mit dem Militär zu tun?«

»Es sind keine Soldaten. Die Pflicht jener Personen besteht darin, unsere Leute vor den Dekkanari zu schützen, die ihre Bereitschaft erklärt haben, Gewalt anzuwenden. Oder leugnen Sie die Existenz einer Gruppe, die sich ›Phalanx für die dekkanarische Unabhängigkeit‹ nennt?«

»Die PDU ist ein Haufen von Banditen. Sie haben sich einen großartig klingenden Namen gegeben, doch ihre Absichten gleichen denen von Dieben. Den Rat repräsentieren sie ebensowenig wie die Partei.«

»Aber Rat und Partei haben darauf hingewiesen, daß sie nicht in der Lage sind, Schutz zu gewähren, wenn die… Banditen angreifen. Deshalb sind wir hier: um das Föderationspersonal zu schützen.«

»Mit Soldaten?« fragte Varn.

»Mit allen notwendigen Mitteln. Derzeit nur mit Männern und Frauen in Uniform. Die gegenwärtig gültigen Vorschriften verbieten unseren Leuten, Waffen zu tragen – bis sie notwendig werden.«

»Soldaten ohne Waffen? Das ist doch lächerlich.«

»Wer vermeiden will, daß jemand verletzt wird oder gar ums Leben kommt, kann sich wohl kaum lächerlich machen, Erster Rat Varn.« Kirk verlagerte sein Gewicht im Kommandosessel. Die Körpersprache vermittelte eine deutliche Botschaft: Das sinnlose Gespräch langweilte ihn, und er wollte es beenden. »Wenn Sie nur über Dinge reden wollen, die bereits bekannt sind… Es wartet Arbeit auf mich und mein Schiff.«

»Warten Sie!«

Aha. Kirk hatte die Verbindung mit einem Tastendruck beenden wollen, zog die Hand nun zurück und sah mit gespieltem Desinteresse zum Schirm.

»Kirk Admiral… Was hat es mit dem fremden Schiff in unserem Sonnensystem auf sich?«

»Das meinte ich eben, als ich ›Arbeit‹ erwähnte, Rat. Wir haben den fremden Raumer als Kriegsschiff des klingonischen Imperiums identifiziert. In diesem Raumsektor hat es nichts zu suchen – immerhin befinden wir uns hier im stellaren Territorium der Föderation.«

»Klingonen…?« Der Dekkanarer gab sich alle Mühe, unschuldig zu klingen. »Was sollte ein imperiales Raumschiff veranlassen, ins Cancri-System zu kommen?«

»Vielleicht haben die Klingonen gehört, daß es mit den Beziehungen zwischen Dekkanar und dem interstellaren Völkerbund nicht mehr so gut bestellt ist. Vielleicht möchten sie einer unabhängigen Welt ihren

Schutz vor Eroberern anbieten.« Kirk lächelte zuckersüß. »Vielleicht fordert man Sie auf, Mitglied des Imperiums zu werden. Vielleicht wurden die Klingonen sogar hierher eingeladen.«

Varn starrte ihn groß an, und der Glanz in seinen gelben Augen ließ nach, bis sie aussahen wie trübe Topase. Es waren plötzlich die Augen eines Mannes, dem ein Fehler bewußt wurde und für den es bald notwendig werden mochte, mit einem der ausgewiesenen Diplomaten zu sprechen. *Nun, soll er um eine solche Unterredung bitten,* dachte Jim. *Aber nicht jetzt.* »Bestimmt haben wir früher oder später Gelegenheit, unsere Unterhaltung fortzusetzen, Rat. Bis dahin wünsche ich Ihnen einen guten Tag.« Er wandte sich vom Schirm ab und sagte laut: »Kirk Ende.«

Eine Sekunde später: »Uhura, neue Generalanweisung für die Kommunikation. Die von Dekkanar stammenden Sendungen werden auch weiterhin überwacht, aber was die Kontaktversuche des Planetaren Rates betrifft ... Wir ignorieren sie bis auf weiteres.«

»Verstanden, Sir. Und wenn der Rat versucht, eine Kom-Verbindung mit den Klingonen herzustellen, oder umgekehrt?«

»Dann blockieren Sie die entsprechenden Frequenzen und geben mir sofort Bescheid.«

»Ja, Sir.« Uhura führte einige Schaltungen durch. »Frequenzblockierer sind einsatzbereit.« Sie lächelte schief. »Damit riskieren wir allerdings einen weiteren Alarm.«

Kirk seufzte. »Einer mehr oder weniger macht sicher keinen Unterschied. Übrigens: Ich glaube, wir können jetzt zu normaler Beleuchtung zurückkehren.« Das rote Glühen verflüchtigte sich. »Ja, schon besser. Es gilt nach wie vor unmittelbare Einsatzbereitschaft für alle Abteilungen, aber eine Fortsetzung der Alarmstufe Rot scheint nicht unbedingt notwendig zu sein. Wir sehen weiter, wenn wir uns dem klingonischen Schiff bis auf Abfangreichweite nähern. Und nun...« Er ging wieder zur wissenschaftlichen Station. »Was haben Sie herausgefunden, Mr. Spock?«

Der Vulkanier bediente die Kontrollen des Bibliothekscomputers, und Datenkolonnen wanderten über den Primärmonitor. »Die von mir bestimmten Parameter sind elementarer Natur, Captain: historische Beispiele für vergleichbare Verbindungen zwischen zwei Flugkörpern. Wobei mit ›Flugkörper‹ nicht nur Raumschiffe gemeint sind, sondern auch für planetare Atmosphären bestimmte Maschinen.«

»Sie erwähnten fünf Beispiele aus der irdischen Vergangenheit, Spock. Ich bin neugierig.«

»Die meisten sind militärischer Art, was eigentlich kaum überraschend ist«, erwiderte der Erste Offizier. »Während des zwanzigsten Jahrhunderts gaben die meisten Staaten besonders viel Geld fürs Militär aus.«

»Typisch«, brummte McCoy, der sich Kirk und Spock an der wissenschaftlichen Station hinzugesellt hatte. Jim sah kurz zur Seite, doch der Vulkanier ging nicht auf die Bemerkung des Arztes ein.

»Sowohl das erste Beispiel als auch das letzte betrifft den zivilen Sektor, und meiner Ansicht nach haben beide ebensoviel Bedeutung wie die anderen zusammen. Das gilt insbesondere für den letzten Präzedenzfall aus der terranischen Geschichte.«

Spock drückte eine weitere Taste und schwieg. Die Sprachprozessorstimme des Bibliothekscomputers erklang. »Neunzehnhundertachtunddreißig. Imperial Airways, London, England. Das Flugboot *Mercury*, Empire-Klasse S-23, trug das Wasserflugzeug *Maia*. Zweck: Zusätzliche Reichweite beim Posttransport. Erster transatlantischer Nonstop-Postflug.

Neunzehnhundertvierundvierzig. Deutsche Luftwaffe, Deutsches Reich. Unbemannter Bomber Junkers Ju 88, trug Messerschmitt Bf 109 oder Focke-Wulf Fw 190 Kampfflugzeuge. Name: Kombination *Mistel zwei.* Zweck: primitive ferngelenkte Rakete. Der vordere Teil des Rumpfes war so modifiziert, daß er drei Komma acht Tonnen Sprengstoff aufnehmen konnte.«

»Halt«, sagte Jim. Er wandte sich an Spock. »Wie alt ist die K't'inga-Klasse? Alt genug, um auf diese Weise eingesetzt zu werden? Gewissermaßen als fliegende Bombe?«

»Ich bezweifle es, Captain. Die letzten Geheimdienstberichte lassen folgenden Schluß zu: In Hinsicht auf technische Neuerungen gehen Klingonen genauso vor wie Starfleet. Mit anderen Worten: Verbesserungen werden nach und nach vorgenommen; gelegentlich kommt es zu umfangreicheren Umrüstungen und Neuausstattungen. Bei Verkäufen ans romulanische Reich hingegen werden nicht etwa Dinge hinzugefügt, sondern entfernt. Sicher gibt es im Imperium Techniker, die ebenso geschickt und fähig sind wie Mr. Scott. Vielen klingonischen Schiffen scheint es ebenso ergangen zu sein wie der alten *Enterprise* der Constitution-Klasse: Es sind neue Schiffe, mit der Struktur von alten. Ich kann mir kaum eine Situation vorstellen, in der dieses Schiff als eine Art Bombe eingesetzt wird. Ich nehme an, bei klingonischen Kreuzern verhält es sich ähnlich.«

Kirk nickte. »Ich teile Ihren Standpunkt.«

»Fünfziger Jahre des zwanzigsten Jahrhunderts«, fuhr der Bibliothekscomputer fort. »Luftwaffe der Vereinigten Staaten von Amerika, Strategic Air Command. Convair B 36, trug die wiederverwendbare Kampfeinheit Grumman FF 1 Goblin im hinteren Bombenmagazin. Zweck: Verteidigung während des Einsatzes. Dann: Convair B 36, trug Jagdflugzeug Republic F 84 F am Bombenschacht. Zweck: größere Reichweite bei Erkundungsflügen.

Neunzehnhundertsiebenundsiebzig. National Aeronautics and Space Administration (NASA). Boeing 747, trug Space Shuttle *Enterprise* 101. Zweck: Transport- und Testflüge; Simulation von Schwerelosigkeit (freier Fall) während der Anfangsphase des Raumfährenprogramms.«

Die Klingonen verwendeten keine Raumfähren, und sie hatten nichts oder nur wenig für Forschungsprogramme übrig. Darüber hinaus gab es bei ihnen keine Vorschriften wie jene, die in der Föderation galten. »Und der ›Besucher‹? In welche Kategorie fällt er?«

»Es handelt sich um ein Kriegsschiff, Jim«, sagte McCoy. »Andernfalls wäre es nicht hier. Andernfalls würden es die Klingonen überhaupt nicht wagen hierherzukommen!«

»Die K't'inga-Klasse hat immer nur militärischen Zwecken gedient, Doktor«, entgegnete Spock. »Allerdings: Bei einigen der neueren Versionen wurden die vorher für den Truppentransport bestimmten Bordsektionen zu Laboratorien und dergleichen umgebaut.« Der Vulkanier legte eine kurze Pause ein und wählte seine Worte sorgfältig, bevor er fortfuhr: »Die derzeitige Datenbasis ist noch immer nicht sehr stabil, aber wir sollten auch folgende Möglichkeit berücksichtigen: Vielleicht experimentieren die Klingonen mit vollautomatischen Bordsystemen. Und vielleicht bekommen wir es nun mit einem entsprechenden Prototypen zu tun.«

»Eine Neuausgabe von M-5?« fragten McCoy und Kirk wie aus einem Mund. Sie dachten an die entsetzlichen Konsequenzen, falls erneut ein zentraler Kommandocomputer – diesmal von Klingonen programmiert – den Beschluß fassen sollte, Amok zu laufen.

Spock sah auf den Bildschirm und schüttelte den Kopf. »Ich halte eine ZD8-Modifikation für wahrscheinlicher. Nach dem gegenwärtigen Erkenntnisstand lehnen die Klingonen auch weiterhin zentralisierte künstliche Intelligenz ab.«

»Sie mißtrauen schlauen Maschinen«, übersetzte McCoy. »Nun, ich bin *immer* der Meinung gewesen, daß die klingonische Kultur auch positive Aspekte hat – man muß nur lange genug nach ihnen suchen.«

»Die Kontrollsysteme befinden sich vermutlich im kleineren Schiff«, sagte Spock. »Spezielle Verbindungen übertragen Kommandos in den Ausführungskomplex des Kampfkreuzers. Nun, die Klingonen legen keinen großen Wert auf Sicherheitsvorkehrungen, und während der Testphasen neuer Technik gehen sie recht verschwenderisch mit dem Leben der beteiligten Personen um, aber ich nehme an, daß der Scout ein Separationsmanöver durchführt, bevor er dem Kreuzer Einsatzinstruktionen übermittelt.«

McCoy deutete zum Wandschirm. »Wenn das Ding neu ist, Spock, so hat man es geheimgehalten. Sie kennen die Klingonen. Von Sicherheitsvorkehrungen halten sie vielleicht nicht viel, aber bei der Geheimhaltung scheuen sie keine Mühe. Also: Wieso ist das Schiff hier, zum Teufel?«

Kirk starrte zum Wandschirm, als verberge sich dort die Erklärung. Spocks Antwort brauchte er gar nicht zu hören. Zu Beginn seiner beruflichen Laufbahn bei Starfleet hatte er auch in der wissenschaftlichen Sektion gearbeitet, und daher wußte er die Anzeigen der Displays und Monitoren sofort zu deuten. Bei einem Schiff von der Größe des klingonischen Kampfkreuzers bedeutete ein so geringes Energieniveau Nichtaktivität praktisch aller Bordsysteme. Und das Bewegungsmoment des Raumers... Ein freier Fall trug ihn in den Gravitationsschacht von 4725 Cancri. Schon unter normalen Umständen bot dieses spezielle Sonnensystem genug Gefahren. Für ein ›blindes‹ und manövrierunfähiges Schiff stellte es eine tödliche Falle dar.

Etwas Ungewöhnliches mußte mit dem Kreuzer – *mit Kreuzer und Scout,* verbesserte sich Kirk in Gedanken – geschehen sein. Und wie so oft: Der Zufall wollte es, daß sich die *Enterprise* zur richtigen Zeit am richtigen Ort befand. Besser gesagt: Den richtigen Ort erreichte sie in gut sechs Stunden.

Jim unterdrückte ein Gähnen und dachte daran, daß ihm noch etwas Zeit fürs Ausruhen blieb. Sechs Stunden Muße. Eine gute Gelegenheit, zumindest einen Teil des versäumten Schlafs nachzuholen.

»Uhura, bitte tragen Sie das Ende meines Dienstes ein.« Kirk ging zielstrebig zum Turbolift. »Vertrösten Sie Rat Varn, falls er sich noch einmal meldet. Ich spreche später mit ihm. Später an diesem Morgen?«

»Später heute abend«, brummte McCoy. »Du hinkst zwei Schichten hinterher. Ab mit dir.« Er deutete zum Lift, forderte den Captain auf, die Brücke endlich zu verlassen und sein Quartier aufzusuchen.

»Es ist Meuterei, den Captain aus dem Kontrollraum zu verbannen, Doktor«, sagte Jim. Ein weiteres herzhaftes Gähnen nahm seinen Worten die Wirkung. »Sie haben das Kommando, Spock. Guten Morgen allerseits. Ich meine: gute Nacht.«

»Gute Nacht, Sir«, erwiderten der Vulkanier und die übrigen Brückenoffiziere, als sich die Tür des Turbolifts hinter Kirk schloß.

Jim nannte dem Computer der Transportkapsel sein Ziel und konnte kaum fassen, daß ihn tatsächlich einige Stunden Schlaf erwarteten.

Die Brücke war dunkel, und es herrschte fast völlige Stille. Kasak hörte nur das Geräusch des eigenen Atems und ein leises Flüstern wie aus weiter Ferne: die Stimmen von Askel und Aktaz. Sie arbeiteten an den Sendemodulen, und ihre knappen Hinweise blieben ein unverständliches Raunen, solange der Captain darauf verzichtete, die Lautstärke des Helmkommunikators zu erhöhen. Auf Askels Rat hin hatten er und die anderen Besatzungsmitglieder Raumanzüge übergestreift. Kasak haßte die damit einhergehenden Beschränkungen, und er verabscheute auch den unangenehmen Geruch, der dieser Schutzkleidung immer anhaftete, ganz gleich, wie oft man sie reinigte. Die Alternative bestand allerdings darin, ungeschützt zu sein, wenn das Lebenserhaltungssystem aus irgendeinem Grund ausfiel. Sowohl er selbst als auch die Offiziere hatten derartige Unfälle miterlebt und wußten daher, daß es weniger gräßliche Methoden gab, um aus dem Diesseits zur Schwarzen Flotte zu wechseln. Deshalb zögerte niemand, die Unbequemlichkeiten eines Raumanzugs in Kauf zu nehmen.

Trotzdem: Kasak versuchte, nicht zu oft durch die Nase zu atmen.

Als er den Schutzanzug trug, vergingen nur einige Minuten, bis er daran dachte, daß sich die sechsstündige Wartezeit zu einer subjektiven Ewigkeit dehnen mochte. Nun, Klagen nützten nichts: Die Reparaturarbeiten mußten durchgeführt werden – andernfalls verwandelte sich die *Hakkarl* von einer Hoffnung des Imperiums in einen wertlosen Schrotthaufen. Kasak fand keinen großen Gefallen an der Vorstellung, ohne das Objekt seines Kommandos (oder nur mit einem Teil davon) nach Taamar zurückzukehren. Ebensowenig gefiel es ihm, die Durchführung seines Plans in Hinsicht auf den Planeten Dekkanar allein mit dem Scout fortzusetzen, ohne das destruktive Potential des Kampfkreuzers. Natürlich beabsichtigte er nicht, Waffen einzusetzen: Der Sinn des Unternehmens bestand ja gerade darin, die Föderationsschiffe zu veranlassen, als erste das Mittel des Gewalt zu verwenden und dadurch die Organianer zu verärgern. Wie dem auch sei: Ein Captain in der klingonischen Raumflotte empfand immer Unbehagen, wenn ihm nicht große – vorzugsweise überwältigende – Feuerkraft zur Verfügung stand.

Kasak blickte auf graue Schirme und leere Sensordisplays, sah auch zum Hauptschirm, der weder das All noch die nackten Sterne zeigte. Aus einem Reflex heraus wichen die Lippen zurück und zeigten spitze Zähne. Das Schlachtschiff war blind – ein sehr beunruhigender Umstand angesichts der Besonderheiten dieses Sonnensystems. Vor der Systemdesaktivierung hatte Navigator Khalen eine weitere genaue Sensorsondierung durchgeführt und keine Objekte in dem Raumbereich geortet, durch den die *Hakkarl* flog. Khalen traf diese Feststellung mit großer Vorsicht. Kasak hatte darauf hingewiesen, daß selbst eine ›harmlose‹ Kollision fatal sein würde – wenn nicht für die ganze Crew, so zumindest für ihn.

Jene Drohung lag jetzt zwei Stunden zurück. Der Navigator lebte noch, und die beiden Schiffe waren unbeschädigt – sah man davon ab, daß Askel und der Ingenieur einige elektronische Systeme der *Tazhat* demontiert hatten. Kasak schnaufte leise und bereute es sofort, als ihm der Geruch des Raumanzugs in die Nase stieg. Er streckte die Hand aus und berührte einige Tasten des Datenblocks, rief jene Logbuchdaten ab, die bisher festgehaltene Testflug-Erfahrungen mit der *Hakkarl* betrafen. Sein Interesse galt insbesondere jenem Abschnitt, der die Kommandorelais und -verbindungen betraf. Er wußte nicht, wann er diesen Bericht abliefern würde, aber wenn es schließlich dazu kam, so mußten die zuständigen Entwicklungsingenieure damit rechnen, in aller Form zur Rechenschaft gezogen zu werden. Und zwar von ihm, Kasak – von einem Captain, dessen List dem Imperium einen ganzen Planeten schenkte. Nun, in diesem Zusammenhang ging es nicht nur darum, den zuständigen Techniker in entehrender Weise zu tadeln. Nein, die Strafe hieß Tod. Und so etwas geschähe nicht zum erstenmal. Bei einer anderen Gelegenheit war Kasak so wütend gewesen, daß er seinen Strahler zog und den unfähigen Techno-Spezialisten einfach erschoß. Nach jenem Zwischenfall vermieden es Entwicklungsingenieure, Kasak sutai-Khornezh bei Testflügen zu begleiten.

Er schloß die Datei, senkte kurz die Lider und blickte dann wieder aufs Display des Datenblocks. »Statusbericht, *Zan* Askel«, sprach er ins Helmmikrofon.

»Blaues Licht, Captain«, lautete die Antwort. »Wir kommen gut voran und testen die einzelnen Komponenten, während wir sie vom Kommandosystem separieren und dann rejustieren. Ein Hinweis von Aktaz: Er meinte gerade, wir werden null Komma drei Stunden eher fertig als geplant. Sie bekommen einen Hinweis von uns, wenn die Reaktivierung der Bordsysteme eingeleitet werden kann. Askel Ende.«

Kasak nahm sich vor, den elektronischen Personalakten beider Offiziere positive Anmerkungen hinzuzufügen, vielleicht sogar eine Belobigung. Aber solche Dinge blieben zunächst im Gedächtnis des Captains, bis zum Ende der Mission. Mentale Notizen ließen sich leichter ändern als bereits aufgezeichnete Logbucheinträge, und aus Anerkennung konnte durchaus Tadel werden. Für den Kommandanten war alles viel einfacher, wenn er keine Gründe für die Änderung eines Berichts anführen mußte.

Der wissenschaftliche Spezialist Askel trug einen besonders dicken, für zusätzliche Belastungen konzipierten Schutzanzug, und der Helm wies eine breite, hohe Sichtscheibe auf. Er bemühte sich, die Gesichtsmuskeln unter Kontrolle zu halten und ernst zu wirken, wenn Aktaz in seine Richtung blickte, aber tief im Innern lachte er. Sie bekleideten beide den Rang eines Commanders und wollten nicht das Datum des Ausbildungsabschlusses entscheiden lassen, wer wem Anweisungen erteilen durfte. Aus diesem Grund hatten sie die Arbeit gerecht geteilt. Es lief auf folgendes hinaus: Aktaz nahm die rein technischen Aufgaben wahr, indem er die Transzeptoren teilweise demontierte und neue Signaldetektoren installierte. Anschließend kümmerte sich Askel um die Programmierung. Mit anderen Worten: Aktaz leistete schwere körperliche Arbeit und zog Aggregatblöcke aus den Montagenischen, was angesichts der Schwerelosigkeit mit erheblichen Problemen verbunden war – die Blöcke verloren zwar ihr Gewicht, nicht aber die Masse. Askels Programmierungspflichten hingegen wiederholten sich bei jedem Modul und waren langweilig. Was zu Fehlern verleitete. Und es konnte sehr gefährlich sein, unter Kasaks Kommando Fehler zu machen.

Nun, das hatte Askel jedenfalls behauptet.

Ein Agent des Imperialen Geheimdienstes bekam durch die Programmierung Gelegenheit, gewisse Vorbereitungen zu treffen.

Askel war bereits zu folgendem Schluß gelangt: Kasaks Absicht, Ruhm zu erringen, mochte sich auch für ihn als nützlich erweisen. Vielleicht wollte der Captain Dekkanar fürs Imperium gewinnen, indem er sowohl die Föderation als auch die Organianer überlistete. Ein derartiger Plan zeichnete sich durch solche Eleganz aus, daß Askel dazu neigte, ihm Erfolg zu wünschen. Oder Kasak wollte zu einem ›privaten‹ Kaperer werden und Reichtum erlangen, indem er Föderationswelten überfiel und zu Starfleets Fluch wurde.

Trotzdem: Die Gedankenadmiräle des Komitees für Hohe Strategie hätten vielleicht Einwände gegen

Kasaks Plan erhoben. Aus diesem Grund war der Datentranszeptor am Heck nicht nur darauf programmiert, eine Verbindung mit dem Gegenstück im Rumpf des Kreuzers herzustellen. Darüber hinaus wies er jetzt einen Prioritätscode ganz besonderer Art auf: Er konnte von der wissenschaftlichen Station im Scout Nachrichten empfangen und weiterleiten, ohne daß ein solcher Transfer übers Kom-Pult erfolgte. Alles würde ganz normal funktionieren, bis der Transzeptor Askels Prioritätssignal empfing. Anschließend kam es zu einem Richtstrahl-Tachyonenschub, der nur eine Nanosekunde in Anspruch nahm. Wer nichts davon ahnte, hielt den Vorgang sicher für eine kurze energetische Fluktuation, weiter nichts. Aktaz ließ sie vermutlich unerwähnt, vor allem dem Captain gegenüber, der bekanntermaßen wenig von Inkompetenz aller Art hielt.

Die modifizierte Programmierung mußte natürlich getestet werden, und das war erst nach der Reaktivierung aller Bordsysteme möglich. Askel zweifelte nicht daran, daß alles seinen Wünschen gemäß funktionierte.

Gegen Mitternacht – Bordzeit – erklang ein rhythmisches Summen in Kirks Quartier und unterbrach den tiefen Schlaf des Captains. Er stellte fest, daß er noch immer Uniform und Stiefel trug. Und daß er mit offenem Mund geschlafen hatte. Ein entsprechender Geschmack klebte an seinem Gaumen – jemand schien dort Dilithiumkristalle verstaut zu haben.

Er setzte sich auf, streckte die Hand aus und desaktivierte die Weckvorrichtung des Chronometers. Sechs weitere Stunden Schlaf wären genau richtig gewesen – daran bestand nicht der geringste Zweifel.

Er schaltete das Interkom ein, verzichtete jedoch auf einen dualen Videokanal: Zwar empfing er Bilder, aber am anderen Ende der ›Leitung‹ blieb der Schirm dunkel.

Der Vulkanier erschien auf dem kleinen Monitor, wirkte so frisch und ausgeruht wie immer. »Guten Morgen, Mr. Spock«, sagte Jim und hoffte, daß seine Stimme so klang wie der Erste Offizier aussah. »Wie ist derzeit der Stand der Dinge?«

»Guten Morgen, Captain«, erwiderte Spock förmlich. »Ich habe weitere Sensorsondierungen durchführen lassen, doch es ließen sich keine Veränderungen feststellen: Die energetische Aktivität des klingonischen Raumschiffs bleibt außerordentlich gering. Die Entfernung nimmt auch weiterhin ab; der Rendezvouspunkt wird in siebenundvierzig Minuten erreicht.«

Der Vulkanier zögerte kurz, blickte auf einen Monitor und ging dann zur wissenschaftlichen Station. »Angesichts der geringeren Distanz ließ sich inzwischen folgendes verifizieren: Es handelt sich tatsächlich um einen – wenn auch modifizierten – Kreuzer der K't'inga-Klasse. Für die *Enterprise* bedeutete das: In fünfundvierzig Minuten gelangen wir in die zweihundertzwanzigtausend Kilometer große Reichweite der Intervallerkanonen. Möchten Sie einen größeren Abstand wahren, Captain?« Spock sah erneut auf die Anzeigen. »Wenn Kurs und Geschwindigkeit beibehalten werden, könnten wir drei Stunden lang parallel zu dem Schiff fliegen, bevor Maßnahmen notwendig werden.«

Was mir die Möglichkeit gäbe, noch etwas länger zu schlafen, dachte Kirk. Der Vulkanier hätte es gewiß nicht gewagt, einen entsprechenden Vorschlag an den Captain zu richten, aber seine unausgesprochene Botschaft war klar. Jim überlegte kurz und schüttelte dann den Kopf. Er mußte duschen, sich rasieren und die Uniform wechseln, aber das Gehirn schien die Phase des Erwachens bereits hinter sich zu haben:

Der geistige Motor lief schon auf vollen Touren. Die Vorstellung, ihn wieder auszuschalten, um unter die Decke zu kriechen, erschien irgendwie unangemessen.

»Danke, Spock. Ich weiß, was Sie meinen, aber die Antwort lautet: nein. Es hat keinen Sinn, die Klingonen weiter als unbedingt nötig ins Sonnensystem vorstoßen zu lassen.« Etwas fiel ihm ein. Ein Gedanke, der wie eine Frucht herangereift war, offenbarte sich nun. »Besteht die Möglichkeit, daß wir es mit einem Wrack zu tun haben?«

»Die Wahrscheinlichkeit dafür beträgt zweiunddreißig Komma vier vier Prozent«, entgegnete Spock. »Basierend auf der Annahme, daß die Besatzungsmitglieder aus irgendwelchen Gründen nicht in der Lage sind, das Schiff zu kontrollieren. Nun, der klingonische Kreuzer fliegt im freien Fall einem bewohnten Planeten entgegen, und da er ganz offensichtlich manövrierunfähig ist, stellt er eine erhebliche Gefahr für den interplanetaren Verkehr dar. Alle bisherigen Situationsaspekte deuten darauf hin, daß hier die Bestimmungen des interstellaren Bergungsrechts angewendet werden können. Hinzu kommt die bereits erwähnte Gefährdung der allgemeinen Sicherheit in diesem Sonnensystem. Andererseits: Wer sich auf der Grundlage des Bergungsrechts ein militärisches Schiff aneignet, das einer bekannten souveränen Macht gehört, muß mit Kritik rechnen – so etwas verstößt gegen die guten Sitten. Selbst wenn wir die Besatzungsmitglieder irgendwie dazu bewegen können, die Föderation um politisches Asyl zu ersuchen: Wir sind trotzdem verpflichtet, das Schiff dem Imperium zurückzugeben.« Spock legte eine kurze Pause ein. »Früher oder später.«

»Haben Sie jemals mit dem Gedanken gespielt, sich Ihren Lebensunterhalt als Anwalt zu verdienen?« fragte Kirk.

»Nein«, antwortete Spock. Sein Gesicht blieb völlig ausdruckslos, doch wer ihn gut kannte, hörte das Lächeln in der Stimme. »Das vulkanische Recht ist ebenso präzise wie elegant, doch in ästhetischer Hinsicht stellt es eine geringere Herausforderung dar als meine gegenwärtige Tätigkeit. Was die juristischen Praktiken auf der Erde betrifft...« Der Vulkanier zuckte andeutungsweise mit den Schultern. »Wenn es zu einem Rechtsstreit kommt, so lassen sich die betroffenen Parteien von Individuen vertreten, die sich in Hinsicht auf solche Auseinandersetzungen und Kontroversen durch spezielle Erfahrungen und Fähigkeiten auszeichnen. Mit mehr Geld kann man mehr Kompetenz kaufen, wodurch sich die Wahrscheinlichkeit erhöht, den Prozeß zu gewinnen. Einem solchen System mangelt es meiner Ansicht nach an Logik.«

Und ich dachte immer, Gerichtsverhandlungen gefielen ihm einfach nicht, dachte Kirk. *So kann man sich irren ...* »Danke, Spock. Keine weiteren Fragen. In fünfzehn Minuten bin ich bei Ihnen.«

»Captain auf der Brücke«, verkündete der diensthabende Kom-Offizier, als James T. Kirk aus dem Turbolift trat. Inzwischen fühlte er sich viel besser und sah wieder wie ein Raumschiff-Kommandant aus.

»Vergrößerung um drei Stufen erhöhen«, sagte Spock. »Erfassungsfokus auf Kommandostutzen und Rumpf.«

»Danke, Mr. Mahase«, antwortete Kirk dem Kommunikationsoffizier. »Logbuch: Hiermit übernehme ich wieder das Kommando.« Er sah zum klingonischen Kriegsschiff auf dem Wandschirm: An verschiedenen Stellen der Außenhülle zeigten sich die eingeblendeten braunen Rechtecke von Sondierungssegmenten. »Sind Sie Regisseur oder Produzent, Mr. Spock?«

Der Vulkanier gab den Kommandosessel frei. »Weder noch, Captain. Andernfalls hätte ich Mr. Freemans Dienste in Anspruch genommen. Dies sind visuelle Aufzeichnungen für Starfleet.«

Erneut betrachtete Kirk die Darstellung des unheilvoll wirkenden Kreuzers. Spock reichte ihm einen Datenblock, und er kritzelte eine Unterschrift. »Ja«, murmelte er und wandte seine Aufmerksamkeit erneut dem Projektionsfeld zu. »Bietet keinen sehr angenehmen Anblick, nicht wahr? Irgendwelche Kontakte mit der Besatzung?«

»Mr. Mahase?« fragte der Erste Offizier.

»Nichts, Mr. Spock«, antwortete der Eseriat. »Als Commander Uhura den Dienst beendete, hinterließ sie mir eine Liste mit Vorschlägen für Kontaktversuche. Ich habe mir alle Mühe gegeben, leider ohne Erfolg.« Ein wenig verärgert fügte er hinzu: »Die Klingonen an Bord sind entweder taub oder tot. Oder sie wollen einen solchen Eindruck erwecken.«

»Nun, tot sind sie nicht.« Spock deutete auf die Anzeigen der Lebensindikatoren. »Acht Individuen, und alle gesund. Allerdings: Taubheit – zum Beispiel als Folge explosiver Dekompression – läßt sich nicht ausschließen.«

Kirk beobachtete das klingonische Schiff, beziehungsweise die klingonischen *Schiffe:* Durch eine geringfügige Änderung der Anflugvektoren ließ sich der Scout auf dem primären Rumpf des Kreuzers deutlicher erkennen. »Vergrößerung noch weiter erhöhen«, sagte er. »Ich möchte soviel wie möglich sehen.«

Kurz darauf zeigte der Wandschirm eine glatte Außenhülle. Es fehlten Hinweise auf Lecks, die eine explosive Dekompression zur Folge gehabt haben mochten: Nirgends zeigten sich geborstene Rumpfplatten oder Öffnungen, an deren Kanten entweichende Luft gefroren war. Und doch... Welche Erklärung gab es für die energetische Inaktivität? Und wieso war die Crew selbst für einen normalen Scout zu klein? Kirk dachte über verschiedene Theorien nach, obwohl er *wußte,* daß er kaum hoffen durfte, eine Antwort zu finden. Spock hatte sich bestimmt alles durch den Kopf gehen lassen – ohne in der Lage zu sein, das Rätsel zu lösen.

Jim erinnerte sich an die vom Bibliothekscomputer genannten Beispiele, und er trachtete danach, ihre historische Realität mit den Ungewißheiten der Gegenwart in Verbindung zu setzen.

Stellte das Schiff vielleicht eine Art Langstreckentransporter dar, vergleichbar mit den vulkanischen »Schlitten«? War es deshalb mit höherem Defensiv- und Offensivpotential ausgestattet, weil es dazu diente, hochrangige imperiale Offiziere zu transferieren? Nein, wohl kaum. Wenn ein Starfleet-Admiral große Entfernungen in der Föderation zurücklegen mußte, so benutzte er ein ganz normales Schiff. Falls die Reise durch gefährliches stellares Territorium führte, diente als Transportmittel ein Raumschiff wie die *Enterprise.* Immerhin: Spezielle Raumer weckten nur unnötige Aufmerksamkeit. Es gab nicht den geringsten Grund, von klingonischen Gedankenadmirälen andere Verhaltensweisen zu erwarten.

Wenn der Scout weder ein Langstreckentransporter noch eine fliegende Bombe war, was Kirk für *sehr* unwahrscheinlich hielt; wenn er außerdem nicht dazu diente, dem Kreuzer zusätzlichen Schutz zu gewähren – den ein Schiff der K't'inga-Klasse ebenso dringend benötigte wie Katzen einen Mantel ... Welchen Zweck erfüllte er dann?

Der Kreuzer verfügt über automatisierte Computersysteme, und die externe Kontrolle geht vom Scout aus.

Dieser Gedanke löste sich immer wieder aus dem Durcheinander von Hypothesen. Er hallte so laut durch den mentalen Kosmos, daß Kirk fast glaubte, er müßte die Trommelfelle aller Offiziere im Kontrollraum erreichen. Jene Spekulation war nicht die einzige Möglichkeit, aber in praktischer Hinsicht erschien sie weniger absurd als andere.

Eine Art von Absurdität blieb hingegen, insbesondere für jemanden, der es mit größenwahnsinnigen Computern zu tun bekommen hatte. Kirk dachte an Daystroms M-5 – einer von vielen, und nicht einmal der schlimmste. Die letzte Erfahrung in dieser Hinsicht hieß V'ger und stellte in gewisser Weise ein unangenehmes Echo von NOMAD dar. In die Reichweite der Bordgeschütze eines Schiffes zu gelangen, das von einem Computer kontrolliert wurde, dessen Programmierung auf der militärischen Denkweise der Klingonen basierte… Bei dieser Vorstellung lief es Jim kalt über den Rücken.

Sorge gehörte zu den häufigen Begleitern des Captains: Sorge um seine Freunde, die Crew, das Schiff. Manchmal, seltener, auch Sorge um sich selbst. Jetzt verwandelte sich dieses Empfinden in fast so etwas wie Furcht. Wenn das Robotschiff plötzlich wieder zu energetischem Leben erwachte und im Bereich von Dekkanar auf die gleiche Weise provoziert wurde wie zuvor die *Enterprise*, so mochte sich eine Katastrophe daraus ergeben. Er bezweifelte, ob für den Computer irgendwelche Interventionsregeln galten.

Sicher, Spock hatte deutlich darauf hingewiesen, daß Klingonen nichts von künstlicher Intelligenz und Maschinen hielten, die eigene Entscheidungen treffen konnten. Andererseits: Die von Geheimdiensten ermittelten Informationen waren vielleicht nicht ganz korrekt oder längst überholt. Der Vulkanier hielt es auch für möglich, daß der Scout dazu diente, die Systeme des Kreuzers zu kontrollieren. Wenn das stimmte… Dann war es vielleicht für alle Beteiligten – auch für die Klingonen, immerhin schien irgend etwas schiefgegangen zu sein – besser, wenn die *Enterprise* beide Schiffe ins Schlepptau nahm.

Dabei gab es jedoch ein Problem: Wie sollte den Klingonen an Bord eine entsprechende Nachricht übermittelt werden? Die Lage im Sonnensystem 4725 Cancri war auch ohne einen kleinen Krieg an der Peripherie kompliziert genug. In Gedanken verteilte Kirk Prioritäten: zuerst das Abschleppen; anschließend der Einsatz einer externen Gruppe, die an Bord des Kreuzers transferiert wurde; und schließlich die Kommunikation. Er fragte sich, welchen Belastungen die Traktorstrahlen der *Enterprise* standhalten konnten. Einige Sekunden später beschloß er, den Chefingenieur zur Brücke zu bestellen. Er sah keinen Sinn darin, die Erörterung dieser Angelegenheit ins Konferenzzimmer zu verlegen – alles deutete auf ein recht kurzes Gespräch hin.

»Maschinenraum, hier spricht der Captain.« Jim wartete kurz. Es meldete sich nicht etwa Scotty, sondern Roz Liddle, einer der neuen Lieutenants. »Bitte richten Sie dem Chefingenieur folgendes aus, Lieutenant: Ich wäre ihm sehr dankbar, wenn er vorübergehend damit aufhören würde, irgendwelche technischen Wunder zu vollbringen. Er wird auf der Brücke gebraucht. Kirk Ende.«

Hinter ihm öffnete sich die Tür des Turbolifts, und McCoy betrat den Kontrollraum. »Wenn du nicht zum Doktor kommst, so kommt der Doktor eben zu dir«, sagte Leonard mit gespieltem Ernst. »Ja, du siehst schon etwas besser aus. Der Schlaf *war* also die richtige Medizin. Wie dem auch sei: Heute findet die längst fällige Routineuntersuchung statt.«

»Heute, ja, aber nicht *jetzt*, Pille. Sicherheitsoffizier zur Brücke.«

»Lieber Himmel, Jim... In welches Fettnäpfchen bin ich denn diesmal getreten?«

»Oh, ich will dich nicht in der Arrestzelle unterbringen lassen. Es geht mir vielmehr um die Zusammenstellung einer Landegruppe.« Kirk drehte den Kommandosessel. »Wir brauchen jemanden aus deiner Abteilung, Pille. Einen Medo-Spezialisten, der sich mit klingonischer Physiologie auskennt. Der Betreffende soll alle notwendigen Dinge zusammenpacken und im Transporterraum auf uns warten.«

»Augenblick mal. Damit ich alles richtig verstehe: Du willst eine Einsatzgruppe zu den Klingonen schicken?«

»Es sind nur acht Besatzungsmitglieder an Bord, und ganz offensichtlich haben sie die Kontrolle über den Kreuzer verloren. Wir *müssen* etwas unternehmen. Pille: Das verdammte Ding stellt eine erhebliche Gefahr für den hiesigen interplanetaren Verkehr dar.«

McCoy atmete tief durch und schnitt eine Grimasse. »Ich habe mir die Zeit genommen, über das Potential von klingonischen Schlachtschiffen nachzulesen, Jim. Und daher weiß ich: Der Kreuzer bedroht weitaus mehr als nur den interplanetaren Verkehr.«

»Rejustierung beendet, Captain«, sagte Askel. Er betrat die Brücke der *Tazhat* so, als gehörte ihm das ganze Schiff. »Überall blaue Lichter.«

Kasak ignorierte diese Unverschämtheit. Besser gesagt: Er nahm sie zur Kenntnis, reagierte jedoch nicht darauf. Zumindest nicht äußerlich. Er brachte sie mit seiner Absicht in Verbindung, die elektronische Personalakte des wissenschaftlichen Spezialisten um ein offizielles Lob zu erweitern. Nun, vielleicht war es bereits zu einem Ausgleich gekommen, der – zunächst – überhaupt keine Logbucheinträge Art erforderte. Eins stand fest: Derzeit mangelte es Askel sicher nicht an Selbstvertrauen. Er hatte den Helm abgenommen und ihn unter den einen Arm geklemmt, schien völlig sicher zu sein, gute Arbeit geleistet zu haben. Es handelte sich um ein extravagantes Auftreten, das Kasak nur aufgrund der besonderen Umstände duldete. Auch in dieser Hinsicht machte er sich nun eine gedankliche Notiz.

Er scheint ehrgeizig zu sein, überlegte er. *Offenbar geht es ihm darum, sein Ansehen bei den übrigen Besatzungsmitgliedern zu verbessern. Aber er übertreibt es ...*

»Die Energieversorgung ist noch nicht wiederhergestellt«, sagte der Captain. Er sprach ruhig, aber in seiner Stimme gab es einen kritischen Unterton, und außerdem warf er einen demonstrativen Blick in Richtung der noch immer grauen Schirme. »Wenn wirklich alle erforderlichen Reparaturen durchgeführt sind ... Warum herrscht dann noch immer passiver Status? Erklären Sie mir das, *Zan* Askel.«

Kasak sutai-Khornezh war noch gefährlicher als sonst, wenn er verständnisvoll und geduldig klang. Viele Untergebene hatten aufgrund eines solchen Gebarens angenommen, daß der Captain Fehler oder Verstöße gegen die Vorschriften übersehen hatte. Nur wenig später mußten sie die oft sehr schmerzliche Erfahrung machen, sich geirrt zu haben. Kein klingonischer Kommandant übersah solche Dinge.

»Es steht Ihnen zu, die Wiederherstellung der Energieversorgung zu befehlen«, antwortete Askel. »Und die Pflicht der Crew besteht darin, Ihren Befehlen zu gehorchen.«

»Ja.« Kasak nickte langsam, doch innerlich bleckte er die spitzen Zähne. Nach der externen Kontrolle hatte Askel keinen derartigen Respekt vor den Privilegien des höheren Rangs gezeigt. Dann hatte er sich direkt an Krynn gewandt, obgleich er von der Anwesenheit des Captains im Kontrollraum wußte. Bei jener Gelegenheit verzichtete er auf eine Rückfrage beim Kommandanten, bevor er Anweisungen erteilte. Für den wissenschaftlichen Spezialisten wäre es überhaupt nicht notwendig gewesen, jetzt die Brücke aufzusuchen: Mit Hilfe des Helmkommunikators hätte er

Kontakt mit Krynn – oder auch mit Kasak – aufnehmen können. Statt dessen entschied er sich für einen persönlichen Auftritt, um Eindruck zu machen. Und mit geschickten Worten versuchte er, über seinen Fehler hinwegzutäuschen. Das funktionierte natürlich nicht, was sie beide wußten, aber wichtig war nur eins: Sie hatten beide ihre Ehre gewahrt.

Kasak nahm den eigenen Helm ab und öffnete einen internen Kom-Kanal. »An alle Stationen: Beginnen Sie damit, die Bordsysteme wieder in Betrieb zu nehmen. Bestätigung.«

»Bordsysteme werden in Betrieb genommen«, ertönten mehrere Stimmen.

Bildschirme und Displays erhellten sich, als die *Hakkarl* zum aktiven Status zurückkehrte.

»Beamen Sie eine Sicherheitsgruppe *dort*hin.« Kirk deutete zur dreidimensionalen Projektion, und seine Geste galt dem Kommandostutzen des Kreuzers.

Sicherheitsoffizier Ingrit Tomson betrachtete die Diagramme, betätigte einige Tasten und rief detaillierte Informationen über den Zielbereich ab. »Ich schlage vor, ein zweites Team hier einzusetzen, in der technischen Sektion«, sagte sie. »Für den Fall, daß es den Klingonen nicht gefällt, ins Schlepptau genommen zu werden.« Sie lächelte das für sie typische kalte Lächeln. »Ein Warptriebwerk läßt sich leicht sabotieren.«

»Also gut. Zwei Gruppen aus jeweils zwölf Personen. Beide von einem Medo-Spezialisten begleitet. Was hältst du davon, Pille?«

»Nicht viel«, brummte McCoy. Er machte keinen Hehl aus seinem Unbehagen. »Es gefällt mir nicht, daß wir jemanden zu den Klingonen transferieren müssen.«

»Wir fliegen nun fast parallel zum Kreuzer, Captain. Annäherung bis auf Transporterreichweite erfolgt.« Sulus Worten folgte ein taktisches Schema. Hinter den eingeblendeten Informationen auf dem Wandschirm schwoll das Schlachtschiff mit dem Scout immer mehr an.

»Ein ziemlich dicker Brocken, Captain«, bemerkte Scott. Interesse leuchtete in seinen Augen. Er wirkte wie ein Gourmet, der damit rechnen durfte, gleich eine Köstlichkeit zu probieren.

»Werden Triebwerk und Traktorstrahlen damit fertig?« erkundigte sich Kirk.

»Mit dem kleinen Ding?« erwiderte Scott.

Erstaunlich, wie schnell sich die Größe verändern kann, dachte Jim und unterdrückte ein Lächeln. *Es kommt eben nur darauf an, welche Maßstäbe man anlegt, und wenn's um Scottys heißgeliebte Maschinen geht... Sie werden mit* allem *fertig.*

»Kein Problem«, fuhr der Chefingenieur fort. »Die kritische Masse ist noch längst nicht erreicht.«

»Na schön. Los geht's. Ingrit, Sie und Ihre Leute benutzen den Reservetransporter auf Deck Q – dadurch können wir uns alle gleichzeitig transferieren. Und denken Sie daran: Mr. Scott und seine Techniker haben Erfahrung darin, das eine oder andere an Bord von klingonischen Schiffen zu schmuggeln.« Kirks Zuhörer lächelten, und er glaubte, selbst in Tomsons Gesicht einen Hauch von Erheiterung zu sehen. »Phaser auf starke Betäubung justieren«, fügte er ernst hinzu. »Um es noch einmal zu betonen: Dies ist eine Rettungsmission, kein Überfall.«

»Aye, Sir. Zur Kenntnis genommen. Sollen wir ...«

Eine Sirene heulte. Jim drehte sich um, sah zu Uhura und fragte sich, ob der seit kurzer Zeit installierte Frequenzblockierer die Ursache für den Alarm war. Die dunkelhäutige Frau schüttelte den Kopf, und einen Sekundenbruchteil später kreischten auch die übrigen Sirenen. Einmal mehr pulsierte das unheilvolle Licht der Alarmstufe Rot.

Kirk starrte zum Wandschirm und sah ein eingeblendetes Diagramm, das folgende Botschaft vermittelte: Die Sensoren der *Enterprise* registrierten intensivere energetische Emissionen.

Von einem Augenblick zum anderen wußte er, was das bedeutete: Die beiden klingonischen Schiffe erwachten aus ihrem ›Schlaf‹.

Jim beugte sich nicht ruckartig vor, um die geballte Faust auf irgendwelche Tasten herabsausen zu lassen. Statt dessen berührte sein Zeigefinger ganz sanft eine Schaltfläche. »Hier spricht der Captain«, sagte er ruhig, und seine Stimme drang überall an Bord aus den Interkom-Lautsprechern. »Alarmstufe Rot. Gefechtsstationen besetzen. Auf Kampfmanöver vorbereiten. Dies ist keine Übung.«

Kasak hatte es sich immer als angenehm vorgestellt, Blindheit zu überwinden, plötzlich wieder einen visuellen Eindruck von der Umwelt zu gewinnen. Die Wirklichkeit überraschte ihn. Als die Bildschirme einen Blick in den Weltraum gestatteten und ein Starfleet-Schiff in unmittelbarer Nähe zeigten, wünschte er sich fast die bisherige Unwissenheit zurück.

»WIy cha'!« donnerte er, und seine Stimme übertönte sogar das Heulen der Sirenen. Aus zusammengekniffenen Augen betrachtete er das taktische Display. Das Föderationsschiff flog fast parallel zur *Hakkarl,* und mit jeder verstreichenden Sekunde glitt es noch etwas näher heran. Immer mehr Daten erschienen im Projektionsfeld, und sie alle betrafen die offensichtliche Kampfbereitschaft des Gegners.

Kasak fletschte die Zähne. Seine Crew war ebenfalls bereit: Die Intervallerkanonen hatten das Ziel erfaßt; Gefechtsschilde schützten die *Hakkarl* und *Tazhat. »BaHwI' – cha yIghuS!«*

Katta tastete nach den Torpedokontrollen und spreizte die Finger, um alle Tasten gleichzeitig zu drücken. Das Föderationsschiff befand sich nun im Innern eines Dreiecks, das positive Zielpeilung bestätigte.

Wir machen uns gemeinsam auf den Weg zur Schwarzen Flotte, dachte Kasak.

Und während er Tod und Ruhm in Form der Phaserstrahlen des Feindes erwartete, erlosch plötzlich das Feuer in ihm, und emotionale Kühle ermöglichte neue Rationalität.

»Wir wollen von jenem Schiff dort draußen unter Beschuß genommen werden«, sagte Kasak laut genug, damit ihn alle hörten. »Aber Zeitpunkt und Ort bestimmen wir. Es geht darum, den Schaden für uns möglichst gering zu halten – und den der Föderation zu maximieren. Noch sind die Umstände nicht günstig genug für uns. Kommunikationsspezialist?«

Khitar versteifte sich ein wenig, als ihm die Ehre zuteil wurde, vom Kommandanten mit dem vollen Titel angesprochen zu werden. »Bereitschaft«, sagte er knapp.

»Öffnen Sie einen Kom-Kanal zum Starfleet-Captain.«

Khitar war nicht der erste, der verblüfft den Kopf drehte. Aber er faßte sich sofort wieder und richtete den Blick auf die Kom-Kontrollen. »Bestätigung«, erwiderte er mit vibrierender Stimme.

»Nun…« Kasak sutai-Khornezh lehnte sich im Kommandosessel zurück. »Plaudern wir ein wenig, bevor die Organianer eingreifen.«

7

Die Klingonen haben *was?*« entfuhr es Captain Kirk. Er glaubte, seinen Ohren nicht trauen zu können. Bei dieser Mission hatte es viele Überraschungen gegeben, aber *so* etwas...

»Sie haben einen Kom-Kanal geöffnet, Sir«, sagte Mahase. Zum drittenmal überprüfte er die Anzeigen der Kommunikationsstation, um ganz sicher zu gehen. Es fiel ihm noch immer schwer zu glauben, daß es sich *nicht* um einen technischen Defekt handelte. »Außerdem wird eine Föderationsfrequenz benutzt und eine Freundschaftsbotschaft der Stufe drei übermittelt.«

»Ach?« Kirk sah zum Wandschirm und beobachtete den Kreuzer. Einige Sekunden lang wußte er nicht recht, was er von der aktuellen Situation halten sollte. Dann besann er sich auf Ausbildung, langjährige Erfahrung und den gesunden Menschenverstand. »Antworten Sie, Mr. Mahase. Und zwar mit einer FB der Stufe vier.« Nachdenklich rieb er sich das Kinn. »Ich möchte mich nicht von einem klingonischen Commander an Freundlichkeit übertreffen lassen.«

»Ja, *Sir!*«

»Soll die Alarmstufe Rot jetzt aufgehoben werden, Captain?«

»Nein, auf keinen Fall!« Jim drehte den Sessel, ließ seinen Blick dabei durch den Kontrollraum schweifen und suchte nach dem Fragesteller. »Ah, Lieutenant Stewart. Nun, Lieutenant, denken Sie an folgendes: Die *Enterprise* ist in erster Linie ein Forschungsschiff. Sie kann sich verteidigen, ja, aber der Kreuzer dort draußen wurde für den *Kampf* konstruiert. Warum sollten wir einen geringfügigen Vorteil aufgeben, indem wir in unserer Wachsamkeit nachlassen?«

»Damit beweisen wir guten Willen und unsere friedlichen Absichten, Sir.« Larry Stewart schien sich nicht ganz wohl in seiner Haut zu fühlen, weil er nun im Mittelpunkt der allgemeinen Aufmerksamkeit stand. Er begriff nun, die falschen Worte gewählt zu haben. »Ich beziehe mich auf die Allgemeine Order 12«, sagte er rasch. »Sobald ein Kom-Kontakt hergestellt ist ...«

»Lieutenant ...«, warf Spock ein. Er klang so streng wie ein Lehrer, dessen Lieblingsschüler hochnäsig wurde. »Es steht allein dem Captain zu, die Vorschriften zu interpretieren.«

»Lassen Sie nur, Spock.« Kirk hob die Hand. Mit dieser Geste bat er um Stille – und sah gleichzeitig wie ein Priester aus, der jemanden segnete. »Der Lieutenant bezieht sich auf die Vorschriften. Er hat noch nicht genug Erfahrung gesammelt, um zu wissen, daß Regeln nicht ehern sind, sondern nur *Richtlinien* darstellen.«

»Wenn er lernen soll, daß Vorschriften flexibel sein müssen, Captain ...«, meinte Spock. »In dem Fall empfehle ich eine vorübergehende Versetzung zur Crew von Captain North.«

»Danke für den Hinweis, Spock.« Jemand, der den Vulkanier nicht kannte, glaubte vielleicht, so etwas wie Ärger in seiner Stimme zu hören. Nur Kirk und einige gute Freunde wußten, daß sich der Erste Offizier gerade einen Scherz erlaubt hatte.

»Ich bedanke mich für Ihre Erklärung, Captain«, sagte Mahase. »Der Fein ... Entschuldigung, Sir. Der klingonische Commander möchte Sie sprechen.«

»Möchte er das? Na schön. Auf den Schirm.«

Die jüngeren Offiziere wurden nun zum erstenmal mit einem Klingonen des imperialen Volkes konfrontiert – sah man von den Darstellern in Mr. Freemans *Kampfkreuzer Rache* ab. Derartige vor allem Unterhaltungszwecken dienende Aufzeichnungen boten nur einen vagen Eindruck von der Wirklichkeit. Wer allein Holos von den ›Mischlingen‹ im Imperium kannte, fühlte sich nun von profunder Unruhe heimgesucht.

Kirk kannte sich in dieser Hinsicht etwas besser aus als seine Gefährten, und er sah jemanden, der einer langen Ahnenreihe imperialer Klingonen entstammte. Eine hohe Stirn mit ausgeprägten Knochenhöckern, die bis fast zur Schädelmitte reichten; dichtes schwarzes Haar, das zu beiden Seiten des Haupts bis auf die Schultern fiel; buschige Brauen über gelben Augen, in denen es zu glühen schien. Ein Bart umgab den Mund, dessen Lächeln wie ein chirurgisches Implantat anmutete. Kurz darauf verzogen sich die Lippen noch ein wenig mehr – eine Bewegung, die auf eine bewußte Kontrolle der Muskeln zurückging. Dieser Klingone wußte ganz offensichtlich von den menschlichen Umgangsformen, und sein grimassenartiges Schmunzeln wies darauf hin, daß er nicht daran gewöhnt war.

»*Kai kassai*«, sagte er in einem kehligen Tonfall, den Kirk nur zu gut kannte. »*HoD QaSaq jIH. Ha'Qarl QaSaq. GavannaS lo'laH gholwIj. HIja'neS nuqneH?*«

Jim unterbrach die akustische Übertragung und sah zu Spock. »Was ist mit den automatischen Translatoren?« fragte er und versuchte, den Mund dabei kaum zu bewegen. Vielleicht konnte der Klingone von den Lippen lesen – völlig auszuschließen war das nicht.

»Verbindung halten«, sagte der Vulkanier laut. »Bereitschaft für Signalwiederholung.« Er desaktivierte den eigenen Akustiksensor und wandte sich Kirk zu. »Ich habe mir die Freiheit genommen, eine mindestens zehn Sekunden lange Verzögerung bei der Kom-Übertragung zu programmieren. Die Klingonen glauben sicher, daß es an Interferenzen liegt, die eine Wiederholung der Signale erfordern. Ich wollte zunächst auf eine automatische Übersetzung verzichten, um die klingonische Version des Grußes zu hören.«

Kirk hörte dem Vulkanier zu, und gleichzeitig beobachtete er, wie der Klingone auf dem Wandschirm seinen Kommandosessel drehte und scharfe Worte an jemanden richtete, der sich außerhalb des Erfassungsbereichs der visuellen Übertragungssensoren befand. Die Translatoren waren noch immer desaktiviert, und deshalb verstand Jim kein Wort. Aber er ahnte, daß der klingonische Kommandant gerade einen Untergebenen – vermutlich den Kom-Offizier – zusammenstauchte.

»Und?« fragte er, als Spock eine kurze Pause einlegte.

»An seinen Manieren gibt es nichts auszusetzen«, antwortete der Vulkanier. »Sie sind sogar *zu* gut. Er hat zwei ehrende Ausdrücke verwendet, obwohl sie überhaupt nicht nötig waren – wenn Sie mir diesen Hinweis gestatten, Captain. Daraus läßt sich der Schluß ziehen, daß es sich um eine sehr subtile Art von Beleidigung handelt, die seine Crew sicher zu schätzen weiß – obgleich sie allen Fremden verborgen bleibt, weil automatische Translatoren solche Feinheiten nicht übersetzen. Genau darin liegt der Humor. Ich empfehle Ihnen, sich nicht provozieren zu lassen und Ihrerseits auf Provokationen zu verzichten.«

»Was ist denn los, Spock? Was hat der Klingone gesagt?«

»Er stellte sich als Captain Kasak vor«, erwiderte der Vulkanier. »Kasak von der *Hakkarl*.«

»Solche Worte sind keineswegs ungewöhnlich. Freemans Aufzeichnungen enthalten ähnliche Formulierungen. Wo liegt die Beleidigung?«

»Nun, Kasak fügte der Einleitung folgende Worte hinzu: ›Es ist mir eine Ehre, meinen würdigen Gegner zu grüßen. Ich bitte ihn, so großzügig zu sein, mir sein Anliegen mitzuteilen.‹«

»Oh, ich *verstehe.*« Kirk bedachte Spock mit einem durchdringenden Blick. »Und er glaubt wirklich, daß er damit durchkommt?« Er spürte Erstaunen und Verwunderung der jüngeren Brückenoffiziere, während in den älteren Empörung brodelte. Klingonen begegneten einander nur selten mit Freundlichkeit – es sei denn, sie bekamen es mit einem sehr hochrangigen Vorgesetzten zu tun. Wenn sie eine übertrieben höfliche Anrede verwendeten, kamen solche Worte einer Beleidigung gleich. So geschah es zum Beispiel, daß der Captain einen Fähnrich während einer Standpauke als Admiral oder – noch schlimmer – General bezeichnete. Auf diese Weise einen Starfleet-Offizier anzusprechen, in dem sicheren Wissen, daß er den Affront überhaupt nicht verstand, weil er kein Tlhinganaase sprach und der automatische Translator solche feinen Nuancen aus dem Kontext filterte ... So etwas war nach klingonischen Maßstäben ein köstlicher Scherz.

»DaH choQoylaH'a?« fragte Kasak. Er wartete nicht darauf, daß ihm jemand ein Ende der ›Interferenzen‹ meldete. *»JISov! QaboQtaH DIvI' Hol vIjatlhtaH.«*

Diesmal reagierten die Translatoren der *Enterprise,* obgleich die Sendekomponenten des externen Kom-Systems noch immer desaktiviert waren. Die übersetzten Worte klangen nicht übermäßig freundlich, eher ... normal. »Können Sie mich jetzt hören?« fragte Captain Kasak. Und: »Von nun an spreche ich Föderationsstandard, um die Verständigung zu erleichtern.«

Herablassung kam in diesen Worten zum Ausdruck – zumindest für jene, die sich mit Klingonen auskannten.

James Kirk hielt sein Mienenspiel so gut wie möglich unter Kontrolle, als Spock wie ein pflichtbewußter Erster Offizier vortrat und ihm einen Datenblock reichte. Jim sah darauf hinab – und es fiel ihm noch schwerer, sich nichts anmerken zu lassen. Das kleine Display zeigte Worte, doch diesmal gehörten sie nicht zu einem Bericht, der auf die Unterschrift des Kommandanten wartete.

Es waren klingonische Worte.

»Ich weiß Ihre Zuvorkommenheit zu schätzen, Captain Kasak«, erwiderte Kirk. Er zögerte lange genug, um einen Hauch Selbstzufriedenheit in den Zügen des Klingonen zu erkennen. Daraufhin ließ er Spocks Falle zuschnappen. *»Batlh jiH, 'ach 'utlI'be'«*, fügte er hinzu und gab jeder Silbe die richtige Betonung, obwohl die Stimmbänder sofort protestierten. *»Pup tlhinganlIqu' Hol naDev wIyajlaH.«*

Jim räusperte sich diskret und bedachte Kasak mit einem herzlichen Lächeln. Das markante Gesicht des Klingonen gab keine unmittelbare Reaktion zu erkennen, doch es zeigte nun keine Selbstzufriedenheit mehr, und die Lippen bildeten einen dünnen Strich. Das genügte als Hinweis.

»Ich bin geehrt, aber es ist nicht notwendig«, hatte Kirk geantwortet. »Wir verstehen auch *Ihre* Sprache.« Er betonte das vorletzte Wort, und die Botschaft lautete: *Ich weiß, daß Sie versucht haben, mich zu beleidigen.* Für Kasak kam eine weitere Demütigung hinzu – er hatte die Sprache des Gegners benutzt, ohne daß es nötig gewesen war.

»Genug damit«, fuhr Kirk fort, bevor Kasak lange genug grübeln konnte, um zornig zu werden. »Wir sind beide die Kommandanten unserer jeweiligen Schiffe. Als solche sollten wir miteinander sprechen, meinen Sie nicht?«

Kasak musterte den Menschen so, als hätte er ihm am liebsten den Hals umgedreht. Doch er beherrschte sich und nickte langsam. »Na schön. Sprechen wir als Kommandanten. Doch zuerst möchte ich Sie um eine weitere … Freundlichkeit ersuchen. Bitte nennen Sie sowohl Ihren eigenen Namen als auch den des Schiffes.«

»Ich bitte um Entschuldigung.« Kirk hatte angenommen, daß sie dem Kreuzer inzwischen nahe genug waren, um den Klingonen zu ermöglichen, Namen und Registrierungsnummer auf dem Diskussegment zu lesen. Das schien jedoch nicht der Fall zu sein. »Ich bin Captain James T. Kirk und befehlige die USS *Enterprise.*«

Kasak zuckte so zusammen, als hätte er einen elektrischen Schlag erhalten. Seine sorgfältig zur Schau gestellte Trägheit verflüchtigte sich, und die gelben Augen glühten heller, als er aus dem Projektionsfeld starrte. Das Feuer in den Pupillen … Kirk stellte sich vor, wie es hinter der Zieloptik eines Strahlengewehrs brannte. Dort gehörte diese Art von Glut hin; im Erfassungsbereich von Kom-Sensoren wirkte sie fehl am Platz.

Jim hatte sich nie an die Reaktionen gewöhnt, die sein Name – oder der seines Schiffes – bei Klingonen hervorrief. Im Lauf der Jahre hatten er und die *Enterprise* viele Freunde an vielen verschiedenen Orten gewonnen. Aber manchmal blieben auch Feinde zurück, auf Welten, die Kirk nie wieder zu besuchen gedachte.

Die kritischen Sekunden verstrichen, und Kasak lehnte sich im Kommandosessel zurück. Hier auf das berüchtigste Starfleet-Schiff überhaupt zu stoßen und von seinem Captain wegen Verletzung der Hoheitsrechte des interstellaren Völkerbunds unter Arrest gestellt zu werden … Eine solche Vorstellung bereitete dem klingonischen Kommandanten sicher mehr als nur Unbehagen. Entsprechende Anmerkungen würden zweifellos einen Schandfleck in seiner Personalakte bilden – ob die Organianer eingriffen oder nicht.

»Captain Kasak, Ihnen ist zweifellos bekannt, daß dieses Sonnensystem zu einem von der Föderation beanspruchten Raumsektor gehört«, sagte Kirk. »Welche Erklärung haben Sie dafür, daß sich ein klingonisches Kriegsschiff...« Er legte eine kurze Pause ein und korrigierte sich dann: »... daß sich *zwei* klingonische Kriegsschiffe in einem Raumbereich befinden, der nach beiderseitigem Einvernehmen nicht Teil des Imperiums ist?«

Kasak starrte Kirk erst an, hob dann andeutungsweise den Kopf und blickte über den Terraner hinweg. »Fragen Sie Ihren Vulkanier nach dem Zustand meiner Schiffe bis vor wenigen Minuten.«

»Kasak...« Spock ließ sich von der offensichtlichen Geringschätzung des Klingonen nicht aus der Ruhe bringen, hob die Hand und spreizte die Finger zum vulkanischen Gruß. »Ich bin nicht irgendein Vulkanier, sondern bekleide den Rang eines Captains bei Starfleet. An Bord der *Enterprise* nehme ich die Pflichten des Ersten und wissenschaftlichen Offiziers wahr.«

»Zwei Kommandanten...« Kasak murmelte etwas Unverständliches. »Offenbar gehen der Sternenflotte allmählich die Raumschiffe aus.«

»Ihre beiden Einheiten waren energetisch inaktiv, als Sie das Cancri-System erreichten«, meinte Spock. »Allerdings: Raumschiffe fliegen auch mit passiven Triebwerken in der ursprünglichen Richtung weiter. Erlauben Sie mir deshalb die Frage, warum Sie überhaupt Kurs auf dieses Sonnensystem genommen haben.«

»Würden Sie mir glauben, wenn ich Ihnen sage, daß sich dieses Schiff – beziehungsweise die Schiffskombination – auf einem Testflug befand, als plötzlich alle Bordsysteme ausfielen?« Kasaks Ausdrucksweise deutete darauf hin, daß ihm die Antwort entweder gleich war oder er damit rechnete, daß man seine Worte für eine Lüge hielt. Nun, Kirk und Spock wußten, daß es einem klingonischen Kommandanten in erster Linie darum ging, sein Gesicht zu wahren. Sie hielten Kasaks Aggressivität nur für den Versuch, seinen Untergebenen zu imponieren.

»Bei neuen oder umgerüsteten Schiffen ist praktisch alles möglich, Captain«, erwiderte Jim. »Aber ganz gleich, wie Ihre technischen Probleme auch beschaffen sind ...« Er zögerte, davon überzeugt, daß der Klingone nicht mit der Wahrheit herausrückte. Wo bot sich ein Ansatzpunkt, um mehr in Erfahrung zu bringen? »Es bleibt die Frage, warum Sie überhaupt in Richtung des Cancri-Systems aufgebrochen sind. Nun, wie lautet Ihre Antwort?«

»Ich bin gern bereit, Ihnen Auskunft zu geben, Captain Kirk.« Kasak blickte durch den überaus angenehmen Feuchtigkeitsdunst im Kontrollraum. Askel und Khitar an den Kom-Kontrollen wiesen mit einem Nicken auf ihre Bereitschaft hin. »Bitte treffen Sie Vorbereitungen für den Transfer eines Notrufs, den wir empfingen.«

Er beobachtete die Aufregung auf der Brücke des Starfleet-Schiffes, hörte gemurmelte Spekulationen. *Sie haben keine Geduld,* dachte er. *In einigen Sekunden wissen sie mehr, aber trotzdem diskutieren sie darüber, was ich ihnen gleich schicke.*

»Sendebereitschaft«, sagte Khitar.

»Der Transfer kann beginnen«, ließ sich ein grauer Humanoide vernehmen, der im runden Kontrollraum der *Enterprise* hinter und links von Kirk saß. Kasak sah kurz zu ihm und mußte sich sehr beherrschen, um nicht zu grinsen. *Ihr empfangt jetzt die Nachricht. Aber glaubt ihr auch, was sie behauptet?*

»Senden«, sagte er.

Die Anweisung nahm fast mehr Zeit in Anspruch als der eigentliche Vorgang. Kasak hatte den Befehl gerade erst ausgesprochen, als Khitar auch schon die Ausführung bestätigte.

Askel beugte sich zum Kom-Pult vor und betätigte einige Tasten, worauf mehrere Kontrollampen kurz aufleuchteten. Anschließend wandte sich der wissenschaftliche Spezialist von der Konsole ab, trat zum Kommandosessel und blieb daneben stehen.

»*Jetzt* ist der Transfer vollständig«, sagte Askel, was ihm gleich zwei fragende Blicke einbrachte: der eine stammte vom Captain, der andere vom Kommunikationsspezialisten. »Ich habe der Sendung codierte Signale hinzugefügt, und zwar mit Hilfe eines Transzeptors, der gleichzeitig für einen zufallsbestimmten Tachyonenschub sorgte. Sollen die Starfleet-Leute versuchen, daraus schlau zu werden. Um einen solchen Code zu knacken, müßten sie mindestens fünf Standardjahre lang hart arbeiten.« Mit unüberhörbarer Boshaftigkeit fügte Askel hinzu: »Es sei denn, *Zan* Khitar möchte es dem Gegner erleichtern, unsere Chiffrierungsmethoden zu durchschauen ...«

Khitar schwieg. Er gab keinen Ton von sich.

»Haben Sie die Daten erhalten, Captain Kirk?« fragte Kasak und achtete darauf, nicht zu lächeln, so groß die Versuchung auch sein mochte. Es traf keine Antwort vom Föderationsschiff ein, doch es bestand nach wie vor eine visuelle Kom-Verbindung. Deshalb sah Kasak, wie das Aufzeichnungsmodul mit seiner Mitteilung so vorsichtig von Hand zu Hand gereicht wurde, als könnte es jeden Augenblick explodieren.

Schließlich reaktivierte Kirk die akustische Verbindung. Einige Sekunden lang saß er stumm, blickte erst auf das Modul, dann den Ausdruck und zu Kasaks Abbild im zentralen Projektionsfeld. Aus den

Lautsprechern drang nur leises Zischen und Fauchen, verursacht von zwei verschiedenen Deflektorsystemen.

Ein dumpfes Schnaufen gesellte sich diesen Geräuschen hinzu: Der terranische Captain atmete tief durch.

»Dies ist eine Fälschung«, sagte Kirk nach einer Weile.

»Dann bin ich empört, Captain. Es würde bedeuten, daß ich aufgrund eines falschen Notrufs einen interstellaren Zwischenfall riskiert habe.«

Der Starfleet-Captain sah vom Hauptschirm, und irgend etwas an ihm vermittelte den Wunsch, Kasak direkt gegenüberzutreten, ihm so tief in die Augen zu sehen, daß der Blick bis in die entlegensten Winkel seines Selbst reichte. Der Klingone wußte: Die Menschen sprachen in diesem Zusammenhang von einem ›giftigen Blick‹. Er war nicht beeindruckt. Jeder einfache imperiale Proktor konnte Besseres leisten, selbst *ohne* den Schockstab.

»Erwarten Sie wirklich von mir, daß ich Ihnen so etwas abkaufe?« fragte Kirk, nachdem er einige leise Worte mit zwei Offizieren gewechselt hatte. Den Vulkanier hielt Kasak nach wie vor für unwichtig. Wenn er etwas bedeutete ... Warum befand er sich dann an Bord eines Schiffes, dessen Besatzung ganz offensichtlich aus Nichtvulkaniern bestand? Der zweite Mann namens Makhoy war ein medizinischer Spezialist, obgleich er den Namen eines Soldaten trug. Er schien interessanter zu sein als der Vulkanier. Feuer brannte in ihm. Er hatte Leidenschaft, das *Klin*. Und manchmal, aus keinem ersichtlichen Grund, bewegte er sich wie ein Romulaner. Das überraschte Kasak. Er hatte Romulaner gesehen, in Holos ebenso wie bei Jahresspielen; ein Mensch mit romulanischer Körpersprache verdiente mehr als nur beiläufige Aufmerksamkeit. Von einem Vulkanier hätte man so etwas erwarten können, aber bei einem Terraner ... Makhoy erweckte den Eindruck, interessante Dinge erlebt zu haben. Bestimmt würde er seine Geschichten erzählen, wenn Truppenführer Marag die richtigen Mittel verwendete.

»Nein, ich erwarte nicht von Ihnen, daß Sie mir glauben«, antwortete Kasak. Er hatte den umgangssprachlichen Ausdruck verstanden.

»Warum schicken Sie mir dann eine solche Nachricht?«

»Damit Sie von dem falschen Notruf erfahren, der uns hierherbrachte.« Der Starfleet-Captain sah noch immer vom Hauptschirm und begegnete dem Blick des klingonischen Kommandanten. Ja, er war tatsächlich ein würdiger Gegner. Bei Kirk handelte es sich um einen klugen, aufmerksamen und erfahrenen Mann, der sich nicht so leicht täuschen ließ. Um so besser. Der Triumph über einen solchen Kontrahenten ließ sich noch besser genießen.

Kasak zweifelte nicht an seinem Sieg. Als ihm das Schicksal ein Geschenk machte, als er den Namen von Mann und Schiff erfuhr ... Daraufhin schwor er bei den nackten Sternen, letztendlich zu triumphieren. Kirk sollte vor ihm kriechen, den Staub von seinen Stiefeln lecken. *Er* hatte die entsetzlichen Tribbles an Bord von Captain Koloths Kreuzer gebeamt, und dafür verdiente er Strafe. Aber selbst die größte aller Schanden konnte ihn nicht so leiden lassen, wie Kasak gelitten hatte. Nun, es gab einen Trost: Wenigstens bekam er keinen Platz in der Schwarzen Flotte. Seine Seele würde für immer durch die kalte Dunkelheit zwischen den Lebenden und den Toten wandern, um bis zum Ende der Zeit zu klagen und zu jammern ...

Captain Kasak verdrängte diese Gedanken und winkte ab – solche Gesten vollführten Menschen in Hinsicht auf Dinge von untergeordneter Bedeutung.

»Wir *haben* einen Notruf empfangen«, betonte er und forderte Kirk damit heraus, ihn einen Lügner zu nennen. »Und zwar zu Beginn des Testflugs mit der *Hakkarl*. Wir verfügten über ein gutes neues Schiff, dazu geeignet, alle Übeltäter und Ehrlose mit Furcht zu erfüllen.«

Der medizinische Spezialist Makhoy schnaufte und verbarg einen Teil seines Gesichts hinter vorgehaltener Hand.

»Im Imperium empfangen wir nicht jeden Tag Kom-Botschaften, die von einem hilflosen Planeten ausgehen, der einen Angriff aus dem All erwartet.«

»Vielleicht sollten Sie mal auf Ihren eigenen Kom-Frequenzen lauschen«, murmelte Makhoy, und im Hintergrund erklang das leise Lachen anderer Offiziere.

Kasak ignorierte die Bemerkung, beschränkte sich auch in diesem Fall auf eine gedankliche Notiz. Sie mochte sich später als nützlich erweisen, wenn es darum ging, Informationen von Makhoy zu bekommen.

»Wir stellten fest, daß sich der betreffende Planet im stellaren Territorium der Föderation befindet, doch die Fernbereichssensoren der *Hakkarl* entdeckten keine Starfleet-Schiffe in der Nähe. Deshalb beschlossen wir, unsere Hilfe anzubieten.«

»Bitte entschuldigen Sie, Captain«, warf Kirk ein. »Bisher haben klingonische Schiffe die Grenze zum interstellaren Völkerbund nur überflogen, um bestimmte Situationen auszunutzen, in der Hoffnung, den Einflußbereich des Imperiums zu erweitern.«

»Wir haben es den *g'day't* Glühwesen...« Kasak unterbrach sich kurz. »Ich meine, wir haben es den weisen und weitblickenden Organianern zu verdanken, daß zwischen Imperium und Föderation kein Krieg herrscht.« Er sprach in einem geduldigen Tonfall, wie er lernbehinderten Kindern gegenüber angemessen war. »Ist es deshalb nicht unsere Pflicht, die friedlichen Beziehungen zwischen unseren Völkern zu verbessern, indem wir helfen, wenn Hilfe notwendig ist?«

Kirk räusperte sich einmal mehr, diesmal auf eine andere, bedeutungsvolle Weise. Vielleicht war dieses Geräusch der Rest eines Kampfschreis, aber jetzt schien es nur darauf hinzuweisen, daß sich der terranische Captain nicht sehr wohl fühlte. »Wenn es Ihnen allein darum geht, Hilfe zu gewähren ... In dem Fall hätten Sie nicht unbedingt mit einem Kriegsschiff der K't'inga-Klasse kommen müssen.« Erneut betrachtete er das Datenmodul mit der aufgezeichneten Mitteilung. Askel und Khitar hatten fast einen Tag lang daran gearbeitet, bis alles richtig klang. »Und ich nehme Ihnen die Sache noch immer nicht ab. Um ganz ehrlich zu sein: Der Notruf ist mir ebenso suspekt wie Ihre angeblichen guten Absichten.«

»Ob Sie mir glauben oder nicht, Captain Kirk: Guter Wille führte uns hierher. Als es zu Defekten bei Triebwerk und Lebenserhaltungssystemen kam, drohte der Tod. Bitte erlauben Sie uns, an der Annahme festzuhalten, daß wir unser Leben für etwas Nützliches aufs Spiel setzten.«

»Captain Kasak ...« Kirk klang nun sehr müde. »Sie haben das Zeug zum Politiker. Wenn Ihr Schiff inzwischen wieder voll funktionstüchtig ist – was unsere letzte Sensorsondierung bestätigt –, so fordere ich Sie hiermit auf, so schnell wie möglich ins klingonische Imperium zurückzukehren.«

»Nicht so eilig, Captain Kirk.« Kasak stellte zufrieden fest, daß der Terraner mit den Augen rollte und kaum hörbar stöhnte – als wüßte er, was sich für ihn anbahnte. »Es war Respekt vor den organianischen Friedensvereinbarungen, der mich und meine Crew veranlaßte, uns und unser Schiff erheblichen Gefahren auszusetzen ...«

»Das *behaupten* Sie«, brummte Makhoy, der hinter dem Kommandosessel auf der *Enterprise*-Brücke stand.

»Ich berufe mich hiermit auf den bereits erwähnten Vertrag und nehme das Recht in Anspruch, den hiesigen Planeten der Klasse M – Dekkanar genannt – anzusteuern, um dort auszuruhen und neue Vorräte aufzunehmen.«

»Seltsam«, kommentierte Kirk. »Aus irgendeinem Grund habe ich seit dem Beginn unseres Gesprächs mit einem solchen Hinweis gerechnet.«

Kasak lächelte auf eine Weise, die seine spitzen Zähne besonders gut zur Geltung brachte. »Nun, wenn Ihnen soviel Zeit blieb, um Vorbereitungen zu treffen ... Ich schlage vor, dann machen wir uns nun auf den Weg.«

Askel konnte die eigene Kühnheit kaum fassen. Er hatte den modifizierten Transzeptor nicht nur getestet, sondern die Signalfolge gesendet, während Khitar und der Captain dem Kom-System ihre volle Aufmerksamkeit widmeten.

Damit noch nicht genug. Er hatte Khitars Entschlossenheit auf die Probe gestellt, indem er von einem ›zufallsbestimmten Tachyonenschub‹ sprach, der angeblich zur Codierung diente. Das war natürlich Unsinn. Nun, an Khitars fachlicher Kompetenz konnte kein Zweifel bestehen – immerhin hatte Kasak ihn als Kom-Offizier ausgewählt –, aber es mangelte ihm an Mut. An den Signalen *mußte* ihm der eine oder andere sonderbare Aspekt aufgefallen sein, doch er wagte es nicht, laut darauf hinzuweisen. Vermutlich sah er zwei Alternativen: Entweder reagierte der Captain mit Ärger oder gar mit Zorn, oder Askel kümmerte sich persönlich um die Angelegenheit. Angesichts derartiger Konsequenzen hielt es Khitar für besser, einfach zu schweigen.

Um so besser. Askels geheime Mitteilung galt Leuten, mit denen Kasak keinen Kontakt wünschte. Zumindest jetzt noch nicht. Wie dem auch sei: Der IG mußte unbedingt über die hiesigen Ereignisse Bescheid wissen. In der speziell codierten und außerdem extrem komprimierten Nachricht nannte Askel Captain Kasaks Absichten so, wie er sie selbst in der Inspirationskammer erläutert hatte: Er wollte einen Zwischenfall provozieren, der die Organianer veranlaßte, einzugreifen und das Imperium zur Schutzmacht Dekkanars zu erklären.

Doch inzwischen hatte sich die Lage geändert, und zwar nicht zum Besseren, wie Askel vermutete. Eins stand fest: Die Begegnung mit Starfleet-Schiffen gehörte zu Kasaks Plan. Aber ausgerechnet auf *dieses* Schiff und *diesen* Captain zu treffen... Dadurch erschien alles in einem ganz anderen Licht. Der wissenschaftliche Spezialist hatte Kasaks Reaktion beobachtet, als Kirk sowohl den eigenen Namen nannte als auch den seines Schiffes. *Er hat versucht, sich zu beherrschen,* dachte er. *Und es ist ihm auch gelungen. Jemand, der nicht speziell danach Ausschau hielt, hätte vermutlich nichts bemerkt.*

Doch Askel verstand es, die subtilen Anzeichen zu deuten, und daher wußte er: Kasak wollte töten.

Dieser neue Wunsch stand in keinem Zusammenhang mit dem ursprünglichen Plan, woraus folgte: Dem Imperialen Geheimdienst mußte eine zweite Nachricht übermittelt werden. Vielleicht hielt sich Kasak zurück. Vielleicht gab er sich mit der Schande zufrieden, die Kirk aufgrund des Verlusts eines ganzen Planeten zuteil wurde – eine solche Rache mochte durchaus angemessen sein, wenn man Kasaks Status während der vergangenen Jahre berücksichtigte. Doch Askel zweifelte daran, ob der Kommandant zu einer solchen Art von Zurückhaltung bereit war.

Wenn die ganze Sache nicht in einer Katastrophe enden sollte – und wenn er am Leben bleiben wollte –, mußte er bald damit beginnen, seinen eigenen Plan zu verwirklichen.

»Der Notruf ist natürlich nicht authentisch, Captain. Aber wer auch immer hinter der Signalfälschung steckt: Er hat eine Menge Geschick bewiesen.« Commander Uhura befand sich wieder auf der Brücke. Während der vergangenen halben Stunde hatten sie und Mahase die Mitteilung genau untersucht und selbst das leiseste Knistern von Subraumstatik kryptologisch analysiert. »Der unbekannte Kom-Spezialist hat die Sache so gut hingekriegt, daß ich daran zu zweifeln beginne, ob der ›Notruf‹ voll und ganz an Bord des klingonischen Kreuzers entstand.«

»Halten Sie es für möglich, daß jemand auf Dekkanar eine Art Einladung aussprach?« fragte Kirk.

»Es ist nicht auszuschließen.« Uhura winkte mit einigen Ausdrucken und legte sie dann auf ihr Pult. »Zwar haben wir nichts empfangen, aber Trägerwelle und Modulation deuten auf einen planetaren Ursprung hin. Aber ob Dekkanar oder die klingonische Zentralwelt ... Das läßt sich nicht feststellen.«

»Prächtig.« Jim rieb sich die Augen. Er war müde, und nicht nur aufgrund des Schlafmangels. Die allgemeine Situation erwies sich immer mehr als Belastung; ständig kamen neue Faktoren hinzu, die alles noch komplizierter machten. »In Hinsicht auf die Manipulation von Kom-Signalen sind die Klingonen immer wahre Meister gewesen.« Er sah wieder zum Wandschirm.

Den Klingonen schien es völlig gleich zu sein, daß sie sich im Zentrum der Aufmerksamkeit von mehr als vierhundert Personen befanden, die aus verschiedenen Völkern stammten. Ebensowenig kümmerte es sie, daß ihre beiden Schiffe ständig von Sensoren und

Scannern sondiert wurden. Offenbar waren sie bestrebt, die Starfleet-Vorschriften für den interplanetaren Verkehr zu achten: Die Crew der *Tazhat* sorgte dafür, daß der minimale Abstand zwischen ihren Schiffen genau fünf Kilometer betrug.

Eine Stunde später verwendeten die Spezialisten der *Enterprise* niederenergetische Laser, um die Größe des imperialen Schlachtschiffs genau zu erfassen und seine Maße mit den vom Geheimdienst gelieferten Daten zu vergleichen. Dabei stellte sich heraus, daß die Klingonen ihre Bauvorgaben im wahrsten Sinne des Wortes bis auf den Millimeter genau hielten.

»Sehr eindrucksvoll«, sagte Kirk, obwohl er dabei eher gelangweilt klang. »Aber zu welchen Leistungen ist das Schiff beim Kampf fähig?«

»Wenn du meine Meinung hören willst...«, ließ sich McCoy vernehmen, der wie üblich neben dem Kommandosessel stand. »Ich möchte es lieber nicht herausfinden.«

»Vielleicht wissen die Klingonen selbst nicht darüber Bescheid.« Auch Scott befand sich auf der Brücke – er hatte die Daten der letzten Sondierung selbst gebracht. Jim wußte: Der Chefingenieur hätte eher dem Scotch abgeschworen als sein Interesse am klingonischen Schiff zugegeben. Aber jetzt gab es keine Möglichkeit mehr für ihn, es auseinanderzunehmen und alle Einzelteile zu untersuchen, und deshalb zeigte sich ein Hauch von Wehmut in seinem Gesicht.

»Nun, Mr. Scott, was halten Sie von dem Kreuzer?« fragte der Captain nach einer Weile.

Der Schotte antwortete nicht sofort, folgte Kirks Blick und sah ebenfalls zum Projektionsfeld.

»Ich schätze, es ist das Übliche«, sagte er schließlich. Als Jim die Brauen hob, fügte er hinzu: »Das Ding dürfte kaum mehr sein als ein Schrotthaufen, wenn man an die Qualität der Einzelteile denkt. Mit Ausnahme der Waffen. Und der automatischen Systeme. Allerdings ... *Ich* möchte nicht auf irgendwelche automatisierten Systeme angewiesen sein, wenn es zum Kampf kommt.« Er zögerte erneut und klopfte wie zärtlich aufs Geländer. »Nein, ich glaube, unserer guten alten *Enterprise* fiele es nicht schwer, mit dem Kreuzer fertig zu werden.«

»Hm.« Kirk beugte sich ein wenig vor, und sein Blick galt nun eingeblendeten Datenkolonnen auf dem Wandschirm. Die Informationen stammten von den einzelnen Sektionen der *Enterprise* und basierten nicht ausschließlich auf Fakten; zu ihnen gehörten auch Vermutungen, Hypothesen und Spekulationen. Sie schienen Scotts Ansicht im großen und ganzen zu bestätigen.

Der Captain lehnte sich wieder zurück. »Wie dem auch sei ... In diesem Fall schließe ich mich Leonards Standpunkt an. Auch ich möchte lieber nicht herausfinden, wozu das Kriegsschiff da draußen bei einem Gefecht imstande ist.« Er konzentrierte sich auf eine andere Angelegenheit. »Geschätzte Zeit bis zum Orbitalmanöver, Mr. Sulu?«

»Wenn wir Kurs und Geschwindigkeit halten, erreichen wir den dekkanarischen Standardorbit in drei Komma sieben Stunden, Sir.«

»Gut. Uhura, verbinden Sie mich mit Captain North und Captain Farey. Mal sehen, wie's um die Evakuierung steht.«

»Er ist *Admiral?*«

Askel hörte die Schärfe in Kasaks Stimme, und tief in seinem Innern verkrampfte sich etwas. Ihm wäre es lieber gewesen, wenn der Kommandant nicht noch mehr über Kirk in Erfahrung gebracht hätte. Doch jetzt stand Kasak hinter ihm im Quartier des Captains, blickte zum Terminal des Bibliothekscomputers und las die angeforderten Informationen. In Hinsicht auf Kirk hatte der Imperiale Geheimdienst besonders sorgfältige Ermittlungsarbeit geleistet und ein umfangreiches Dossier angelegt.

Kasak beruhigte sich wieder. Sein Ärger wich Erleichterung darüber, daß er beschlossen hatte, die Kommandokabine aufzusuchen: Wenn der Kommandant in Anwesenheit der Crew die Beherrschung verlor, so büßte er auch Respekt ein. Als die ersten Daten auf dem Schirm erschienen, hatte er nur die Zähne gefletscht, doch kurze Zeit später geriet er regelrecht außer sich und warf Ausdrucke durchs Zimmer. Der letzte Hinweis gab ihm den Rest.

Er atmete die warme und feuchte Luft tief ein und spürte, wie das Feuer des Zorns allmählich weniger heiß in ihm brannte. »Ich verstehe durchaus, daß Kirk inzwischen Admiral sein *sollte*«, sagte Kasak langsam. »Aber der Umstand, daß er die Beförderung bedauert ... das ist unerhört!«

Askel stand an der Computerkonsole und schwieg. Seine Miene blieb ausdruckslos.

»Damit bringt er nicht nur dem Rang selbst Schande, sondern auch dem Prinzip des ehrenvollen Verdienstes. Er beleidigt jene Personen, die lange genug gelebt haben, um einen solchen Titel zu erringen. Sein Verhalten kommt einer Herausforderung an den Ehrgeiz gleich.«

»Es steht mir nicht zu, dem Captain zu widersprechen.«

Kasak bedachte den wissenschaftlichen Spezialisten mit einem durchdringenden Blick. »Wie lautet Ihre Meinung, Gedankenmeister Askel? Warum wählen Sie eine so vorsichtige Ausdrucksweise? Antworten Sie!«

»Kirk ist ein Admiral, der es vorzieht, Captain zu sein. Sie sind ein Captain, der ...« Askel zögerte und legte sich die nächsten Worte mit großer Sorgfalt zurecht. »Sie sind ein Captain, der Kommandant eines eigenen Schiffes sein möchte, eines Kreuzers, der ihm nicht nach dem einen oder anderen Testflug weggenommen wird. Anders ausgedrückt: Sie möchten Ihr eigener Herr sein und nicht anderer Herren Diener.«

»Seien Sie vorsichtig.« Kasak sprach leise und fast monoton. »Seien Sie *sehr* vorsichtig.«

»Wer den Mund zum Schweigen bringt, schafft dadurch nicht die Wahrheit aus der Welt.«

Askels kühne Bemerkung überraschte Kasak so sehr, daß er ihm nicht mit Strafe drohte.

»Ach«, brummte er.

»Und es kann Ihnen nur wenig Genugtuung bereiten, Admiral Kirk zu töten.«

Kasak musterte den wissenschaftlichen Offizier einige Sekunden lang, zog sich dann einen Stuhl heran und nahm Platz. »Auf welche Weise ist das eine mit dem anderen verbunden?« fragte er neugierig.

»Auf diese: In Ihrem Zorn möchten Sie Kirk umbringen, ohne dadurch ein für uns negatives Eingreifen der organianischen *WewwI'vethpu'* zu provozieren. Und sobald er tot ist – was dann?«

»In der Schwarzen Flotte soll er mir dienen«, erwiderte Kasak. »Tausendmal werde ich ihn töten und dabei lachen.«

»Dazu bekommen Sie ohnehin Gelegenheit. Aber wäre die Rache nicht weitaus eleganter, wenn Sie die Rolle mit ihm tauschen?«

»Erklären Sie das«, fauchte Kasak im Kampfcode, um keinen Zweifel an seiner Ungeduld zu lassen.

»Kirk möchte kein Admiral sein, weil er dadurch das Kommando über sein Schiff und die Chance verliert, Ruhm zu erringen«, sagte Askel.

»Und?«

»Bestimmt ist er schon oft mit der Möglichkeit konfrontiert worden, während eines Einsatzes zu sterben. Mit ziemlicher Sicherheit mangelt es ihm nicht an der Bereitschaft, sich zu opfern. Woraus folgt: Der

Tod kann für ihn eine geringere Strafe sein als das Leben.«

»Wieso?« fragte Kasak. Er sprach erneut im Kampfcode, obgleich der Ärger allmählich aus ihm verschwand. Askels Ausführungen stimulierten sein Interesse. Der wissenschaftliche Spezialist hätte seine Ausführungen auch ohne eine Aufforderung fortgesetzt, aber der Kommandant wollte ihn daran erinnern, wer die *Tazhat* und *Hakkarl* befehligte. Eine Lektion in Demut, die bestimmt nicht schaden konnte. Askel sollte sich daran erinnern, wo sein Platz war. Und wenn er sich dadurch zu irgendwelchen unvorsichtigen Bemerkungen hinreißen ließ... Nun, Kasak kannte genug Methoden, um ihn zu maßregeln, um Aufsässigkeit im Keim zu ersticken.

Offenbar ahnte Askel etwas, denn Kasak sah ganz deutlich, wie er sich zusammenriß. Das genügte ihm. Sein höherer Rang war bestätigt, und deshalb konnte er es sich wieder leisten, großzügig zu sein. »Entspannen Sie sich, Kel«, sagte er und deutete zum Stuhl vor der Konsole. »Setzen Sie sich. Und fahren Sie in aller Ruhe fort.«

Askel blieb zunächst wie erstarrt stehen, und Kasak versteifte sich unwillkürlich. Hatte er es vielleicht ein wenig übertrieben? Aufgrund seiner Erfahrungen mit anderen Junior-Offizieren wußte er, daß Vorsicht geboten war. Es konnte der klingonischen Psyche einen schweren Schlag versetzen, zuerst kritisiert und dann gönnerhaft-herablassend behandelt zu werden.

Schließlich nickte der wissenschaftliche Spezialist knapp und setzte sich. *Dieser* kritische Augenblick war vorbei.

»Captain Kasak«, begann Askel, »uns allen ist die Schwäche der Föderation bekannt. Ihr fehlt die *Komerex-Klin,* die Kraft zielstrebiger Entschlossenheit.

Dadurch sind wir Klingonen den Menschen und anderen Völkern überlegen. Die Terraner und ihre Verbündeten sind nicht einmal fähig, Verbrecher so zu bestrafen, wie sie es verdienen. Es finden überhaupt keine Hinrichtungen mehr statt. Damit wird der Inkompetenz Tür und Tor geöffnet.« Askel beugte sich vor und zählte die einzelnen Punkte an den Fingern ab. »Deshalb können wir von folgenden Annahmen ausgehen: Selbst wenn Sie Kirk demütigen, indem Sie die Organianer veranlassen, uns die Kontrolle über Dekkanar zu geben – seine Vorgesetzten verurteilen ihn gewiß nicht zum Tod ...«

Kasak war sowohl verwirrt als auch amüsiert. »Und das soll mir mehr Genugtuung verschaffen als die herrliche Vorstellung, ihm die Leber aus dem lebendigen Leib zu schneiden?«

»Ja, Sir. Nach der hier erlittenen schändlichen Niederlage kann Kirk nicht hoffen, jemals wieder das Kommando über ein Starfleet-Schiff zu bekommen. Man wird ihn degradieren, ihm den hohen Offiziersrang nehmen, und dann bleibt ihm nichts anderes übrig, als auf irgendeiner Welt hinter irgendeinem Schreibtisch zu verrotten. Oh, vielleicht beruft man sich auf seine Erfahrung und erlaubt ihm gelegentlich, den einen oder anderen Kreuzer im Orbit zu inspizieren. Aber wenn er jemals wieder zwischen den nackten Sternen unterwegs ist, so nur als Passagier an Bord eines Schiffes, das unter dem Kommando eines anderen Captains steht.« Der wissenschaftliche Spezialist lächelte grimmig und ballte die Faust. »Die ganze Zeit über wird er sich daran erinnern, wem er es verdankt, so tief gesunken zu sein. Für ihn verwandelt sich Ihr Name in einen Fluch. Bestimmt spricht er ihn mit dem gleichen Haß aus wie Sie den seinen.«

Kasak blickte nachdenklich und mit halb gesenkten Lidern ins Leere. Er schwieg, überlegte.

»... herrschte beim Planetaren Rat ziemliche Unruhe, als Sie Gefechtsbereitschaft für unsere Schiffe anordneten, doch inzwischen haben sich die erhitzten Gemüter wieder abgekühlt.«

»Das erleichtert mich, Gytha«, sagte Kirk und fühlte, wie ein großer Teil der Anspannung aus ihm wich. Fast zwölf Stunden lang war er mit der *Enterprise* fort gewesen, und in diesem Zusammenhang fiel ihm ein Dialogfragment aus Freemans Unterhaltungsmodulen ein: »Während der nächsten halben Stunde kann praktisch alles geschehen.« Diese Worte sprach jemand aus, als der Captain eines Raumschiffs befahl, die Gefechtsstationen zu besetzen. *Nun, in unserem Fall kam es glücklicherweise nicht zu einer Katastrophe,* dachte Jim. *Obgleich die PDU deutlich auf ihre Existenz hingewiesen hat.*

»Und sonst?« fragte er.

»Das wär's eigentlich«, klang die Antwort aus den Lautsprechern der externen Kommunikation. »Jemand hat unmittelbar nach der Landung auf Johnsons Leute geschossen. Drei wurden getroffen, unter ihnen auch der Colonel, aber die Verletzungen sind nicht ernster Natur. Nun, dieser Zwischenfall gab uns wenigstens die Möglichkeit, Maßnahmen für unsere Verteidigung zu ergreifen, ohne gegen die Interventionsregeln zu verstoßen.« Captain North lächelte schief. »Im Anschluß daran wurde alles schnell friedlich. Die Evakuierung geht voran. Übrigens: Nic hat gute Nachrichten für Sie.«

Es waren *tatsächlich* gute Nachrichten, ohne Einschränkungen irgendeiner Art. Von ihrer geostationären Position aus konnte die *Vanguard* eine direkte Sondierung des Zentralgestirns vornehmen. Der zuständige wissenschaftliche Offizier, Lieutenant Commander T'rell, hatte festgestellt, daß die Sonnenfleckenaktivität den Höhepunkt überschritten hatte und rasch abnahm. »Wenn es wie bisher weitergeht, können bei der letzten Evakuierungsphase die Transporter eingesetzt werden. Die Beobachtungen und Analysen werden natürlich fortgesetzt.«

»Danke, Commander«, entgegnete Jim. »Kirk Ende.« Er schloß den Kom-Kanal und lächelte. Alles deutete darauf hin, daß die Rettungsmission einigermaßen glatt über die Bühne ging. Wenn er nun auch noch eine Lösung für das Problem der Klingonen fand ...

Ein rhythmisches Summen vom Kom-Pult wies darauf hin, daß jemand versuchte, sich mit der *Enterprise* in Verbindung zu setzen.

Zu früh gefreut, dachte Kirk.

Uhura hob den Datencoder zum Ohr. »Die *Hakkarl*, Sir. Captain Kasak sutai-Khornezh möchte eine dringende Angelegenheit mit Ihnen besprechen.«

Jim drehte den Kopf und wölbte eine Braue. Wenn ein Klingone seinen Rang und vollen Namen nannte, so ging es wirklich um etwas Wichtiges.

»Aufzeichnung für Tonfall- und Kontextanalyse bereit«, meldete Spock.

»Na schön. Hören wir uns an, was Kasak zu sagen hat.«

Der Klingone bot einen ebenso düsteren und unheilvollen Anblick wie beim erstenmal. Alter und Erfahrung hatten unübersehbare Spuren in einem Gesicht hinterlassen, das selbst eine klingonische Mutter nicht besonders attraktiv finden konnte. Aber Kirk gewöhnte sich allmählich daran. »Captain Kasak ...«, sagte er nur.

»Captain Kirk.« Kasak sprach erneut Föderationsstandard und schien das für völlig selbstverständlich zu halten – ein weiteres Zeichen dafür, daß es nicht um Belanglosigkeiten ging. »Wir befinden uns hier in einem Sonnensystem, und ich wahre Formationsdistanz zu einem Starfleet-Schiff. Läßt sich feststellen, daß wir uns im stellaren Territorium der Föderation aufhalten?«

Die Antwort auf diese Frage mußte ihm bekannt sein, und zwar schon seit einer ganzen Weile. Außerdem: Bei dem ersten Gespräch hatte Kirk in aller Deutlichkeit darauf hingewiesen. »Offiziell ist der entsprechende Sektor neutral, aber der Planet 4725 Cancri IV, auch Dekkanar genannt, steht unter dem Schutz der Föderation. Woraus man schließen kann: Ja, wir sind hier im stellaren Territorium des interstellaren Völkerbunds.«

»Sie bekleiden den Rang eines Admirals und haben somit volle Entscheidungsbefugnis, oder?«

Kirk zögerte. *Woher weiß er von meiner Beförderung?* fuhr es ihm durch den Sinn. Dann fiel ihm ein, daß der Imperiale Geheimdienst sicher eine dicke Akte über ihn angelegt hatte.

Unbehagen regte sich in ihm, als er erwiderte: »Ja, das stimmt.«

Aus dem heißen Glühen in den gelben Augen des Klingonen wurde ein kalter Glanz. Kirk glaubte, daß Kasaks wachsamer Blick nicht in erster Linie ihm, sondern den Offizieren auf der Brücke des klingonischen Schiffes galt. »In dem Fall, Admiral Kirk...« Zog er das Wort *Admiral* etwas in die Länge? »In dem Fall möchten wir Ihren Schutz in Anspruch nehmen: Meine Crew und ich bitten hiermit um politisches Asyl in der Föderation der Vereinten Planeten...«

Und dann brach die Hölle los.

8

Kehren Sie zu Ihren Plätzen zurück!« donnerte Kasak, als er den Kom-Kontakt unterbrochen hatte. Er sprach im Kampfcode, erzielte damit eine größere Wirkung als mit dem gezückten Intervaller. Sechs Offiziere kamen seiner Aufforderung nach und nahmen wieder vor ihren Konsolen Platz. Der medizinische Spezialist Arthag und Sicherheitsoffizier Marag blieben stehen und starrten zum Strahler in der Hand des Kommandanten. Für sie gab es keine Dienststationen im Kontrollraum. Sie waren nur deshalb auf der Brücke, weil ihnen der Captain eine entsprechende Anweisung erteilt hatte – damit sie sein Gespräch mit Admiral Kirk hörten. Überraschung stand nun in ihren Mienen geschrieben, ebenso wie in den Gesichtern der anderen.

Außerdem brannte in ihnen nun der Wunsch, über den Verräter herzufallen und ihm die Lungen aus dem Leib zu reißen.

Das wußte Kasak. Deshalb der Intervaller. Er wollte nicht Gebrauch davon machen – es sei denn, man zwang ihn dazu. Die Waffe sollte ihm etwas mehr Zeit geben, Zeit genug für eine Erklärung. Anschließend brauchte er den Strahler entweder nicht mehr, oder er wurde zum Instrument des Überlebens.

»Schon besser«, brummte Kasak. Er hatte sich die Worte schon vor einer Stunde zurechtgelegt, und deshalb fuhr er unverzüglich fort: »Es freut mich, daß Sie alle loyal sind.« Dieser Hinweis erstaunte nur ein oder zwei Offiziere. Die übrigen hörten Sarkasmus und reagierten nach klingonischer Art: Sie knurrten leise und blickten haßerfüllt. Kasak nickte langsam; bisher entsprach alles seinen Erwartungen. »Andernfalls hätte ich es nicht gewagt, mich auf eine solche Weise zu verhalten. Und auch dies käme nicht in Frage.«

Er schob die Waffe ins Halfter zurück.

Die Geste brachte nicht annähernd soviel Vertrauen und Zuversicht zum Ausdruck, wie es den Anschein haben sollte: Kasak verzichtete darauf, die Sicherheitsschlaufe um den Griff des Intervallers zu streifen, und es war allgemein bekannt, wie schnell er den Strahler ziehen konnte. Er brauchte also keinen Angriff zu fürchten. Wie dem auch sei: Die Geste an sich zählte. Der Captain wollte damit beeindrucken, und es gelang ihm auch. Hier und dort murmelte jemand, aber Kasak spürte deutlich, wie die Anspannung nachließ.

Der Kommandant blieb verteidigungsbereit, bis Arthag an der Schadenskontrolle Platz nahm und sich Marag bei der Ambientenstation in einen freien Sessel sinken ließ. Beide Systeme funktionierten nun automatisch, so wie auch die meisten anderen, aber die Konsolen existierten nach wie vor. Truppenführer Marag saß nun auf der anderen Seite der Brücke, doch angesichts der besonderen Reputation des Sicherheitsoffiziers wünschte sich Kasak eine noch größere Entfernung.

»Da Sie nun bereit sind, eine Erklärung entgegenzunehmen…«, sagte der Captain. »Hören Sie gut zu – und lernen Sie daraus.« Er lehnte sich im Kommandosessel zurück und musterte die Offiziere nacheinander.

Genau für diesen Augenblick hatte Kasak sie ausgewählt, und zwar nicht nur aufgrund ihrer Fähigkeiten. Maßgebend war auch, wie oft sie schon zu

Kasaks Crew gehört hatten. Selbst unter günstigen Umständen fiel es schwer, an Bord von klingonischen Raumschiffen so etwas wie Loyalität zu gewährleisten. Es fanden zu viele Rangeleien hinter den Kulissen statt: Jeder intrigierte gegen jeden, in dem Bemühen, mehr Einfluß zu gewinnen, einen besseren Posten zu bekommen, eher als andere befördert zu werden.

Kasak hatte immer darauf geachtet, die Besatzungsmitglieder an seinem Ruhm teilhaben zu lassen, selbst wenn sie keine eigenen Beiträge geleistet hatten. Auf diese Weise erinnerte er sie immer wieder daran, welche Vorteile er ihnen gewährte. Darüber hinaus galt ein derartiges Verhalten als Beweis für Respekt. Ganz gleich, wie die Umstände auch beschaffen sein mochten: Niemand wäre auf den Gedanken gekommen, daß der Captain mit geteilter Ehre versuchte, seine Crew zu bestechen, ihre Loyalität gewissermaßen zu kaufen. Man ging vielmehr davon aus, daß der Kommandant damit folgendes anerkannte: Er errang den Ruhm nicht allein, sondern nur mit der tatkräftigen Unterstützung der Mannschaft. Sie *verdiente* es also, ebenfalls in den Genuß des Erfolgs zu gelangen.

Aus den gleichen Gründen galt es als selbstverständlich, wenn der Captain ein Besatzungsmitglied erschoß, das die Verantwortung für eine Niederlage trug.

Dem Mienenspiel der Offiziere war zu entnehmen, daß sie über diese Dinge Bescheid wußten. Sie alle hatten auf die eine oder andere Weise von der Zusammenarbeit mit dem Captain profitiert. Sicher, er konnte grausam sein, aber seine Grausamkeit blieb nie *sinnlos*. Wenn man Energie nicht für eine bestimmte Sache einsetzte, so vergeudete man sie nur – so lautete das Motto des sutai-Khornezh. Aber wenn man mit der gleichen Energie etwas erreichen konnte... Nun, man erzählte sich entsprechende Geschichten – die manchmal dazu dienten, Kadetten einzuschüchtern, ihnen Angst einzujagen.

Mit einer ähnlicher Einstellung verteilte er die Früchte des Erfolgs. Er gab sie den Besatzungsmitgliedern nicht, ohne genau darauf zu achten, *wer* sie bekam. Manche Kommandanten verließen sich dabei mehr auf Quantität als auf Qualität, was Kasak für einen Fehler hielt. Er verwendete die Beteiligung an Ehre und Ruhm als Lohn für harte Arbeit. Wenn jemand mit großem persönlichen Einsatz eine Belohnung verdient hatte, so zögerte Kasak nicht, die Anerkennung in aller Öffentlichkeit auszusprechen.

»Versuchte Meuterei ist noch keine Meuterei«, sagte der Captain nun. »Aber unüberlegtes Handeln ist in jedem Fall verkehrt. Und auch unklug. Von anderen Kommandanten könnten Sie nicht so viel Verständnis erwarten. Ein anderer Captain hätte Sie erschossen. Sie alle. Und wenn ich durch eine Ihrer Aktionen ums Leben gekommen wäre... Dann wüßte niemand von Ihnen, was mich veranlaßte, jene Worte an Captain Kirk zu richten.«

»Wir bleiben bei der vollen Energiestärke für die Schilde«, sagte Jim. »Wir brauchen Zeit, um uns etwas einfallen zu lassen.«

Scott murmelte eine Bemerkung, die sich im Heulen der Alarmsirenen verlor, aber Kirk erahnte die Bedeutung des Kommentars. »Wir eröffnen nicht als erste das Feuer«, fügte er hinzu. »Wobei ich betonen möchte, daß die Interventionsregeln dabei überhaupt keine Rolle spielen. Zumindest nicht die unsrigen.« Er zögerte einige Sekunden lang, bis er sicher sein konnte, daß niemand die Sirenen und das pulsierende Licht übersehen hatte. Dann ordnete er – zum wiederholten Mal – ein Ende der Alarmstufe Rot an.

»Ich denke vor allem daran, daß sich die Organianer in diese Sache einmischen könnten.«

»Phaser auf Ziel fixiert, Captain«, meldete Chekov, der an den Kontrollen des Feuerleitstands saß. »Aber bisher rührt sich bei den Burschen nichts.«

»Ganz ruhig, Mr. Chekov – Phaser und Photonentorpedos werden nur auf meinen ausdrücklichen Befehl hin eingesetzt. Bei den Klingonen findet jetzt eine Auseinandersetzung statt, zwischen der Fraktion des Captains und dem Rest. Der Gewinner wird eine Entscheidung treffen und handeln, auf welche Weise auch immer.«

Als nach Kasaks verblüffender Bitte um Asyl die Kom-Verbindung unterbrochen wurde – die letzten zwei oder drei Sekunden der Übertragung boten einen vagen Eindruck vom Chaos an Bord des klingonischen Schiffes –, veranlaßte Kirk noch einmal Alarmstufe Rot und ordnete ein sofortiges Ausweichmanöver an. Die Schilde waren nicht desaktiviert, nur auf Bereitschaft geschaltet worden – als eine der von Lieutenant Stewart erwähnten Gesten des guten Willens. Sie gewannen sofort volle Energiestärke zurück, als die *Enterprise* sieben Sekunden lang mit Impulskraft beschleunigte und sich vom imperialen Kreuzer entfernte.

Die Klingonen neigten dazu, bei internen Konflikten jede Art von Gewalt anzuwenden – das hatten sie zum erstenmal bei Donatu V und später noch viele weitere Male unter Beweis gestellt. Sie schreckten nicht einmal davor zurück, den eigenen Warpantrieb zur Explosion zu bringen, um nicht nur alle am Disput beteiligten Personen umzubringen, sondern auch eventuelle neutrale Beobachter in der Nähe. Aus diesem Grund war es besser, unverzüglich auf sichere Distanz von dem betreffenden Raumschiff zu gehen und zunächst abzuwarten.

Kirk sah zu den Datenkolonnen auf dem Wandschirm und stellte erleichtert fest, daß Sulu ein bestimmtes Prioritätsprogramm gestartet hatte: Das Warptriebwerk der *Enterprise* war nun direkt mit den Sensoren verbunden, die den mehrere hunderttausend Kilometer entfernten Kreuzer ständig sondierten. Bei den ersten Anzeichen einer kritischen Materie-Antimaterie-Reaktion würde ein Warptransfer stattfinden, der das Föderationsschiff auf Faktor vier beschleunigte. Doch ein solches Manöver versprach keine absolute Sicherheit, denn einige Komponenten eines hochenergetischen Annihilationsphänomens waren ebenfalls überlichtschnell. In diesem besonderen Fall hatte an Bord der *Enterprise* nicht nur Kirk feuchte Hände. Offiziere und Besatzungsmitglieder teilten seine Nervosität, während sie beobachteten und versuchten, sich in Geduld zu fassen...

Askel hörte es mit eigenen Ohren, doch es fiel ihm schwer zu glauben, daß sich ein klingonischer Offizier mit Kasaks Reputation so sehr der Lächerlichkeit preisgab. Wenn jemand anders von diesen Erlebnissen des Captains berichtet hätte, so wäre der wissenschaftliche Spezialist bereit gewesen, ihn auf der Stelle zu töten. Er wußte nicht, was die anderen Offiziere von der Geschichte hielten, die eine bewußt herbeigeführte Tribble-Plage an Bord eines Raumschiffs betraf. Die Schilderungen erfüllten sie natürlich mit Abscheu, aber dabei handelte es sich um eine typische Reaktion. Askel haßte die gräßlichen, haarigflauschigen Geschöpfe mit der gleichen Intensität wie alle normal empfindenden Klingonen, doch er sah bei dieser Sache auch einen amüsanten Aspekt: Das klingonische Wort für Tribbles klang genauso wie ein bei Terranern gebräuchlicher Ausruf des Ekels: *yIH*. Nun, Kasaks Zuhörer bemühten sich, so etwas wie Anteilnahme zu zeigen, aber ganz offensichtlich wußten sie nicht, was den Captain zu so peinlichen Ausführungen veranlaßte.

Bis er den Namen des Starfleet-Schiffes und des verantwortlichen Kommandanten nannte.

Daraufhin verstand Askel. In Gedanken geißelte er sich, weil er jene Zusammenhänge übersehen hatte, die ein Einsatzleiter des Imperialen Geheimdienstes sofort erkennen mußte.

Wenige Sekunden später beruhigte er sich wieder, als er begriff: Ihn traf keine Schuld; ohne die notwendigen Daten konnte niemand eine komplette Situationsanalyse durchführen. Erst jetzt wußte er, daß die Rache an Kirk und der *Enterprise* für Kasak eine größere Rolle spielte als die Wiederherstellung seines guten Rufs.

Für Askel bestand nun überhaupt kein Zweifel mehr an den Absichten des Captains. Was jedoch nicht bedeutete, daß ein eventuell zur Crew gehörender Agent des Sicherheitsdienstes zu den gleichen Schlüssen gelangen mußte. Kasak schwebte noch immer in erheblicher Gefahr. Von wem ging die Bedrohung aus? Askel begann damit, seine Kollegen unauffällig zu mustern.

»Sie fragen sich vermutlich, ob ich den Verstand verloren habe«, sagte der Captain. Damit übertrieb er natürlich. Die anderen Klingonen schwiegen, gaben keinen Ton von sich – vielleicht waren sie viel zu schockiert. »Möglicherweise glauben Sie auch, daß meine angebliche Bitte um Asyl auf einer Halluzination Ihrerseits oder dergleichen beruht. Das ist nicht der Fall. Ich habe jene Worte tatsächlich ausgesprochen. Doch es geht mir nicht darum, meine Heimat und das Vertrauen meiner Offiziere zu verraten. Die Worte sind vielmehr eine Waffe, die ich gegen den Feind verwende.«

Askel mußte sich sehr beherrschen, um auch weiterhin ein ausdrucksloses Gesicht zu präsentieren.

Alles in ihm drängte danach, laut zu lachen. Natürlich! Jetzt war alles klar. Nur mit Mühe widerstand Askel der Versuchung, aufzuspringen und zu jubeln. Ein einfacher und perfekter Plan, der es verdiente, zum Erfolg zu führen. *Nein,* verbesserte sich der wissenschaftliche Spezialist in Gedanken. *Der Erfolg ist praktisch garantiert.*

»Kirk ist jetzt hin und her gerissen«, fuhr Kasak fort. »Einerseits argwöhnt er, daß ich ganz andere Absichten verfolge, und andererseits hofft er, daß meine Worte ihm gegenüber der Wahrheit entsprechen. Je länger wir den Eindruck erwecken, daß wir ihm unsere beiden Schiffe übergeben, um anschließend den Rest unseres Lebens als Außenseiter irgendwo in der Föderation zu verbringen, desto größer werden Enttäuschung und Zorn, sobald er die Überlegenheit des klingonischen Volkes eingestehen muß. Wenn wir den Antrieb aktivieren und uns ganz langsam entfernen, wenn Kirk sieht, wie er Trophäe und Ruhm verliert ... Wie mag er dann reagieren, *Zan* Katta?«

Die Angesprochene erwachte wie aus tiefer Trance. Askel verglich sie mit einer Studentin, die während eines langweiligen Vortrags eingedöst war und plötzlich feststellen mußte, sich im Zentrum der allgemeinen Aufmerksamkeit zu befinden. Sie sprach hastig und gab die richtige Antwort: »Kirk wird die Anweisungen geben, die man von einem klugen, erfahrenen Kommandanten erwarten kann. Sicher befiehlt er, das Feuer aufs Impulstriebwerk zu eröffnen, um der Trophäe die Manövrierfähigkeit zu nehmen. Dann sorgen einige gut gezielte Phaserstrahlen für eine Trennung der Warpgondeln vom zentralen Rumpf, wodurch die Selbstzerstörung unmöglich wird. Im Anschluß daran werden Traktorstrahlen eingesetzt.«

»Genau«, bestätigte Kasak. »Doch in diesem Fall muß Kirk damit rechnen, daß ihm die Organianer einen Strich durch die Rechnung machen. Selbst wenn er den Feuerbefehl erteilt: Ich bezweifle, ob die Waffen der *Enterprise* überhaupt funktionieren – wir wissen, daß die Glühwesen den einen oder anderen Trick auf Lager haben. Trotz unseres friedlichen Verhaltens werden wir zum Opfer einer Starfleet-Aggression. Nun, wie schätzen Sie die wahrscheinliche Reaktion der Organianer ein? Krynn?«

Askel hob die Hand zum Mund, um sein Lächeln zu verbergen. Er bewunderte Kasaks Geschick. Ganz zu Anfang hatte er einen Intervaller benötigt, um zu verhindern, daß ihn die Besatzungsmitglieder als Verräter umbrachten. Jetzt hingen sie gewissermaßen an seinen Lippen, um von ihm zu lernen.

Krynn antwortete ebenso wie Katta, sprach wie eine Studentin zum Lehrer. »Die Bestimmungen des organianischen Friedensvertrages beziehen sich vor allem auf die bewohnbaren Welten in der sogenannten Vertragszone. Die Signatare haben das Recht, Gesandte zu schicken, um zu veranschaulichen, auf welche Weise sie den umstrittenen Planeten zu entwickeln gedenken. Das Privileg des Protektorats steht jener Macht zu, die den besten Entwicklungsvorschlag unterbreitet oder von der einheimischen Bevölkerung bevorzugt wird. Wer den Vertrag mißachtet, riskiert die Verbannung von der entsprechenden Welt, die dann der anderen Macht zugesprochen wird.«

»Welche Schlüsse lassen sich daraus ziehen, insbesondere unter Berücksichtigung des Umstands, daß die Dekkanari – unsere fernen Linien-Verwandten – das Föderationspersonal ausgewiesen haben? Marag?«

»Ich stelle fest, daß der Verstand des Kasak sutai-Khornezh scharf genug ist, Kehlen durchzuschneiden«, grollte der Truppenführer. »Wir sind zur Stelle, wenn die Föderationsleute den Planeten verlassen, und vielleicht können wir die dekkanarischen Vettern veranlassen, uns als neue Beschützer zu akzeptieren. Wenn sich ein Starfleet-Captain dazu hinreißen läßt, das Feuer auf uns zu eröffnen oder es auch nur zu versuchen, so wechselt dieses Sonnensystem automatisch in den Einflußbereich des Imperiums. Dann haben Sie Ihre Rache vollendet und viel Ruhm errungen, sowohl für sich selbst als auch für die Heimat.«

Marag stand auf und nahm Haltung an. »Sie sind kein Verräter«, sagte er förmlich. »Und Sie können auf die volle Unterstützung der Sicherheitsabteilung zählen.«

Askel überlegte, ob sich Marag mit den letzten Worten einen Scherz in Hinsicht auf den Umstand erlaubte, daß bei dieser Mission die Sicherheitsabteilung nur aus ihm bestand. Oder handelte es sich um eine subtile Warnung, an die Adresse der unbekannten Agenten des Sicherheitsdienstes gerichtet?

»Die *Hakkarl* hat einen Kom-Kanal geöffnet, Captain«, meldete Uhura. »Folgende Nachricht wird übermittelt: ›Wir setzen den Flug zum Föderationsplaneten 4725 Cancri IV fort und warten noch immer auf eine Antwort.‹ Das ist alles.« Uhura nahm den Datencoder vom Ohr. »Ich meine: Es ist *wirklich* alles. Seit der Unterbrechung des Kontakts hat das klingonische Kombi-Schiff keine anderen Signale gesendet oder empfangen.«

»Das schließt die Subraum-Impulse mit ein, die Lieutenant Mahase entdeckte, während die Klingonen den angeblichen Notruf transferierten«, sagte Spock. »Sie sind mit einem Code von der Art verschlüsselt, wie ihn mein Vater bevorzugt, aber bisher ist den Abteilungen Kommunikation und Kryptologie keine Entschlüsselung gelungen …«

»Selbst Mr. Spocks Versuche sind erfolglos geblieben«, warf Uhura ein.

»Meiner Ansicht nach haben entsprechende Bemühungen auch gar keinen Sinn«, fuhr der Vulkanier ungerührt fort. »Ich nehme an, die Impulsfolge soll uns vermuten lassen, daß an Bord der *Hakkarl* mehr geschieht, als es zunächst den Anschein hat.«

»Glauben Sie, die verschlüsselten Signale beinhalten überhaupt keine Botschaft irgendeiner Art?« fragte der Captain.

»Ja, Sir. Allerdings muß ich einschränkend hinzufügen, daß ein Bedeutungsinhalt der codierten Impulse nicht völlig auszuschließen ist. Möglicherweise enthalten sie doch Informationen, bestimmt für die Orbitalwerft, in der das Schlachtschiff gebaut wurde. In dem Fall halte ich es für plausibel, von folgender Hypothese auszugehen: Die Impulsfolge könnte mit den automatischen Sendungen vergleichbar sein, die in den Kommunikatoren der Drohnen von Starfleet-Forschungsschiffen gespeichert sind. Mit anderen Worten: Ich halte es für denkbar, daß der klingonische Kreuzer auf seine unmittelbar bevorstehende Vernichtung hingewiesen hat.«

»Die Klingonen wollen im Imperium nicht für Abtrünnige gehalten werden«, spekulierte Kirk.

»Ja. Es würde mich nicht überraschen, wenn Kasak um die Erlaubnis bittet, einige Photonentorpedos in sicherer Entfernung zu Explosion zu bringen – um die Zerstörung der *Hakkarl* vorzutäuschen. Die Anzahl der dabei verwendeten Torpedos gibt uns einen Hinweis darauf, über was für eine Art von Zwischenfall mit den codierten Impulsen berichtet wurde.«

Spock behielt recht: Nur zwei Minuten später ersuchte der klingonische Kommandant um die Genehmigung, zwanzig Photonentorpedos abzufeuern.

Kirk drehte den Kopf, sah zu Spock und hob beide Brauen. Der Vulkanier wölbte nur eine und blieb stumm.

Zwanzig Photonentorpedos, die gleichzeitig explodierten, sorgten für ziemlich intensive energetische Emissionen. Es sah nicht nach einem Unglück aus, das auf die außer Kontrolle geratenen Warptriebwerke beider klingonischen Schiffe zurückging – um einen solchen Eindruck zu erwecken, wären Hunderte von Torpedos nötig gewesen. Aber vielleicht glaubte man im Imperium, daß bei der Desaktivierung der entsprechenden Antriebssysteme etwas schiefgegangen war.

»Uhura.« Jim drehte den Kommandosessel. »Haben Sie die *Sir Richard* und *Vanguard* bereits verständigt?«

»Ja, Captain. Auch den dekkanarischen Planetaren Rat. Colonel Johnson bekam eine diesbezügliche Mitteilung von mir.«

»Gut.« Kirk schüttelte langsam den Kopf. Mehr gab es eigentlich nicht zu tun. »Ausgezeichnet, Uhura. Danke. Teilen Sie dem klingonischen Kommandanten mit, daß er die Photonentorpedos einsetzen kann. Weisen Sie ihn außerdem darauf hin, daß *unsere* Torpedos auf den Kommandostutzen seines Schiffes gerichtet sind. Wenn das noch nicht der Fall sein sollte, so ändern Sie bitte die Zielerfassung, Mr. Chekov.«

»Zielerfassung geändert, Sir.«

»Captain Kasak bestätigt«, sagte Uhura. »Er fügt hinzu, daß die Photonentorpedos mit geringer Geschwindigkeit gestartet und per Traktorstrahl in den Detonationsbereich gebracht werden.«

»Sehr vernünftig von ihm.« Kirk drückte eine Taste in der Armlehne des Sessels und aktivierte damit das Interkom. »Mr. Scott...« Der Chefingenieur war in den Maschinenraum zurückgekehrt, als die Lage brenzlig zu werden begann und alles darauf hindeutete, daß Impulstriebwerk und Warpantrieb vielleicht mehr als ›nur‹ volle Leistung entfalten mußten. »Sind Sie auf dem laufenden?«

»Aye, Sir. Der Bursche scheint sich alles gut überlegt zu haben.«

»Was halten Sie davon?«

»Nun, Sir, im Prinzip gibt's an der Sache nichts auszusetzen. Allerdings: Was die Anzahl der Torpedos betrifft, übertreibt Kasak ein wenig. Oder auch nicht...«

Kirk glaubte zu hören, wie sich die mentalen Zahnräder hinter Scottys Stirn drehten. Er wartete und hörte, wie es im Hintergrund klickte und summte – der Chefingenieur schien an eine Konsole herangetreten zu sein, um Daten abzurufen. »Wir haben einige Computersimulationen durchgeführt, Captain, und zwar auf der Grundlage der jüngsten Ortungsergebnisse. Wenn die Triebwerke des Kreuzers potentialverstärkt sind – die infraroten Emissionen lassen in diesem Zusammenhang einen Wert von fünfunddreißig Prozent vermuten –, so sind Kasaks Berechnungen für den großen Knall genau richtig.«

Von einer Potentialverstärkung beim Antrieb des klingonischen Schlachtschiffs war jetzt zum erstenmal die Rede. Es gefiel Jim nicht sonderlich, wichtige Neuigkeiten auf eine so beiläufige Weise zu erfahren. Vielleicht lag es einfach daran, daß zuviel in zu kurzer Zeit geschehen war. Wie dem auch sei: Spocks Bemerkungen über die *Hakkarl* hatten Kirk bereits darauf hingewiesen, daß der Kreuzer die eine oder andere Überraschung für sie parat hielt.

»Falls Sie ein wenig Zeit finden, Mr. Spock...« Kirk wandte sich dem Vulkanier zu. »Bitte fassen Sie alles zusammen, was wir bisher über das imperiale Kriegsschiff herausgefunden haben. Bisher sind die Informationen auf einzelne Sektionen verteilt. Deshalb habe ich erst jetzt erfahren, daß der Kreuzer vielleicht über ein potentialverstärktes Triebwerk verfügt. Wenn es an Bord dieses Schiffes jemanden gibt, der noch mehr über die Klingonen zu wissen glaubt... Ich wäre sehr dankbar, wenn man derartige Erkenntnisse mit mir teilen würde.«

Jim wußte um seine eigene Gereiztheit, und derzeit versuchte er nicht, sie unter Kontrolle zu bringen. Später, wenn wieder die diplomatischen Aspekte der Mission seine Aufmerksamkeit verlangten... Dann mußte er sehr vorsichtig sein. Durch den Schlafmangel wurde die nervliche Belastung noch schlimmer.

»Alle Photonentorpedos gestartet, Captain.« Chekov bediente die Kontrollen des Feuerleitstands. »Taktische Darstellung auf den Wandschirm.«

Im Projektionsfeld boten sich die klingonischen Torpedos als ein Schwarm aus rot glühenden Punkten dar. Kirk fühlte sich von jähem Unbehagen erfaßt, obgleich sich die Photonentorpedos von der *Enterprise* entfernten. Seine nächsten Worte waren kein Befehl in dem Sinne, brachten eher einen Wunsch zum Ausdruck.

»Bringen Sie uns fort von hier, Mr. Sulu.« Jim brauchte keine Angaben in Hinsicht auf Kurs und Geschwindigkeit hinzuzufügen: Sie flogen auch weiterhin nach Dekkanar, und die Beschleunigung erfolgte mit voller Impulskraft. Die *Hakkarl* war bereits auf dieses Manöver hingewiesen worden, und es blieb ihrem Steuermann überlassen, eine Schubanpassung vorzunehmen und der *Enterprise* zu folgen. Was Kirk betraf... Wenn die klingonischen Photonentorpedos explodierten, setzten sie eine Energie frei, die etwa vier Teratonnen TNT entsprach, und ein solches Spektakel wollte sich Jim aus sicherer Entfernung ansehen.

Sulu leitete die fünf Minuten lange Beschleunigungsphase ein. Die Klingonen wahrten einen Abstand von dreißigtausend Kilometern, befanden sich steuerbords und achtern. Kaum eine halbe Flugsekunde trennte sie von der *Enterprise*. Wer auch immer dort drüben an den Navigationskontrollen saß: Er verstand sein Handwerk. Kirk nahm diesen Umstand einer Warnung gleich zur Kenntnis.

»Heckansicht auf den Schirm«, sagte er. »Schilde vier, fünf und sechs: maximale Energie und höchster Reflektionsfaktor. An alle: Wir könnten ein wenig durchgeschüttelt werden.«

Damit schien er das Stichwort gegeben zu haben: Die Photonentorpedos explodierten. Von einem Augenblick zum anderen gleißte grelles Licht vom Wandschirm. Die *Enterprise* schien kurz zu erzittern, und ein seltsames Grollen erklang, als eine warpschnelle energetische Störungsfront das Schiff erreichte und Resonanzen in seinen Systemen verursachte. Hier und dort verschob sich die künstliche Schwerkraft an Bord; die Gravitationsfluktuationen erreichten ein Maximum von plusminus null Komma fünf G. Der Datencoder des Kom-Pults schrillte so laut, daß es Uhuras Trommelfell zerrissen hätte. In der Krankenstation behauptete das Diagnosemodul einer Behandlungsliege, drei darauf liegende Tricorder litten an zu hohem Blutdruck.

Dann war es vorbei.

Kirk blickte sich kurz im Kontrollraum um und stellte fest, daß alles am richtigen Platz zu sein schien. Dann sah er Fähnrich Penney an. »Schadensmeldung, Yvonne. Und nennen Sie mir den Status der Waffensysteme. Uhura, bitten Sie die Klingonen um einen ähnlichen Situationsbericht. Übrigens, Mr. Sulu … Herzlichen Dank. Sie haben alles genau kalkuliert.«

Kurze Zeit später trafen Meldungen ein, und sie liefen alle auf folgendes hinaus: Nirgends war es zu nennenswerten Schäden gekommen.

Die Klingonen fügten ihrem Bericht etwas hinzu, mit dem Kirk nicht gerechnet hatte:

Kasak wollte der *Enterprise* einen Besuch abstatten.

Askel fragte nach dem Grund dafür.

»Ich überzeuge Kirk von meinem guten Willen, wenn ich das Schiff des Feindes betrete und ihm von Angesicht zu Angesicht gegenübertrete«, erwiderte Kasak. »Außerdem wird er sich viel einfacher provozieren und zu einer Dummheit hinreißen lassen, wenn er merkt, daß ich ihn getäuscht habe.« Die Erklärung klang ein wenig zu glatt – der Kommandant schien sich die Worte vorher zurechtgelegt zu haben. Nun, vielleicht war das tatsächlich der Fall. Vermutlich hatte er erwartet, daß ihm jemand eine solche Frage stellte.

Die anderen Besatzungsmitglieder hätten sich vielleicht mit dieser Antwort zufriedengegeben – abgesehen natürlich von den Agenten des Sicherheitsdienstes, deren Identität Askel nach wie vor verborgen blieb –, aber glaubte Kasak im Ernst, daß der wissenschaftliche Spezialist derartige Behauptungen für wahr hielt.

Als sie das Gespräch in der Offiziersmesse fortsetzten, wurde immer deutlicher, daß sich der Captain nicht etwa einen Scherz ganz besonderer Art erlaubte, sondern seine Erläuterungen tatsächlich ernst meinte.

Oder er will mich provozieren, mich zu einer Reaktion veranlassen, dachte Askel, als Kasak an den Synthetisierer herantrat, Essen und Getränke für sie beide orderte. Während ihm der Captain den Rücken zuwandte, beschloß der wissenschaftliche Spezialist, nicht auf eine solche Taktik einzugehen. Er wollte noch ruhiger bleiben als ein schlafender Vulkanier, noch schwerer zu durchschauen sein als geschwärztes Glas. Darüber hinaus war er durchaus zu dem einen oder anderen eigenen Test imstande.

Er hatte eine weitere Nachricht gesendet, während der Vorbereitungen zum Start der Photonentorpedos. Das komprimierte Signal ging auf die interstellare

Reise, als Krynn die *Hakkarl* beschleunigte, um der *Enterprise* zu folgen. Eine gewaltige Explosion tarnte die betreffenden Impulse. Selbst wenn sie den Kom-Spezialisten der *Enterprise* – oder Khitar – aufgefallen waren: Bestimmt hielt man sie für das Ergebnis von Interferenzen.

Jetzt mußte sich Askel noch einmal mit dem Imperialen Geheimdienst in Verbindung setzen, weil Kasak beabsichtigte, Kirk an Bord seines Schiffes zu besuchen.

Er blickte aufs Tablett, wählte ein Glas mit Fruchtsaft und Kekse, trank und aß geistesabwesend.

»Wann und wie viele?« fragte er schließlich.

Kasak nippte an seinem Glas, bevor er antwortete: »Sofort und allein.«

Diese drei Worte bestätigten Askels Vermutung, daß die wahren Motive des Kommandanten anders beschaffen waren, als er behauptete. Seine Gedanken rasten.

»Das ist ausgeschlossen«, sagte er und achtete mit großer Sorgfalt darauf, in welchem Tonfall er sprach. Er durfte auf keinen Fall das falsche Wort betonen – dann schaltete Kasak einfach auf stur. Askel wollte unbedingt vermeiden, daß der Captain dem legendären James T. Kirk allein begegnete. Dafür hatte er mehrere Gründe. »Es wäre falsch, wenn Sie sich ohne Begleitung auf den Weg machen. Das käme einem Verstoß gegen die guten Sitten gleich. Jemand mit Ihrer Reputation verdient eine Ehrenwache ...«

Er brach ab, als er sich vom nachdenklichen Blick des Kommandanten durchbohrt fühlte. Bleierne Schwere senkte sich plötzlich auf ihn herab. *Er weiß Bescheid,* dachte Askel. *Er weiß von mir und dem Imperialen Geheimdienst.*

In seinem Gesicht zeigte sich natürlich nichts. Wer den Rang eines Einsatzleiters bekleidete, hatte sein

Mienenspiel vollständig unter Kontrolle. Einige IG-Kollegen trugen sogar spezielle Prothesen, angefertigt von Fachleuten der kosmetischen Chirurgie – sie sorgten auf Dauer dafür, daß die Züge nichts verraten konnten. Askel gehörte noch nicht zu diesem Kreis von Auserwählten, aber vielleicht wurde auch er zu einem Prothesenträger, wenn er weitere Erfolge erzielte. Derzeit hielt er seinen Gesichtsausdruck allein mit Willenskraft unter Kontrolle.

Die nächsten Worte des Captains vertrieben den Anflug von Panik aus Askel.

»Sie und einige andere können mich zur *Enterprise* begleiten«, sagte Kasak. »Wir warten bis zum Einschwenken in die Umlaufbahn. Andernfalls mag es seltsam erscheinen, daß nur wenige Crewmitglieder an Bord dieses Schiffes zurückbleiben.«

»Ich bin geehrt, Captain«, erwiderte der wissenschaftliche Spezialist. »Und der Rest Ihrer Eskorte?«

»Darüber entscheide ich später. Eins steht fest: Marag kommt ebenfalls mit. In feindlicher Umgebung kann man einen Sicherheitsoffizier immer gut gebrauchen.«

»In der Tat.« In Gedanken unterzog Askel den letzten Satz des Kommandanten einer gründlichen Analyse, ohne sich darüber klarzuwerden, ob es nur eine Feststellung war oder eine Art Seitenhieb – der nicht unbedingt dem Sicherheitschef gelten mußte. Nun, Marag hatte Kasaks Plan bereits begrüßt. Und wenn er Einwände gegen diese neue Entwicklung erhob ... Bestimmt verzichtete er auf Kritik, wenn er mitkommen durfte.

»Beamen wir uns zur *Enterprise?*«

»Nein. Wir benutzen ein Shuttle. Die Sonnenfleckenaktivität läßt zwar nach, ist jedoch immer noch stark genug, um die Funktion des Partikeltransporters zu beeinträchtigen.«

Askel schüttelte den Kopf und wollte etwas sagen,

doch Kasak hob die Hand und grinste breit. Einige Sekunden später lächelte auch der IG-Agent.

»Wir wollen Kirk doch nicht darauf hinweisen, wozu wir fähig sind, oder?« fuhr der Captain fort. »Sie und ich wissen, daß die Transporterstrahlen der *Tazhat* durch die *Hakkarl*-Energie verstärkt werden und natürliche Interferenzen mühelos durchdringen können. Aber die Föderationsleute haben keine Ahnung davon. Wenn sie es schließlich herausfinden, wird es eine unangenehme Überraschung für sie sein.« Er trank sein Glas aus und erhob sich. »Wir treffen uns im Shuttlehangar, und zwar zehn Minuten nach dem Einschwenken in die Umlaufbahn. Kleidung: Paradeuniform, Dienstwaffe, beste Schärpe sowie alle Auszeichnungen und Medaillen. Wir reden mit der Föderation.«

»O Gott«, ächzte Kirk leise. »*Sechs?* Wieso waren die Terroristen imstande, sich gleich sechs bewaffnete Orbiter zu beschaffen?«

»Weil meine Leute den Flug und Raumhafen nur zu Fuß erreichen können«, sagte Todd Johnson. Der Wandschirm zeigte ganz deutlich seine Verletzung: Ein großkalibriges Projektil hatte ihn am linken Ellbogen getroffen; der dicke Verband wies dort einen unübersehbaren roten Fleck auf. Seine Gruppe hatte die Interventionsregeln beachtet und sich ohne irgendeinen Schutz auf den Planeten begeben, um dort einen Puffer zwischen dem zivilen Föderationspersonal einerseits und der PDU andererseits zu bilden. Wenn Terroristen angriffen, so nahmen sie auf niemanden Rücksicht, auch nicht auf Ärzte und medizinische Einrichtungen. An Bord der Raumschiffe im Orbit gab es mit modernster Technik ausgestattete Krankenstationen, in denen man praktisch alle Arten von Verletzungen innerhalb mehr oder weniger kurzer Zeit behandeln konnte, aber auf Dekkanar mußte man mit Feldlazaretten vorliebnehmen. Johnsons ›Verband‹ war kaum mehr als eine Ansammlung von Stoffstreifen.

»Ich verstehe, Colonel«, erwiderte Kirk. »Wir ergreifen alle notwendigen Vorsichtsmaßnahmen.«

»Wenn Sie uns vom Gelände der Botschaft aus an Bord beamen könnten...« Johnson machte sich nicht die Mühe, den Satz zu beenden.

Jim spürte Mitgefühl. Er wußte, welche Empfindungen sich nun im DSG-Commander regten, von den Schmerzen im Arm mal ganz abgesehen. Eine derartige Hilflosigkeit ertragen zu müssen... Es war leichter, gegen einen überlegenen Feind anzutreten, als einer Naturkraft die Stirn zu bieten. Letzteres vermittelte den Eindruck von absoluter Aussichtslosigkeit.

Das Rattern einer automatischen Waffe drang aus dem Lautsprecher der externen Kommunikation, und unmittelbar darauf hörte Kirk das Heulen mehrerer Phaser. Der schrille Klang ließ den Schluß zu, daß die Strahler auf starke Betäubung justiert waren. Trotz der vielen Provokationen, die Varn und die übrigen Mitglieder des Planetaren Rates zumindest tolerierten, wenn nicht gar aktiv unterstützten; trotz der brutalen Dummheit der PDU, trotz der Verletzung durch ein Projektil, das einen Teil des Ellbogens zertrümmert hatte... Trotz einer Situation, wie sie kaum schlimmer sein konnte, ließ Johnson bemerkenswerte Besonnenheit walten und nutzte nicht alle ihm zur Verfügung stehenden Mittel. Kirk begann zu verstehen, warum er schon so früh zum Colonel befördert worden war...

»Mein wissenschaftlicher Offizier wies mich darauf hin, daß wir den Transporter in etwa vier Stunden einsetzen können.«

»Gut«, erwiderte der DSG-Chef. »Wenn alles vorbei ist, hat mein Ellbogen eine Verabredung mit

Ihrem Dr. McCoy. Und zwar in der Ersatzteilkammer. Es ist fast nichts übriggeblieben, das heilen könnte.«

Ein zäher Bursche, dachte Kirk. Eine solche Verletzung war sicher mehr als nur unangenehm.

»Unser Bordarzt hat sich den Termin notiert, Colonel«, sagte er laut. »Passen Sie gut auf sich auf. Kirk Ende.« Das Bild auf dem Wandschirm wechselte, zeigte wieder den klingonischen Schlachtkreuzer.

»Da unten scheint's recht munter zuzugehen«, meinte Leonard. »Die Jungs veranstalten eine tolle Party.« In seiner Stimme ließ sich jene Schärfe vernehmen, die immer dann erklang, wenn er es mit den dümmsten der menschlichen Dummheiten zu tun bekam.

»Unsere Leute geben sich alle Mühe, einigermaßen die Ruhe zu bewahren, Pille.«

»Ja, ich weiß. Nun, Jim, vielleicht sind wir die Guten, und wir schießen nur, um zu betäuben, aber das bedeutet nicht, daß wir im Recht sind. Es bedeutet nicht, daß die Gerechtigkeit auf unserer Seite ist. Wenn die Föderation nicht beschlossen hätte, das Kontrollzentrum der ›Feuerkette‹ ausgerechnet auf Dekkanar einzurichten, so gäbe es für uns einen Grund weniger, jene jungen Leute in diesen Schießstand zu schicken.«

»Sie sind ein Idealist, Dr. McCoy.« Spock sprach sanft, und vermutlich stellten seine Worte sogar ein Kompliment dar, aber der Arzt war nicht in der richtigen Stimmung, um sich so etwas anzuhören. Er unterbrach den Vulkanier nicht, wartete jedoch mit offensichtlicher Ungeduld und blickte immer wieder finster zur wissenschaftlichen Station. »Sie haben den Evakuierungsort mit einem Schießstand verglichen«, fuhr Spock fort. »Erlauben Sie mir, die Analogie zu erweitern: Kann man den Zielen eines Schießstands aggressives Verhalten vorwerfen? Wenn eine dritte Gruppe vor den Zielen Aufstellung bezieht, um sie vor Schaden zu bewahren, wenn sie die Schützen außerdem darauf hinweist, daß aus dem passiven Schutz ein aktiver wird, wenn weiterhin Waffen zum Einsatz kommen – wer trägt dann die Last der Verantwortung? Die während der letzten Kom-Verbindung übertragenen Bilder weisen darauf hin, daß sich kaum etwas geändert hat. Nun, das System der ›Feuerkette‹ hatte solche Situationen in einem viel größeren Maßstab verhindert.«

»Haben Sie *bestimmt* nie eine Karriere als Anwalt in Erwägung gezogen, Spock?« fragte Jim rasch, bevor McCoy antworten und die Diskussion dadurch verlängern konnte. Seiner Ansicht nach vertrat Leonard bei dieser Sache einen falschen Standpunkt – und er schien bereit zu sein, ihn mit allen Mitteln zu verteidigen.

Uhura empfing eine Nachricht und bestätigte. Ihr Blick zum Wandschirm teilte Kirk mit, woher die Signale kamen.

»Es ist soweit, Captain. Ein klingonisches Shuttle verläßt den Scout *Tazhat*. Geschätzte Ankunftszeit: in sieben Minuten.«

»Danke, Uhura.« Kirk sah zum Projektionsfeld, das zunächst keine Veränderung zeigte. Dann löste sich ein Punkt von der dunklen Masse des Kreuzers und glitt von ihm fort. »Sicherheitsoffizier Tomson, Mr. Matlock und die übrigen Mitglieder der Ehrenwache ... Bitte begeben Sie sich zum Hangar.« Er wandte sich an Spock und McCoy. »Und nun, meine Herren ... Ich schlage vor, wir machen uns gemeinsam auf den Weg – falls Sie darauf verzichten, Ihr Streitgespräch im Turbolift fortzusetzen.«

Als sie die Beobachtungsgalerie des Hangars erreichten, war Montgomery Scott bereits zugegen. Um alles zu beaufsichtigen, meinte er. Allerdings: Er trug eine einfache Standarduniform und keinen Strahlenschutzanzug. Offenbar vertraute er darauf, daß die Klingonen das Landemanöver ohne ernsten Zwischenfall hinter sich brachten. Selbst wenn der Chefingenieur derartige Schutzkleidung getragen hätte: Ein solches Verhalten seinerseits wies nicht auf Geringschätzung den Klingonen gegenüber hin. Zumindest nicht *insbesondere* den Klingonen gegenüber. Scotty mißtraute allen ihm unbekannten Shuttlepiloten.

»Doktor, Mr. Spock...«, grüßte Scott mit der Geistesabwesenheit eines Mannes, dessen Gedanken bei ganz anderen Dingen weilten. »Wie lange bleiben die Klingonen an Bord, Captain?«

»Kasak hat um politisches Asyl ersucht«, erwiderte Kirk. »Vielleicht bleiben er und seine Leute bei uns, bis wir Gelegenheit bekommen, sie zur Starbase Zwölf zu bringen.«

»Das ist ja großartig.«

»Einwände, Scotty?«

»Nicht mehr als die üblichen, Sir. Es gefällt mir nicht, daß solche Typen an Bord der *Enterprise* herumlaufen. Das ist alles.«

»Keine Sorge«, sagte Jim und versuchte, zuversichtlich zu klingen. »Ich habe nicht die Absicht, ihnen volle Bewegungsfreiheit zu gewähren. Immerhin könnte der eine oder andere von ihnen auf den Gedanken kommen, daß er doch lieber ein Bürger des Imperiums bleibt.«

»Vor allem vom Maschinenraum sollen sie sich fernhalten.« In Scotts Stimme erklang jener Unterton von Endgültigkeit, die schottische Ingenieure im Lauf von vier Jahrhunderten immer mehr verfeinert hatten: Damit warnten sie Normalsterbliche und forderten sie auf, einen respektvollen Abstand zu den Maschinenräumen zu wahren. Vielleicht begann es mit dem Bau der ersten Dampfschiffe in den Clyde-Werften bei Glasgow. Auf hoher See dann waren die

Kapitäne froh, auf ihre Hilfe zurückgreifen zu können, wenn der Kessel verrückt spielte. Nun, zwischen dem neunzehnten und dem dreiundzwanzigsten Jahrhundert hatte die Subspezies des Chefingenieurs genug Zeit für eine eigene Evolution. Die Frage, ob es sich um Männer, Frauen, Schotten oder Menschen handelte, verlor immer mehr an Bedeutung. Sie bildeten ein eigenes Volk, das sich durch spezielle Merkmale und Eigenschaften auszeichnete: schwielige Hände, Interesse für alles Technische, eine Vorliebe für Hochprozentiges. Irgendwie vollbrachten sie Wunder: Wenn ein Warptriebwerk versagte, gelang ihnen nicht nur eine provisorische Reparatur; sie rangen dem störrischen Antrieb sogar volle Kapazität ab.

Einen Chefingenieur verärgerte man nicht. Der kluge Captain machte ihn zu einem guten Freund.

»Wenn die Besucher in Ihrem Maschinenraum erscheinen, so können Sie ganz nach Belieben mit ihnen verfahren. Es bedeutet nämlich, daß wir vergeblich versucht haben, sie aufzuhalten.«

»Aye. Wie Sie meinen. Ich ...«

»Achtung, Achtung!« tönte es aus den Lautsprechern der internen Kommunikation. »Das klingonische Shuttle hat mit der letzten Anflugphase begonnen. Bitte räumen Sie den Hangarbereich. An das nichttechnische Personal: Bitte räumen Sie den Hangarbereich. Verankerungssysteme in Bereitschaft.«

»Da kommen Sie«, brummte McCoy und nahm eine Rejustierung seines Tricorders vor. »Das wär's. Ihr solltet jetzt besser nicht krank werden. Es sei denn, ihr seid Klingonen.«

»Danke für den Hinweis, Doktor«, erwiderte Spock. »Es liegt mir fern, diesen Zeitpunkt für eine Erkrankung zu wählen, weder mit meiner derzeitigen Biostruktur noch mit einer klingonischen.«

Scott achtete nicht auf den Wortwechsel hinter

ihm, klappte eine Konsole aus ihrer Wandnische und betätigte ihre Kontrollen. Datenkolonnen wanderten über den Monitor. »Landekontrolle, hier spricht Chefingenieur Scott. Ich kümmere mich selbst um das Shuttle.«

»Hier Landekontrolle, Mr. Scott. Hinweis zur Kenntnis genommen und bestätigt. Ihre Schaltsysteme erhalten hiermit Priorität.«

»Danke. Mitteilung für Shuttle: alle manuellen Navigationskontrollen desaktivieren. Triebwerk und Manövrierdüsen werden extern gesteuert.«

»Manuelle Navigationskontrollen werden desaktiviert: drei, zwei, eins, *jetzt*. Triebwerk und Manövrierdüsen von externer Steuerung übernommen.«

Scott rieb sich erst die Hände und ließ dann die Knöchel knacken. Zwei Sekunden später streckte und krümmte er die Finger, wie ein Pianist, der sich aufs Konzert vorbereitete. »Na schön. Zeigen wir ihnen, wie's bei einer richtigen Landung zugeht.«

»Übertreiben Sie es nicht, Scotty. Keine energetischen Fluktuationen und dergleichen. Ich möchte nicht, daß unsere Gäste in ihrer Raumfähre so hin und her geschüttelt werden wie die Eiswürfel in Ihrem Whiskyglas.«

»Oh, Captain, es käme mir *nie* in den Sinn ...« Der Chefingenieur legte eine kurze Pause ein und lächelte schelmisch. »... guten schottischen Whisky mit Eis zu verderben. Was die andere Sache betrifft: Seien Sie unbesorgt.« Er wandte sich wieder der Konsole zu und drückte Tasten. »Schutzfeld am Hangarzugang stabil. Luftdruck unverändert. Los geht's.«

Die beiden Hälften des großen Hangarschotts glitten langsam auseinander. Zuerst war nur ein schwarzer Spalt zu sehen, der allmählich in die Breite wuchs. Hinter dem unsichtbaren Schutzfeld, das ein Entweichen der Luft verhinderte, erstreckte sich die ewige, kalte Nacht des Weltraums. Ferne Sterne strahlten ruhig und gleichmäßig, doch zwischen ihnen blinkte etwas: die Positionslichter eines Shuttles. Reglos hing es im All, erfaßt von den Traktorstrahlen der *Enterprise*. Scott nahm noch einige letzte Kontrollen vor, holte die Raumfähre dann herein.

Wenn Scott wirklich mit dem Gedanken spielte, den Klingonen bei der Landung eine ›Lektion‹ zu erteilen, so widerstand er dieser Versuchung. Er setzte die fast klobig anmutende klingonische Raumfähre so sanft auf dem Boden des Hangars ab, daß die Insassen nicht den geringsten Ruck spürten. Der graue Thermopanzer und die Kleeblattsymbole wirkten an Bord der *Enterprise* fehl am Platz. Draußen im All war das Leuchtsignal nur ein helles Blinken gewesen; im Hangar wurde ein rhythmisches Gleißen daraus, das purpurne Nachbilder auf den Netzhäuten der Beobachter zurückließ. Nicht nur Kirk seufzte erleichtert, als jemand die verdammte Lampe ausschaltete.

Entweder wußten die Klingonen im Innern des Shuttles nichts vom Schutzfeld im Hangarzugang, oder sie mißtrauten seiner Zuverlässigkeit. Was auch immer der Grund sein mochte: Die Luke öffnete sich erst, nachdem sich das Schott wieder geschlossen hatte und das Erscheinen der Ehrenwache – angeführt von Tomson und Matlock – das Vorhandensein atembarer Luft bewies.

Auf Colin Matlocks Vorschlag hin benutzten die Sicherheitswächter weder Helme noch rüstungsartige Schutzkleidung. Allerdings: Ingrit Tomson hatte darauf bestanden, daß deutlich sichtbare Phaser vom Typ IV in den Halftern steckten. Ganz gleich, wie freundlich diese Klingonen geworden sein mochten: Es waren nach wie vor Klingonen. Wenn man ihnen unbewaffnet gegenübertrat, so sahen sie darin vielleicht keine Geste des Friedens, sondern ein Zeichen von Schwäche.

Eine Rampe neigte sich aus der offenen Luke, und nacheinander kamen sechs Klingonen aus der Raumfähre, betraten die USS *Enterprise.*

»Ehrenwache – Haltung annehmen!« Tomson trat zur Seite, als die Sicherheitswächter in einer Doppelreihe Aufstellung bezogen. Einer von ihnen hob die traditionelle Bootsmannspfeife an die Lippen und ließ das Begrüßungssignal erklingen.

Kirk und die anderen hörten das Pfeifen auf der Galerie und bemerkten auch die anfängliche Verwirrung der Klingonen. Dann begriff ihr Anführer, daß es sich um einen besonderen Willkommensgruß handelte. Er wies seine Begleiter darauf hin: Die Offiziere wechselten erstaunte Blicke, bevor sie salutierten.

»Nun, das hätten wir hinter uns gebracht«, sagte Jim und wurde sich erst jetzt seiner Anspannung bewußt. Er beugte sich vor und schaltete den Konsolenkommunikator ein. »Kirk an Ehrenwache.«

»Hier Sicherheitschef.«

»Ich schätze, der Freizeitraum ist ein angemessen neutraler Ort für das Gespräch mit Captain Kasak.«

»Bestätigung, Sir. Freizeitraum Eins. In vier Minuten treffen wir dort ein. Tomson Ende.«

»Vier Minuten... Damit bleiben uns zwei, meine Herren. Gehen wir.«

»Warum nicht die Offiziersmesse, Jim?« fragte McCoy, als sie zum Turbolift schritten. »Wir hätten dort einen der privaten Bereiche aufsuchen können.«

James T. Kirk schüttelte den Kopf und lächelte schief. »Damit rechnen die Klingonen bestimmt. Sicher erwarten sie von uns, daß wir sie in einen kleinen, abgelegenen Raum führen. Das Freizeitdeck ist das genaue Gegenteil davon. Das Ergebnis: neuerliche Verwirrung bei den Klingonen. Dadurch gelingt es uns vielleicht, sie aus der Reserve zu locken, mehr über sie in Erfahrung zu bringen. Außerdem kann ich mich auf diese Weise bei Kasak revanchieren, der mich mehrmals überrascht hat.«

»Glauben Sie, er meint die Sache mit dem politischen Asyl ernst, Captain?« fragte Scott.

»Nein. Das glaube ich erst, wenn meine Leute an Bord des Schlachtkreuzers sind und ihn zur nächsten Starbase fliegen.«

»Ich hoffe, wir bekommen bald die beim Starfleet-Geheimdienst angeforderten Informationen über Captain Kasak«, sagte Spock und betrat den Turbolift. »Der Name ›Kasak‹ klingt unangenehm vertraut für mich, obwohl ich derzeit keine klaren Erinnerungen damit verbinden kann.«

»Wollen Sie jetzt zugeben, daß Sie sich über diese Fehlleistung Ihres Gedächtnisses ärgern, Spock?« fragte McCoy.

»Nein, Doktor. Mit ›Ärger‹ vergeudet man nur mentale Energie, die viel sinnvoller bei der Suche nach einer Lösung des Problems eingesetzt werden kann. Aufgrund der gegenwärtigen Entfernung nimmt die Übertragung von Kom-Botschaften zum und vom Starfleet-Hauptquartier auf der Erde drei Komma sieben drei Stunden in Anspruch. Mit anderen Worten: Vielleicht treffen die Daten ein, während wir mit den Klingonen sprechen.«

»Ich bezweifle es.«

Kirk sah den Arzt an. »Sei bereit, irgendwo in Deckung zu gehen, Pille. Wenn es Kasak schon einmal mit der *Enterprise* zu tun bekam, so hat er vermutlich keine angenehmen Erfahrungen gemacht. Das gilt für praktisch alle Klingonen.«

»Bis auf Captain Kang«, warf Scott ein. »Mit ihm war alles in Ordnung, sobald wir die Sache geregelt hatten.«

»Komisch, Scotty: Wenn ich mich recht entsinne, haben Sie versucht, ihn mit einem Zweihänder zu köpfen.«

»Es war kein Zweihänder, sondern ein schottisches Breitschwert, Captain – und das wissen Sie genau.«

»Ich stelle fest, daß Sie mir in Hinsicht auf den Verwendungszweck nicht widersprechen.«

»Äh ...«

»Behalten Sie Kasak im Auge«, sagte Kirk. »Ich weiß nicht, was sich hinter dieser Angelegenheit verbirgt. Wenn es wirklich nur um einige unzufriedene Klingonen geht, die aus irgendwelchen Gründen zu uns überlaufen wollen ... In dem Fall wäre ich angenehm überrascht.« Der Turbolift hielt an. »Und auch dankbar.« Sie verließen die Transportkapsel und betraten das Freizeitdeck.

Praktisch im gleichen Augenblick sahen sie, wie schnell sich Neuigkeiten an Bord der *Enterprise* herumsprachen.

Erst vor etwa neunzig Sekunden hatte Kirk Sicherheitsoffizier Tomson die Anweisung erteilt, Kasak und seine Begleiter zum Freizeitraum Eins zu bringen, doch es waren bereits mehr Besatzungsmitglieder zugegen als sonst um diese Zeit. Alle Angehörigen der Crew, die derzeit keine Dienstpflichten wahrnehmen mußten, schienen sich hier versammelt zu haben. Einige ›Nachzügler‹ trafen mit einer Mischung aus Eile und Beiläufigkeit ein.

Kirk fragte sich, was Kasak von einer Raumschiffbesatzung halten mochte, die sich aus Repräsentanten vieler verschiedener Spezies zusammensetzte. Ihm war bereits aufgefallen, daß die klingonischen Besucher alle aus dem imperialen Volk stammten, was zumindest auf ein gewisses Elitedenken hinwies, schlimmstenfalls auch auf rassische Intoleranz und Xenophobie. Es bedeutete auch: Je mehr Augen die Klingonen beobachteten, desto mehr Sicherheit gab es für alle Beteiligten.

»Ich bitte um Ihre Aufmerksamkeit«, sagte Kirk laut genug, um alle Stimmen zu übertönen. Es wurde so schnell still, als hätte jemand die Lautstärke heruntergedreht. »Sie alle wissen zumindest in groben Zügen, worum es geht. Leider bleibt mir nicht genug Zeit, um Ihnen Einzelheiten zu nennen oder die Hintergründe zu erklären. Nur soviel: Seien Sie vorsichtig. Unsere Gäste sind imperiale Klingonen, die mit gemischtrassigen Besatzungen nicht vertraut sind. Bieten Sie ein Beispiel für gute Zusammenarbeit. Und denken Sie daran: Sie tragen Starfleet-Uniformen, und man erwartet von Ihnen, daß Sie sich ordentlich benehmen. Das gilt auch für die Fähnriche...«

Das Gelächter war gerade verklungen, als sich die Türen der beiden nahen Turbolifte öffneten.

Sechs Klingonen betraten das Freizeitdeck der *Enterprise.*

»Captain Kirk...« Ingrit Tomson sprach in einem neutralen Tonfall, und ihre blasse Miene blieb vollkommen ausdruckslos. »Ich möchte Ihnen Captain Kasak sutai-Khornezh, Kommandant des imperialen Kreuzers *Hakkarl,* sowie seine Offiziere vorstellen.«

»Ich grüße Sie, Captain«, sagte Jim freundlich und zurückhaltend.

»Kirk...« Kasak gab den Konsonanten die *Tlhinganaase*-Betonung. Es konnte ebensogut ein Kompliment sein wie auch eine verschleierte Beleidigung. »Ich erwidere den Gruß. Da wir uns als Gleichrangige begegnen, möchte ich Sie bitten, mich mit meinem Vornamen anzusprechen.«

Nun, das war ganz sicher keine Beleidigung. Aber was dann? Warum unterbreitete der klingonische Kommandant ein derartiges Angebot?

»Es ist mir eine Ehre, Kasak«, sagte Kirk. »Willkommen an Bord der USS *Enterprise*. Das gilt für Sie ebenso wie für Ihre... Offiziere.« Er hatte zunächst *Männer* sagen wollen und sah die Frau im letzten Augenblick.

Mit einer knappen Geste deutete er zu einigen

Sesseln. »Machen Sie es sich bequem, Captain. Ihre Begleiter können uns Gesellschaft leisten oder sich ganz nach Belieben mit den Angehörigen meiner Crew unterhalten. Wir haben eine Menge zu besprechen.«

Jim zögerte kurz, bevor er hinzufügte: »Wir alle.«

9

Der wissenschaftliche Spezialist Askel nahm als stummer Zuschauer an etwas teil, das sich bisher auf den (unehrlichen und irrelevanten) Austausch von Höflichkeitsfloskeln beschränkte. Er hatte gehofft, daß es zwischen den beiden Kommandanten zu einer verbalen Auseinandersetzung kam. In diesem Zusammenhang dachte er nicht an die Anwendung von Gewalt – die dem Plan eher abträglich gewesen wäre –, sondern an etwas, das die Menschen als ›offenen Meinungsaustausch‹ bezeichneten: ein Gespräch, bei dem es hauptsächlich um gegenseitige Kritik ging. In der Hitze des rhetorischen Gefechts neigte man dazu, Dinge zu sagen, die man später bereute. Doch Kirk und Kasak waren viel zu erfahren, um sich zu einem dummen Streit hinreißen zu lassen.

Askel nippte am Fruchtsaft, der noch immer bitter schmeckte, obwohl er zwei zusätzliche Dosen Süßstoff enthielt. Der Synthetisierer weigerte sich hartnäckig, ordentlichen klingonischen Saft anzubieten. Die meisten anderen hatten sich ebenfalls für doppelt gesüßten Nektar der einen oder anderen Art entschieden. Aber es gab auch Ausnahmen. Dr. Makhoy, der medizinische Spezialist der *Enterprise,* hatte Marag überredet, eine Spezialität zu probieren. Der Truppenführer hielt nun ein hohes Glas in einer Art Zange und betrachtete es mit jenem Argwohn, den er normalerweise Sicherheitsangelegenheiten entgegenbrachte. Der Inhalt des Glases bestand zu einem großen Teil aus zermahlenem Eis sowie winzigen Zweigen und Blättern, von denen ein beißender Geruch ausging. Die Luftfeuchtigkeit kondensierte an der kalten Außenseite, und dadurch gewann die Zange mehr als nur dekorative Bedeutung: Es gab nur wenige Geschöpfe, die noch leichter reizbar waren als ein Klingone, der mit gefrorenen Fingern versuchte, an guten Manieren festzuhalten.

Eine der unerklärlichen Besonderheiten der terranischen Kultur schien darin zu bestehen, daß Menschen bei solchen Anlässen entweder sehr heiße oder aber eiskalte Getränke bevorzugten. Selbst jene Personen, die Fruchtsaft gewählt hatten, tranken ihn eisgekühlt. Askel dachte einige Sekunden lang darüber nach und fragte sich, ob Zusammenhänge in Hinsicht auf das menschliche Gebaren existierten. Schließlich zuckte er andeutungsweise mit den Schultern, verdrängte diese Gedanken und konzentrierte sich wieder aufs Hier und Jetzt.

Abgesehen von den Sicherheitswächtern, die sie vom Hangar zu diesem Ort geführt hatten, kannte Askel nur Kirks Begleiter: Makhoy und der Vulkanier Spock waren mehrmals auf dem Hauptschirm im Kontrollraum der *Tazhat* erschienen. Den Chefingenieur Scott hatte man ihnen unmittelbar nach dem Eintreffen im sogenannten ›Freizeitraum‹ vorgestellt. Diese Bezeichnung erschien dem wissenschaftlichen Spezialisten weit untertrieben: Immerhin handelte es sich um einen großen, zweistöckigen Saal. Selbst gewöhnliche planetare Inspirationskammern konnten es nicht mit diesem ›Raum‹ aufnehmen. Und was die anwesenden Besatzungsmitglieder betraf: Sie boten einen wahrhaft exotischen Anblick.

Askel brauchte nur den Kopf zu drehen, um die Repräsentanten mindestens zwei Dutzend verschiedener Spezies zu sehen. Allein bei den Menschen gab es in Hinsicht auf Hautfarbe und Körperstruktur so ausgeprägte Unterschiede, das man die einzelnen Individuen für Angehörige unterschiedlicher Völker halten konnte. Kom-Spezialist Khitar unterhielt sich mit einer dunkelhäutigen Frau, die seinen Fachjargon mühelos zu verstehen schien, obgleich er ziemlich schnell sprach – saurianischer Brandy löste ihm offenbar die Zunge. Askel machte sich eine gedankliche Notiz; dabei ging es nicht etwa um den Alkoholgenuß, sondern allein den Umstand, daß Khitar die Kontrolle über sich zu verlieren schien.

Bei den Menschen befanden sich die Vertreter vieler anderer Spezies, tranken, sprachen und lachten mit ihnen. Sie verhielten sich wie Gleichrangige und nicht wie *Kuve*, die sie zweifellos waren – ganz offensichtlich hatten sie das Recht verloren, an Bord von Raumschiffen zu arbeiten, deren Besatzungen zum größten Teil aus Artgenossen bestanden.

Und es weilten auch *Nicht*humanoiden in der Nähe...

Als wissenschaftlicher Offizier wußte Askel über Sulamiden und die vier Völker der denebianischen Welten Bescheid. Er kannte auch die lebenden Felsen von Janus – einer von ihnen kroch gerade über den Boden. Aber solche Kenntnisse bedeuteten nicht, daß er *Gefallen* an entsprechenden Geschöpfen oder an einer »Mannschaft« finden mußte, die aus Vertretern von zwanzig oder mehr Spezies bestand. Sollten die Vulkanier ruhig für ihre UMUK-Prinzipien eintreten. Askel dachte ans klingonische Imperium, regiert von Angst, Schrecken und Respekt. Er wußte: Nur Einheit schuf Stärke; Mannigfaltigkeit hingegen ging mit Schwäche einher.

In dem Umstand, daß er der gleichen Ziele anstrebte wie Kasak sutai-Khornezh, sah er einen Beweis für dieses Prinzip. Wenn er und der Imperiale Geheimdienst den Plan des Captains nicht unterstützt hätten, säßen sie jetzt gewiß nicht hier an Bord eines Föderationsschiffes, um mit hochrangigen Starfleet-Offizieren zu plaudern. Askel gestattete sich ein inneres Lächeln, als er an die mögliche Alternative dachte. Ohne die Ereigniskette, der sie ihren Aufenthalt an Bord der *Enterprise* verdankten, wäre Kirks Schiff von der *Hakkarl* vermutlich in ein Wrack verwandelt worden.

Kasaks Stärke wurde von Anfang an klar, als er dem Argwohn aller Beteiligten trotzte, von Gedankenadmirälen und Sicherheitsoffizieren bis hin zu den Personen, die er für seine Crew wählte. Während jeder einzelnen Phase seines Unternehmens hätte er verhaftet oder gar erschossen werden können, von Leuten, die allein ihren Anweisungen gehorchten oder hofften, auf irgendeine Weise von seinem Tod zu profitieren. Marag mochte dafür in Frage kommen. Ebenso die noch immer nicht identifizierten Agenten des Sicherheitsdienstes. Askel schloß auch sich selbst nicht aus, dachte außerdem an Klingonen, die an keine speziellen Einsatzbefehle gebunden waren, nur an die Loyalität dem Imperium gegenüber. Die Tatsache, daß sich Kasak jetzt hier befand, bewies nicht nur Geschick, sondern auch eine Menge Glück.

»Von den Sonnenflecken einmal ganz abgesehen, Kirk«, sagte Kasak, als sich Askel wieder auf das Gespräch konzentrierte. »Ich glaube, daß man diesseits der Schwarzen Flotte nicht zu sehr der Gutmütigkeit des Schicksals vertrauen sollte. Damit meine ich insbesondere Transportersysteme und dergleichen. Manchmal bieten Raumfähren mehr Sicherheit.«

Kai Kasak, dachte Askel. Die letzten Worte des Kommandanten überzeugten Kirk und seine Leute davon, daß deren Kontrolle über das klingonische Shuttle genügte, um die Besucher festzuhalten. Daß sich noch drei andere Besatzungsmitglieder in der *Tazhat* und *Hakkarl* befanden – was die Sensoren der

Enterprise bestimmt festgestellt hatten –, spielte in diesem Zusammenhang keine Rolle. Die drei Gefährten überwachten die Lebenserhaltungs- und Ambientensysteme, sorgten außerdem dafür, daß Schlachtschiff und Scout in einem stabilen Orbit blieben. Abgesehen davon konnten sie eigentlich nur abwarten.

Die Starfleet-Offiziere wußten sicher nichts von der energetisch verstärkten Trägerwelle des klingonischen Transporters – damit ließen sich selbst bewußt herbeigeführte Störsignale durchdringen. Sie hatten auch keine Ahnung, daß Kasak im Notfall beide Schiffe lange genug vom Kommandosessel aus kontrollieren konnte, um der *Tazhat* ein Separationsmanöver zu ermöglichen. *Kahlesste kaase* – Kahless' Hand. Allerdings: In diesem Fall brauchte der imperiale Captain seine Hand nicht mit der Schärpe am Sessel festzubinden, um zu verhindern, daß man ihm Flucht vorwarf.

Askel hörte Kasak stumm zu, und dabei wuchs das innere Lächeln in die Breite. Der Kommandant bewies erstklassige schauspielerische Fähigkeiten. Er schien tatsächlich zu beabsichtigen, den Prototyp des neuen Kriegsschiffes der K't'inga-Klasse Kirk zu übergeben und politisches Asyl in Anspruch zu nehmen. Doch wer ihn kannte und wachsam genug war, bemerkte gewisse Hinweise. Zum Glück ahnten die Starfleet-Offiziere nicht, wonach es Ausschau zu halten galt ...

James T. Kirk spürte, wie sich das Unbehagen in ihm verdichtete. Er suchte nach einem Haken bei der ganzen Sache – ohne ihn zu finden. Die Klingonen bemühten sich sehr, freundlich zu sein. Kasaks Kom-Offizier übertrieb es mit der Entspannung und trank nach Herzenslust, was dazu führte, daß er zuviel redete und sich oft wiederholte. Jim beobachtete ihn fast ebenso aufmerksam wie die anderen. Der Konsum von Alkohol gehörte ebensosehr zur klingonischen Kultur wie zur terranischen, aber aufgrund seiner bisherigen Erfahrungen – insbesondere in Hinsicht auf die Raumstation K-7 – wußte er auch: Wenn sich innerhalb eines Kubikparsec Klingonen, Besatzungsmitglieder der *Enterprise* und eine geöffnete Bar befanden, so ergaben sich unweigerlich Schwierigkeiten. Nun, diesmal waren wenigstens keine Tribbles zugegen, die versuchten, das Büfett zu verspeisen. In dem Fall hätte sich das Chaos kaum vermeiden lassen, ob mit oder ohne Klingonen.

Die bisherigen Ausführungen des klingonischen Kommandanten entsprachen der Wahrheit – die vom Starfleet-Geheimdienst durchgeführten Ermittlungen bestätigten es. Trotzdem fühlte sich Kirk verspottet, ausgenutzt, hintergangen und getäuscht. Als Gesandter oder Repräsentant der Vereinten Föderation der Planeten mußte man so etwas manchmal ertragen, aber wenn es dabei um Klingonen ging, war Vorsicht angebracht. Jim bedauerte, daß die zusätzlichen Informationen über Kasak noch immer auf sich warten ließen.

Ein rhythmisches Summen erklang, gefolgt von einer Stimme. »Brücke an Captain Kirk«, tönte es aus den Interkom-Lautsprechern.

Jim wäre fast zusammengezuckt.

Treffen die Daten jetzt ein? fuhr es ihm durch den Sinn. Er entschuldigte sich beim klingonischen Kommandanten, stand auf und ging mit wachsender Unruhe zum nächsten Kommunikator.

»Hier Kirk.«

»Lieutenant Knight, diensthabender Kom-Offizier, Sir. Eine Mitteilung ist für Sie eingetroffen. Soll ich eine direkte Verbindung herstellen oder in Bereitschaft bleiben, Sir?«

Eigentlich lautete die Frage: *Möchten Sie erst einen*

Ort aufsuchen, wo Sie ungestört sind, bevor Ihnen die Nachricht übermittelt wird?

Kirk konnte es noch immer nicht fassen. Trafen die angeforderten Informationen tatsächlich *jetzt* ein, genau zum richtigen Zeitpunkt?

»Von Starfleet?« fragte er.

»Nein, Captain. Wir warten noch immer auf eine Nachricht vom Starfleet-Hauptquartier.«

Ärger und Enttäuschung rangen in Kirk miteinander. Er starrte auf den Kommunikator und wußte natürlich, daß Uhuras Stellvertreter nicht die geringste Schuld traf. Doch diese Erkenntnis half ihm kaum. Er verspürte den Wunsch, mit der Faust aufs Interkom zu schlagen und laut zu fluchen, aber natürlich widerstand er dieser Versuchung. Mit einer solchen Reaktion hätte er bestimmt keinen guten Eindruck gemacht, auf die Besatzungsmitglieder der *Enterprise* ebensowenig wie auf die anwesenden Klingonen.

»Na schön, Kim«, sagte er schließlich. Der ruhige Klang seiner Stimme überraschte ihn selbst. »Wer möchte mich sprechen?«

»Colonel Johnson auf Dekkanar, Sir. Es scheint wichtig zu sein, Sir.«

Kirk blickte auf den Kommunikator, und die Sekunden schienen sich dabei zu dehnen, zu Stunden zu werden. Sollte er Johnsons Meldung hier entgegennehmen und riskieren, daß der Colonel zuviel sagte, mit irgendeiner Bemerkung die klingonische Ehre verletzte? Oder war es besser, den Freizeitraum zu verlassen und einen Ort aufzusuchen, wo er ganz offen mit dem DSG-Leiter sprechen konnte? Es wäre sicher nicht ungebührlich gewesen, die zweite Option zu wählen. Kasak hätte bestimmt Verständnis gezeigt – zumal die Kom-Sensoren der *Hakkarl* lauschten. Andererseits: Damit erweckte Kirk den Eindruck, daß die Lage auf Dekkanar noch schlimmer war, als die Klingonen bisher angenommen hatten.

Wobei sich »noch schlimmer« natürlich auf die Perspektive der Föderation bezog. Vielleicht kam Kasak dadurch auf den Gedanken, daß politisches Asyl im interstellaren Völkerbund weniger lohnte als fortgesetzte imperiale Treue. Wenn Kasak entschied, in der dekkanarischen Umlaufbahn zu bleiben, während das Föderationspersonal evakuiert wurde... Jim stellte sich vor, wie Rat Varn den Klingonen Protektoratsverhandlungen anbot und die drei Starfleet-Schiffe aufforderte, das System 4725 Cancri zu verlassen. Es wäre ihm überhaupt nichts anderes übriggeblieben, als sich den Wünschen des Planetaren Rates zu fügen.

Was Kasak betraf: Er brauchte sich nur auf den organianischen Friedensvertrag zu beziehen, um das Recht zu erhalten, auch gegen den Willen der Föderation im Cancri-System präsent zu sein. Und wenn die Dekkanari auch noch beschlossen, die Hilfe des Imperiums in Anspruch zu nehmen, um ihren innenpolitischen Konflikt beizulegen, so mußte sich Kirk fügen, ob es ihm paßte oder nicht.

Sicher finden sie schnell eine Lösung für die Auseinandersetzung auf Dekkanar, dachte Jim. *Weil sie wahrscheinlich selbst dahinterstecken. Es sähe ihnen ähnlich, eine Organisation wie die PDU mit Waffen auszurüsten.*

»Stellen Sie die Verbindung her«, sagte er und fragte sich dabei, ob er so müde aussah und klang, wie er sich plötzlich fühlte. »Auf den großen Schirm. Ich spreche von hier aus mit ihm.« Die Verwendung des zentralen Projektionsfelds versetzte Johnson in die Lage, sofort festzustellen, daß nicht nur Starfleet-Ohren zuhörten – dann konnte er vorsichtigere Formulierungen wählen. Kirk *hoffte* zumindest, daß ihn der Anblick von Klingonen veranlaßte, taktvoll zu sein.

Mit einem Tastendruck öffnete er den Kanal.

Seit dem letzten Gespräch mit Colonel Johnson schien sich kaum etwas verändert zu haben. Die Gebäude im Hintergrund sahen ein wenig mitgenommen aus – Rauch hatte im Bereich der Fenster Rußspuren hinterlassen. Der Colonel sowie einige Männer und Frauen, die kurz im Bild erschienen, um dann rechts und links aus dem Erfassungsbereich der Übertragung zu verschwinden, wirkten überarbeitet und erschöpft. Jim stellte erleichtert fest, daß niemand verletzt zu sein schien.

Johnson klappte den Mund auf, um etwas zu sagen, schloß ihn wieder und beugte sich vor. Einige Sekunden lang schien er seinen eigenen Augen nicht zu trauen. »Mein Gott«, hauchte er schließlich.

»Nein, nur Klingonen«, erwiderte Kirk. »Captain Kasak und einige Besatzungsmitglieder der IKV *Hakkarl*. Sie bitten um politisches Asyl.«

»Mein Gott«, wiederholte Johnson und schüttelte den Kopf. »Ich habe gehört, daß klingonische Kommandanten gelegentlich auf eigene Rechnung kapern und dergleichen, aber daß sie auch zu Überläufern werden ...«

Jim verzog das Gesicht, als er die letzten Worte hörte. Er fühlte sich wie ein Diplomat, der in mühsamer Arbeit einen kleinen Erfolg nach dem anderen erzielt hatte – um dann erleben zu müssen, wie eine unvorsichtige Bemerkung alles ruinierte. Gleichzeitig wußte er, daß Johnson den richtigen Ausdruck verwendet hatte: Wenn es Kasak und seine Gefährten ernst meinten, so waren sie tatsächlich ›Überläufer‹.

»Mein Kommunikationsoffizier erwähnte eine wichtige Mitteilung, Colonel. Um was geht's?«

»Die PDU hat ihre bisherige Zurückhaltung aufgegeben: Sieben Angehörige der diplomatischen Schutzgruppe sind Intervallern zum Opfer gefallen, Captain Kirk. Fragen Sie ... Ihre Gäste, woher die

Waffen stammen. Die Antwort würde mich sehr interessieren.« Johnson schüttelte den Kopf, schien sich auf diese Weise zu bemühen, einen von schmerzstillenden Mitteln verursachten Benommenheitsnebel zu vertreiben. Anschließend lächelte er schief. Es handelte sich um jene Art von Lächeln, das gerade Klingonen vertraut erscheinen mußte: Es zeigte Zähne, blieb jedoch ohne Humor. »Nun, wenigstens ist es uns gelungen, die letzten Zivilisten an Bord eines Shuttles unterzubringen. Es müßte jetzt gleich starten...«

Über dem Gebäude, in dem Johnson sein Hauptquartier eingerichtet hatte, kam es zu einer Explosion. Es blitzte und gleißte im Projektionsfeld, als die visuellen Kom-Sensoren überlastet wurden. Als wieder ein Bild erschien – schief und verwackelt –, kam es bei der Übertragung zu häufigen statischen Störungen, die sich in Form von fransigen Streifen und lautem Rauschen manifestierten. Dichte Rauchschwaden wallten. Hände griffen nach dem umgestürzten Kommunikator, richteten ihn wieder auf.

Der Schirm zeigte nur Qualm und Schutt. Von Colonel Johnson war weit und breit nichts zu sehen.

Die Zuschauer im Freizeitraum warteten mit wachsender Besorgnis. Schließlich registrierten die visuellen Sensoren einen Schatten, und kurz darauf erschien der DSG-Leiter im Darstellungsbereich. Er hinkte, und Staub bildete eine grauweiße Patina auf seinen Schultern.

»Die von der PDU gestohlenen Orbiter lassen sich auch als Flugzeuge einsetzen«, sagte Johnson und schnitt eine Grimasse, die Schmerz ganz besonderer Art zum Ausdruck brachte. »Davon hatten wir keine Ahnung. Die Dekkanari hielten es nicht für nötig, uns darauf hinzuweisen. Nun, jetzt wissen wir Bescheid. Das letzte Shuttle wurde unmittelbar nach dem Start angegriffen und zerstört.« Der Colonel legte eine kurze, von Betroffenheit gekennzeichnete Pause ein. »Wenn die Föderation die hiesige Botschaft jemals wiedereröffnet, so muß erst ein neuer Sekretariatsbereich gebaut werden. Der alte existiert nicht mehr.«

Kirk sah zum Schirm und schwieg. Er hatte so etwas zu oft gesehen, und bei jeder solchen Gelegenheit erwiesen sich Worte als inadäquat.

»Sie sprachen davon, daß in etwa vier Stunden der Einsatz des Transporters möglich ist, nicht wahr?« fragte Johnson.

»Inzwischen sind's nur noch drei.«

»Dann warten wir. Es ...« Johnson unterbrach sich erneut, und sein Blick glitt zu den Klingonen im Freizeitraum. Jim dachte erleichtert daran, daß der Colonel nicht etwa zur *Enterprise* zurückkehrte, sondern zur *Sir Richard* oder *Vanguard*. Für diplomatische Pflichten eignete er sich derzeit nicht besonders gut. »Wir müssen hier noch einige Dinge in Ordnung bringen, Captain. Darum kümmern wir uns während der nächsten drei Stunden. Johnson Ende.«

Die Stille im großen Saal wirkte sehr seltsam, wenn man sie mit der vorherigen Fröhlichkeit verglich. Alle Anwesenden wirkten sehr ernst, und selbst bei den Klingonen ließen sich Anzeichen von Besorgnis beobachten – die wahrscheinlich ihrem gegenwärtigen Status galt, wie Kirk annahm. Derzeit wünschte er sich nichts weniger als einen Kommentar von ihnen.

Jims Wunsch blieb unerfüllt: Captain Kasak stand langsam auf, stellte das Glas mit dem Fruchtsaft ab und sagte: »Wenn ich irgendwie helfen kann ...« Es klang aufrichtig, und etwa eine Sekunde lang haßte ihn Kirk dafür.

Der Haß verschwand abrupt, als ein Intervaller fauchte. Ein aktinischer blauer Strahlblitz zuckte an Kirks Ohr vorbei, dem Finger des Todesengels gleich.

Kasaks Glas platzte auseinander, und Splitter sausten wie winzige Geschosse umher.

»Straav'! Tokhe straav'!« Die Stimme kreischte fast ebenso laut wie der Strahler. »Unterwürfiger Sklave!« Der schlimmste Fluch im Klingonischen – und nur der Tod konnte eine solche Beleidigung sühnen.

Wessen Tod? Jim warf sich zu Boden und rollte zur Seite, während seine Gedanken rasten. Er bereute es nun, auf einen Phaser verzichtet und nicht darauf bestanden zu haben, daß die Klingonen ihre Waffen abgaben. Wer schoß? Und auf wen? Praktisch alle im Freizeitraum präsenten Personen lagen nun auf dem Boden. Die einzigen Ausnahmen bildeten Ingrit Tomson und zwei von Kasaks Offizieren.

Nein, drei. Der dritte stehende Klingone war jener Kom-Spezialist, der Uhura gelangweilt und zuviel getrunken hatte. Die Waffe in seiner zitternden Hand schleuderte einen weiteren Energieblitz durch den Saal. Der Alkohol mochte ihn dazu veranlaßt haben, vom Intervaller Gebrauch zu machen – und vielleicht verdankten sie es dem gleichen saurianischen Brandy, daß bisher noch niemand getroffen worden war.

Doch es konnte nur noch eine Frage der Zeit sein, wann die tödlichen Energiestrahlen das erste Leben auslöschten …

Der menschlichen Bedürfnissen angepaßte Sessel wurde der klingonischen Anatomie nicht gerecht, doch Askel war trotzdem innerhalb eines Sekundenbruchteils auf den Beinen und riß die Waffe aus dem Halfter. *Jetzt wissen wir Bescheid,* dachte er. *Aber ausgerechnet hier aktiv zu werden, an diesem Ort …* Khest'n *imperialer Sicherheitsdienst …*

Der Brandy hatte mehr als nur die befürchtete Wirkung entfaltet: Er beschränkte sich nicht darauf, allgemeine Aggressivität zu bewirken, stimulierte darüber hinaus die Absicht, unmittelbar zu töten. Khitar hatte genug getrunken, um Kasaks Täuschungsmanöver für die Realität zu halten, um zu glauben, daß er wirklich zu einem ›Überläufer‹ werden wollte. Als der Kommandant Hilfe anbot, sah der Kom-Spezialist darin nicht etwa einen geschickten *Klin-zha*-Zug, sondern Meuterei und Verrat.

Die Agenten des imperialen Sicherheitsdienstes hatten nie den Ruf genossen, besonders intelligent zu sein.

Die große Frau namens Tomson – sie leitete die Sicherheitsabteilung der *Enterprise* – zögerte, das Feuer zu erwidern, und Askel fragte sich kurz, ob es bei Starfleets Sicherheitswächtern ein noch schlimmeres Laster gab als engstirnige Dummheit: Wer für die Sicherheit an Bord eines Raumschiffs verantwortlich zeichnete, durfte sich kein Mitleid oder etwas in der Art erlauben.

Dann sah Askel, wie die Frau ihren Phaser auf Betäubung justierte, und plötzlich fielen ihm die Organianer ein. Ganz gleich, was er angestellt hatte oder noch anstellte: Khitar war ein Bürger des klingonischen Imperiums, und die Glühwesen griffen bestimmt ein, wenn er erschossen wurde...

Grelles, blauweißes Licht projizierte unnatürlich deutlich abgegrenzte Schatten, und Askel hörte das Heulen eines auf höchste Emissionsstufe eingestellten Intervallers. Energetisches Feuer umhüllte Khitar, und seine Flüche metamorphierten zu einem Schrei. Der Körper erglühte und löste sich auf.

Stille folgte.

Krynn richtete sich auf, schob ihren Strahler ins Halfter zurück und sah dorthin, wo sich eine Silhouette an der Wand abzeichnete. »*Ha'DIbaH*«, sagte sie leise. Und zu Kasak: »*'utpu', joHwI.*«

»*JIyaj.*« Der Kommandant salutierte. »*MajQa.*«

Captain Kirk und die anderen standen ebenfalls auf.

Starfleet-Offiziere klopften sich imaginären Staub von den Hosen und zogen Uniformpullis zurecht.

Jim bedachte Kasak mit einem durchdringenden Blick. »Was wird hier gespielt?«

»Ich bitte um Entschuldigung, Captain«, warf Askel ein und gab sich alle Mühe, ruhig zu sprechen, obwohl alles in ihm vibrierte. Er mußte sich eine Lüge einfallen lassen, die plausibel genug klang, um Kirk zu überzeugen. »Unser Kom-Offizier gehört – beziehungsweise *gehörte* – zu einer Linie, die wir alle für ausgestorben hielten. Eine Fehde herrschte zwischen ihr und der Khornezh-Linie unseres Kommandanten, und zwar über viele Generationen hinweg. Offenbar hat einer überlebt und wartete auf eine günstige Gelegenheit, um Captain Kasak umzubringen. Wir bedauern diesen Zwischenfall sehr.«

»Sie *bedauern* ihn?« entfuhr es dem medizinischen Spezialisten Makhoy. In ihm brodelte ein Zorn, der sich mit Worten nicht auf angemessene Weise zum Ausdruck bringen ließ. Deshalb schwieg der Mann und versuchte, sich wieder zu fassen. Wut an sich spielte keine Rolle für Askel, ganz gleich, welche Intensität sie gewann. Derzeit kam es ihm nur darauf an, daß man seine Ausführungen nicht in Frage stellte. Die anwesenden Starfleet-Leute waren von den jüngsten Ereignissen noch immer so schockiert, daß sie keinen Gedanken daran verschwendeten, was sich *wirklich* dahinter verbergen mochte.

Trotzdem ahnte Askel, daß es vielleicht besser gewesen wäre, die Wahrheit – oder einen Teil davon – über Khitar und den imperialen Sicherheitsdienst zu erzählen. Die nächste Bemerkung des terranischen Kommandanten bestätigte diese Vermutung.

»Captain Kasak ...« Kirk schien sich nur mit Mühe zu beherrschen. »Ich möchte eine vollständige Erklärung in bezug auf den Zwischenfall. Und zwar sofort.«

»Kirk, Mein Erster Offizier hat Ihnen gerade …«, begann Kasak.

»Für Sie bin ich *Admiral* Kirk, Mister. Und Ihr Erster Offizier hat nur Unsinn erzählt.«

Askel erwog die Möglichkeit, sich beleidigt zu geben, entschied sich aber dagegen. Ein derartiges Gebaren wäre sicher sinnlos gewesen. Kirk teilte nicht den heißen, blinden Zorn Makhoys, doch alles deutete auf die Bereitschaft hin, an einem falschen Wort oder an einer falschen Geste Anstoß zu nehmen.

»Ich glaube …« Kirk unterbrach sich, als das Interkom an der Wand einmal mehr summte. Bevor er zu dem Gerät ging, gab er Tomson ein Zeichen, ebenso den mit Helmen und Brustharnischen ausgestatteten Sicherheitswächtern, die kurz nach dem Fauchen der letzten Intervallerentladung in den Saal gestürmt waren.

Askel sah schußbereite Phaser und wußte: Die Justierung der Waffen sah nur Betäubung vor. Danach … Arrest. Die Föderation war schwach: Sie richtete niemanden hin. Die gebräuchlichsten Strafen beschränkten sich auf Freiheitsentzug, für eine gewisse Zeit oder bis zum Lebensende des Betreffenden. Bei diesem Gedanken schauderte der wissenschaftliche Spezialist.

Und dann erschauerte er noch einmal, als er merkte, daß der medizinische Spezialist Arthag durch Abwesenheit glänzte. *Der Sicherheitsdienst setzt also zwei Agenten ein,* dachte Askel. *Einen lauten und einen leisen. Offenbar gibt es beim SD doch Leute, die gründlicher über gewisse Dinge nachdenken …*

»Brücke, hier spricht der Captain«, sagte Kirk mit unüberhörbarem Ärger. »Was ist los?«

»Wir empfangen eine Sendung, Sir. Es sind klingonische Signale, aber sie werden auf einer außergewöhnlichen Frequenz übermittelt. Deshalb reagierte

Commander Uhuras Blockierer nicht darauf. Wir ...« Eine kurze Pause. »*Was*? Bestätigen Sie das! Bitte entschuldigen Sie, Captain. Es dauert nicht lange.«

Askel beobachtete, wie jene dunkelhäutige Frau, die mit Khitar gesprochen hatte, den Kopf schüttelte, während es im Interkom-Lautsprecher rauschte.

Dann erklang wieder die Stimme des diensthabenden Kom-Offiziers. »Wir haben festgestellt, woher die Signale kommen, Captain: Ihr Ursprung befindet sich im Freizeitraum Eins!«

Ein flaues Gefühl entstand in Kirks Magengrube – auf diese Weise hatte er nicht einmal empfunden, als der Intervallerstrahl dicht an seinem Kopf vorbeigerast war. »Die Signale gehen von diesem Freizeitraum aus?« vergewisserte er sich. »Sind Sie ganz sicher?«

»Ja. Achtern und Backbord.«

Die Blicke aller Anwesenden wanderten zu jenem Teil des Freizeitdecks, wo sogar ein Klingone damit rechnen konnte, unbeobachtet zu bleiben: die Männertoilette. Viele Besatzungsmitglieder wichen zurück, als enthielte jener Bereich eine Bombe. Was vielleicht sogar der Fall war.

»Fordern Sie Dr. Arthag auf hierherzukommen, Captain Kasak«, sagte Kirk. »Befehlen Sie ihm, keinen Widerstand zu leisten. Aber bevor er in den Saal zurückkehrt ...« Er deutete zu den an Khitar erinnernden Brandspuren. »Sie und Ihre Leute werden Ihre Waffen unverzüglich Commander Tomson übergeben. Ich brauche Arthag lebend – er soll mir einige Fragen beantworten.«

Kasak starrte ihn finster an. Selbst jetzt gelang es ihm noch, Unschuld auszustrahlen. »Der klingonische Sicherheitsdienst ...«

»Der SD steckt also dahinter, wie? Ich dachte mir schon, daß eine Fehde nicht alles erklärt. Nun, sagen

Sie Ihrem Arzt und Agenten, daß er von uns nichts zu befürchten hat. Und damit meine ich *uns alle*, nicht nur Starfleet, sondern auch Sie und Ihre Leute.«

Kasak zögerte kurz, bevor er wie ein Mensch mit den Schultern zuckte. »Wenn Arthag wirklich für den imperialen Sicherheitsdienst arbeitet, so kann ich nicht garantieren, daß er mir gehorcht, Kirk.«

»Mir reicht's jetzt«, brummte Jim leise. Er behielt Kasak wachsam im Auge, als er die rechte Hand so ausstreckte, daß die Innenfläche nach oben wies. Jemand reichte ihm einen Phaser vom Typ II-B, und er richtete die Waffe auf den Klingonen. »Versuchen Sie's, Captain. Sonst holen *wir* den Burschen da raus!«

»Arthag!« rief Kasak. »Spezialist Arthag, hier spricht der sutai-Khornezh.«

Der klingonische SD-Agent beugte sich hinter der Trennwand hervor, schoß zweimal auf Kasak und ging wieder in Deckung, als Tomsons Leute das Feuer auf ihn eröffneten. Arthags Schüsse verfehlten das Ziel: Ein Strahl zerstörte einen Monitor unter dem zentralen Projektionsfeld, und der andere bohrte sich in den Brustpanzer eines Sicherheitswächters. Der Mann wurde zu Boden geschleudert, blieb bei Bewußtsein und war geistesgegenwärtig genug, nach einem nahen Glas zu greifen und es als Löscher zu verwenden: Die Intervallerenergie hatte ein Loch im Brustharnisch hinterlassen, und Orangensaft spritzte nun über eine heiße, schwelende Keramikmasse.

Arthag zeigte sich nicht noch einmal.

Kirk überprüfte die Einstellung des Phasers – auf Betäubung justiert, in Ordnung. Zufrieden wandte er sich an die Sicherheitswächter. »Verändern Sie die Justierung Ihres Strahlers, Ingrit: starke Bündelung, höchste Betäubungsstufe. Mr. Matlock, Mr. Fleming: Emissionsstreuung. Achten Sie auf den Eingang. Und schießen Sie sofort, wenn sich dort was rührt.«

Ingrit und ihre beiden Kollegen legten mit ihren Strahlern an, während Kirk auch den übrigen Angehörigen der Sicherheitsabteilung Anweisungen erteilte. »Mr. Gamble und *Tlaza* Rrra'sku: Sorgen Sie dafür, daß der Freizeitraum möglichst leise und schnell geräumt wird. Fühlen Sie sich besser, Mr. Nakashima? Gut. Dann nehmen Sie den Besuchern bitte die Waffen ab.«

Es erleichterte Jim, daß Kasak und seine Leute weder Einwände erhoben noch Widerstand leisteten – was ihnen ohnehin nichts genützt hätte.

Er überlegte, wie er Arthag unschädlich machen konnte, ohne daß jemand verletzt wurde – und bevor der Klingone Gelegenheit bekam, seinen Intervaller auf Überladung zu programmieren.

Spock und McCoy erschienen neben ihm. Sie traten aus der Menge von Besatzungsmitgliedern, die plötzlich alle zu Zielscheiben wurden. Leonard fluchte leise, weil er keine Medo-Tasche dabei hatte – bisher war sie auch gar nicht nötig gewesen. Spock beschränkte sich darauf, Kirk ruhig anzusehen und seine Gedanken zu erraten. »Das energetische Potential dieser Waffen kenne ich nicht genau«, sagte er und hob kurz den Strahler, den er gerade von Askel erhalten hatte. »Ich nehme jedoch an, daß es sich kaum von dem unserer Phaser unterscheidet.«

Dieser Hinweis tröstete Kirk nicht sehr, und darauf wies er den Vulkanier auch hin. Wenn man einen Starfleet-Phaser auf Überladung schaltete ... Die Explosion hätte einen großen Teil des Diskussegments der *Enterprise* zerstört. Und selbst wenn die Wirkung nicht ganz so katastrophal war: Ein Leck genügte, um alle Personen im Freizeitraum dem Tod preiszugeben.

»Wenn wir von einer solchen Annahme ausgehen, halte ich es für erforderlich, das Problem schnell zu lösen«, fuhr Spock fort. »Ich glaube, wir haben eine

Möglichkeit, Arthag zu neutralisieren, ohne jemanden in Gefahr zu bringen.«

Kirk nickte langsam. »Ja, ich weiß, was Sie meinen. Lieutenant Naraht?«

Normalerweise zog der Horta eine horizontale Haltung vor, aber während der letzten Minuten hatte er aufrecht an einem Tisch gelehnt und als lebender Schild für Besatzungsmitglieder fungiert, die den Turbolift zwei zur Flucht benutzten. Als ihn der Captain rief, kehrte er in die Waagerechte zurück und näherte sich, wobei es dumpf knirschte – es klang nach zwei dicken Granitplatten, die langsam übereinander hinwegschabten.

»Ja, Sir?« ertönte eine ernste Voder-Stimme. Nach den Maßstäben seines Volkes war Naraht noch recht jung, doch er hatte schon viele Erfahrungen bei Starfleet gesammelt und gerade erst eine ganz besondere Mission hinter sich: Als ›Meteorit‹ war er aus einer hohen Umlaufbahn auf die Oberfläche der romulanischen Zentralwelt gefallen. Er überstand die enorme Reibungshitze ohne irgendwelche Schwierigkeiten, was bedeutete: Phaser- und Intervallerenergie konnten ihm ebenfalls nichts anhaben. Deshalb spürte Kirk keine Gewissensbisse, als er sich nun an ihn wandte.

»Mr. Naraht, nur Sie sind imstande, den Klingonen zu stellen und zu entwaffnen, ohne ihn zu verletzen oder selbst verletzt zu werden.« Zweifellos handelte es sich um eine recht ernste Situation, aber trotzdem lächelte Jim. Feindliche Agenten in Toiletten aufzustöbern und zu entwaffnen... Im Leitfaden für die Ausbildung von Kadetten wurden solche Aufgaben nicht erwähnt. »Der Mann heißt Arthag und hat einen Strahler wie diesen hier.« Er deutete auf den Intervaller in Spocks Hand. »Ich möchte betonen, daß ich Ihnen keinen Einsatz*befehl* gebe. Die Sache liegt ganz bei Ihnen.«

Kirk merkte, daß ihn die anderen Klingonen mit einer Mischung aus Erstaunen und Verachtung anstarrten. Sich mit einer *Bitte* an ein Besatzungsmitglied zu wenden, das ganz offensichtlich aus einem ›Dienervolk‹ stammte... *Sollen Kasak und seine Offiziere denken, was sie wollen.*

Bewegung kam in Narahts Fransenkante, und es knarrte mehrmals – das Horta-Äquivalent eines Lachens. »Danke für Ihre Freundlichkeit, Sir«, sagte er. Mehrere Kristalle im Rücken glitzerten und funkelten wie Augen, die nun den Blick auf die klingonische Strahlenwaffe richteten. »Von dem Intervaller geht keine Gefahr für mich aus. Schmerzen habe ich nicht zu befürchten. Und das gilt auch für den Klingonen. Besser gesagt: Er wird sich nachher nicht an Schmerzen erinnern.«

»Ich glaube, er ahmt Ihre Ausdrucksweise nach, Dr. McCoy«, meinte Spock, als Naraht fortknirschte.

»Er hat Stil«, erwiderte Leonard knapp.

Zum drittenmal innerhalb kurzer Zeit ertönte Kirks Name aus dem Interkom-Lautsprecher. Inzwischen hatte Jim das Rufsignal ebenso satt wie die heulenden Sirenen der Alarmstufe Rot. Nun, diesmal wartete Lieutenant Knight nicht, bis sich der Captain meldete.

»Die Signale sind gerade bestätigt worden, Sir. Die Antwort kam von außerhalb des Sonnensystems: gleiche Frequenz, gleiche Codegruppen. Doch Trägerwelle und Sendefluktuationen deuten auf mindestens drei schwere Kreuzer hin.«

Verdammt! »Was ist mit Kurs und Geschwindigkeit? Gibt es da irgendwelche Hinweise?«

»Ja, Sir. Das Ende der gesendeten Impulsstruktur weist eine spezielle Struktur auf, typisch für die Beschleunigung auf Überlichtgeschwindigkeit. Und vor der Einleitung des Warptransfers flogen die Schiffe in Richtung...«

Der Rest verlor sich im Heulen eines Intervallers. Naraht hatte die Toilette noch nicht erreicht, und nun bewegte er sich mit der verblüffenden Flinkheit eines Hortas, der wußte, daß es keine Zeit zu verlieren galt. Andererseits: Angesichts der kurzen Entladung ahnten Kirk und die anderen, daß Naraht sein Ziel in jedem Fall zu spät erreichen würde.

Das Steinwesen verschwand in der Toilette – und kam nach wenigen Sekunden wieder zum Vorschein. »Der Klingone hat sich erschossen, Captain«, sagte er. »Er kann nicht ins Leben zurückgeholt werden.«

»Sind Sie sicher?« McCoy trat vor.

»Ja«, antwortete Naraht, und es klang fast verärgert. Vielleicht warf sich der Horta vor, nicht schnell genug gewesen zu sein. »Er war so rücksichtsvoll, den Intervaller auf eine vergleichsweise niedrige Emissionsstufe zu justieren, was den größten Teil des Körpers vor der Desintegration bewahrte. Dennoch – oder gerade deshalb – kann an meiner Diagnose kein Zweifel bestehen.«

Kirk drehte sich um und sah den klingonischen Kommandanten an. »Ich glaube, Sie sind mir eine weitere Erklärung schuldig, Captain Kasak. Was wissen Sie von dieser Angelegenheit?«

»Der imperiale Sicherheitsdienst wäre von meinen Entscheidungen sicher nicht begeistert«, erwiderte Kasak ruhig. »Khitar wollte meine Pläne vereiteln, aber er scheiterte. Offenbar war er nicht allein. Was die anderen Schiffe betrifft: Sie nähern sich, um den Verlust von militärischem imperialen Eigentum zu verhindern. Wahrscheinlich folgen sie dem Kreuzer *Hakkarl*, seit er das Orbitaldock verließ. In diskretem Abstand, versteht sich.«

Wenn der wissenschaftliche Spezialist eine Meinung dazu hatte, so behielt er sie für sich.

Kirks Blick glitt über die klingonischen Mienen. Er wußte nicht genau, was ihn mehr ärgerte: ihr bisheriges Verhalten oder der Umstand, daß sie sich kaum um die Konsequenzen scherten. »Ob böse Absicht dahintersteckt oder nichts weiter als Zufall, Captain Kasak: Allem Anschein nach haben Sie eine Möglichkeit gefunden, mehrere klingonische Schiffe ins stellare Territorium der Föderation zu dirigieren, ohne daß wir direkt etwas dagegen unternehmen können. Wie dem auch sei: Sie begreifen sicher, daß Ihr Antrag auf politisches Asyl null und nichtig ist. Trotzdem bleiben Sie an Bord der *Enterprise,* und zwar unter Arrest.«

Kasak lächelte grimmig. »*Jol yIchu*«, knurrte er, und an seinem Kommunikator leuchtete eine LED-Anzeige auf. Sie wies darauf hin, daß sich ein Transporterfokus stabilisierte.

Plötzlich erinnerte sich Kirk an etwas, das er während der Jahre hinterm Schreibtisch vergessen hatte: Klingonische Kommunikatoren funktionierten auch in einem speziellen Bereitschaftsmodus, ohne daß irgendwelche Displaykomponenten darauf hinwiesen. Aber die Sonnenfleckenaktivität sank doch erst in drei Stunden auf ein Maß, das den Einsatz von Transportern ermöglichte ...

Jim vergeudete keine Zeit, trat zur Seite und befahl: »Feuer!«

Die Sicherheitswächter setzten ihre Phaser ein, doch es war bereits zu spät: Goldenes Glühen umhüllte die vier Klingonen. »Sie wollen mich unter Arrest stellen, Captain Kirk?« spottete Kasak im letzten Augenblick. »Ich glaube, darauf müssen Sie verzichten. Katta, *ghojol.*«

Das goldene Schimmern trug den Kommandanten und seine drei Begleiter fort.

Kirk starrte ein oder zwei Sekunden lang dorthin, wo die Klingonen eben noch gestanden hatten, versuchte dabei, Ordnung in das Chaos hinter seiner Stirn zu bringen. Schließlich drehte er sich um, ging zum Interkom und gab einen Code ein, der alle internen Kom-Kanäle öffnete. »*Enterprise,* hier spricht der Captain.« Er zögerte kurz und holte tief Luft. *Auf ein neues.* »Alarmstufe Rot. Ich wiederhole: Alarmstufe Rot. Ich ordne hiermit Kampfbereitschaft für alle Abteilungen an. Gefechtsstationen besetzen. Kirk Ende.«

Er straffte die Schultern, glättete den Uniformpulli und machte sich auf den Weg zur Brücke.

10

Ich glaube, die Klingonen verwenden eine verstärkte oder modifizierte Trägerwelle«, sagte Spock, als sich die Transportkapsel des Turbolifts in Bewegung setzte. »Vermutlich wirkt sie sich in dem Frequenzbereich aus, der bei den Starfleet-Transportern für eine Art ›Hintergrundrauschen‹ sorgt. In diesem Fall allerdings ...«

»Ich weiß, was Sie meinen.« In McCoys Stimme ließ sich Mißbilligung vernehmen. »Bei den Klingonen haben die militärischen Anwendungsmöglichkeiten den zivilen gegenüber Vorrang. Nun, das scheint typisch für sie zu sein, nicht wahr?«

»In der Tat, Doktor. Die klingonischen Transporter würden Ihnen sicher nicht gefallen. Lassen Sie es mich so ausdrücken: Was Sie in Hinsicht auf die entsprechenden Anlagen der *Enterprise* argwöhnen, ist bei den imperialen Geräten tatsächlich der Fall. Hochrangige Offiziere greifen oft auf die Dienste persönlicher Transportertechniker zurück, die ihre Sicherheit gewährleisten.«

»Hm«, kommentierte Leonard. Er gab durch nichts zu erkennen, was er von dieser Sache hielt. Doch eins stand fest: Seine Abneigung Transportern gegenüber verringerte sich bestimmt nicht.

Kirk schwieg und lehnte mit verschränkten Armen an der Rückwand des Turbolifts. Er wartete darauf, daß sich vor ihm die Tür öffnete, daß er den Kontrollraum der *Enterprise* betreten und feststellen konnte, welche Probleme ihm das Universum diesmal bescherte.

Ein Aspekt in Spocks Theorie weckte seine Aufmerksamkeit. »Was ist mit dem Energieverbrauch?« fragte er. »Der muß enorm groß sein.«

»Die bisherigen Sensorsondierungen deuten darauf hin, daß sich die *Hakkarl* durch ein außergewöhnlich hohes energetisches Potential auszeichnet«, erwiderte der Vulkanier.

Diese Antwort – beziehungsweise ihre Bedeutung – gefiel Jim nicht sonderlich. *Mit anderen Worten: Ganz gleich, was die Klingonen auch anstellen – ihnen bleibt immer noch Energie genug.*

Der Turbolift hielt, und vor Kirk erstreckte sich die Brücke. Männer und Frauen eilten hin und her, als Sektionsleiter ihre Stellvertreter ablösten. Der Captain merkte, daß er sich ans pulsierende Licht der Alarmstufe Rot gewöhnt hatte – kein gutes Zeichen. Die auf dem Wandschirm eingeblendete taktische Darstellung bot einen besonders häßlichen Anblick: Sie zeigte zu viele Flugobjektsymbole, deren einzige ID-Kennung aus dem Hinweis ›unbekannt/feindlich‹ bestand.

Sechs neue Punkte hatten sich dem Schema hinzugefügt: Die von der PDU gestohlenen Orbiter schwenkten gerade in eine Umlaufbahn. Diesmal blieben jene starken infraroten Emissionen aus, die von den Sensoren beim Anflug der ersten dekkanarischen Shuttles registriert worden waren. Daraus ließ sich folgender Schluß ziehen: In diesem Fall handelte es sich um modernere Raumfähren. Mit welchen Waffen waren sie ausgerüstet?

Das taktische Display verdeckte nur einen Teil des klingonischen Kreuzers KL 1017 *Hakkarl*. Er kehrte nun vom passiven zum aktiven Status zurück: Die Datenkolonnen neben dem Schwingen-Symbol des Schlachtschiffes gaben Auskunft übers energetische Niveau: Es stieg rasch.

»Heute haben wir eine tolle Aussicht«, sagte McCoy.

Spock wölbte eine Braue. »Sie ist gewiß stimulierend«, entgegnete er. »Und voller nützlicher Informationen.«

»Brücke an Maschinenraum.« Kirks Blick galt auch weiterhin dem Wandschirm, als er Tasten in der Armlehne des Kommandosessels drückte. »Wie sieht's bei euch aus?«

»Wir können Ihnen Energie für Schilde *oder* Waffen *oder* Triebwerke liefern – aber nicht für alles zugleich«, antwortete Scott. »Die Materie-Antimaterie-Wandler sind natürlich in Betrieb, doch es dauert noch etwa zwanzig Sekunden, bevor sie auf volle Leistung hochgefahren sind.«

Kirk ballte die Faust und fluchte leise. Der Chefingenieur hatte nicht vorwurfsvoll geklungen, doch alle wußten, von wem der Befehl stammte, die Bordsysteme auf Bereitschaft zu schalten: vom Captain. *Laß dir das eine Lehre sein,* dachte Jim. *Vertrau nie den guten Absichten der Klingonen.*

Die *Vanguard* und *Sir Richard* befanden sich in der gleichen Situation, aber das spielte keine Rolle. Fehler verloren nicht dadurch an Bedeutung, weil andere sie wiederholten.

»Leiten Sie die gesamte zur Verfügung stehende Energie in unsere Schilde. Und noch etwas, Scotty ...«

»Sir?«

»Beeilen Sie sich.«

»Aye, Sir.«

Die *Hakkarl*-Daten auf dem Wandschirm blinkten grün, als der Kreuzer das energetische Niveau für den Einsatz erreichte. Die Datenkolonnen veränderten sich auch weiterhin.

»Die Klingonen aktivieren ihre Deflektoren, Captain«, stellte Spock fest.

»Wir folgen ihrem Beispiel. Schilde zwei und drei volle Energie und höchste Reflexion. Eins und vier

Standard – solange es bei der gegenwärtigen Gefechtskonstellation bleibt.«

»Aktivierung und Konfiguration der Schilde bestätigt«, meldete Chekov. »Soll ich mit der Zielerfassung beginnen?«

Kirk zögerte kurz. Er wollte nicht mit einer fatalen Spirale aus Drohungen und Gegendrohungen beginnen, aber in diesem besonderen Fall war alle Vorsicht geboten.

»Ja, Mr. Chekov. Leiten Sie die Zielerfassung ein. Und warten Sie ansonsten auf meine Anweisungen. Wir dürfen keine Energie vergeuden.«

»Volle Leistung des MA-Wandlers«, sagte Spock in diesem Augenblick. »Energetische Normkapazität bestätigt.«

»Gutes Timing, Scotty«, sagte Kirk. Seine Worte galten nicht nur dem Chefingenieur im Maschinenraum, sondern auch den Offizieren auf der Brücke. »Mr. Chekov, bringen Sie die übrigen Schilde auf normales Defensivniveau. Mr. Sulu, halten Sie sich bereit, um eine sichere Distanz zwischen uns und der *Hakkarl* zu schaffen. Ein Drittel Impulskraft, auf meine Anweisung hin ...«

Er kam gar nicht dazu, eine entsprechende Order zu erteilen, denn die Darstellung des Wandschirms veränderte sich auf eine sonderbare Weise. Aus dem einen Datendisplay der *Hakkarl* wurden zwei: Beide zeigten unterschiedliche Werte und blinkten grün. Spock bediente die Kontrollen der Sensoren, und das Bild stabilisierte sich. Ganz offensichtlich lag keine Fehlfunktion vor: Die Daten betrafen zwei verschiedene Schiffe.

»Zielerfassung anpassen, Mr. Chekov«, sagte Kirk. »Jetzt scheint's interessant zu werden.«

Das Schema veränderte sich erneut, und neue Informationen erschienen. Jim begriff, daß er mit seinen letzten Worten eher untertrieben hatte.

Die sechs PDU-Shuttles hatten inzwischen eine Umlaufbahn erreicht und näherten sich in Angriffsformation – diesmal wollten sie sich offenbar nicht auf einen dichten Vorbeiflug beschränken. Mehr noch: Jene acht anderen Raumfähren, die zu Beginn der Mission für erhebliche Unruhe gesorgt hatten, verließen nun den polaren Orbit und glitten ebenfalls näher.

Und *das* war immer noch nicht alles.

»Visuelle Darstellung«, sagte Spock abrupt, woraufhin die Diagramme vom Schirm verschwanden. »Alle Aufzeichnungssysteme sind aktiv.«

»Steht ein Separationsmanöver bevor, Mr. Spock?«

»Ja, Captain. Die energetischen Emissionen lassen einen solchen Schluß zu. Ich vermute, daß sich die beiden Schiffe mit hoher Geschwindigkeit voneinander lösen und ...« Der Vulkanier unterbrach sich, und seine Aufmerksamkeit kehrte zum großen Projektionsfeld zurück. Nach einigen Sekunden seufzte er leise – was bei ihm auf Verärgerung hinwies, wie McCoy und Kirk wußten. »Allem Anschein nach habe ich mich geirrt ...«

Nicht nur Spock hatte damit gerechnet, daß sich der Scout mit voller Beschleunigung vom Schlachtschiff löste. Aber derart spektakuläre Ereignisse blieben aus. Die *Tazhat* trieb wie in Zeitlupe fort von der *Hakkarl* – der Navigator steuerte sie so vorsichtig wie einen Gleiter, der zum erstenmal vom Boden abhob.

Nach einer Weile verharrte sie, nur etwa zehn Meter vom ›Rücken‹ des Kreuzers entfernt. Anschließend drehten sich beide Schiffe ganz langsam, bis die beiden Bugbereiche in entgegengesetzte Richtungen wiesen – dadurch wandten sie der *Enterprise* das Seitenprofil zu und wiesen große Ähnlichkeit mit den im Bibliothekscomputer gespeicherten visuellen ID-Daten auf. Captain Kasak schien ganz bewußt mit seinem Kommando zu protzen und Kirk zu verspotten: *Hier sind die beiden Schiffe, die Sie jetzt nicht mehr bekommen können.* Er riskierte sogar, daß Jim den Befehl gab, das Feuer auf die *Hakkarl* zu eröffnen.

»Captain...«, begann Spock in einem drängenden Tonfall. Seine Stimme unterbrach Kirk bei Überlegungen, die immer verlockender wirkten. »Die Fernbereichssensoren orten mehrere Schiffe, die ihren Warptransfer unterbrechen. Es handelt sich um klingonische Einheiten.«

Scout und Kreuzer wurden transparent, erschimmerten kurz – und verschwanden.

»Hölle und Verdammnis!« Es waren vergleichsweise harmlose Worte, aber Kirk sprach sie laut und mit solchem Nachdruck aus, daß sich mehrere Blicke auf ihn richteten. Nur Spock blieb völlig ungerührt.

»Fühlst du dich jetzt besser?« fragte McCoy und trat noch etwas näher an den Befehlsstand heran.

Jim nickte und lächelte schief. »Ja, ein wenig. Nun, ich hätte mit einer Tarnvorrichtung rechnen sollen.«

»Selbst wenn es dir von Anfang an bekannt gewesen wäre – hättest du dann vielleicht beschlossen, jetzt die Phaserkanonen einzusetzen?«

»Um das Triebwerk zu zerstören – ja, Pille. Ich habe mit einem solchen Gedanken gespielt. Die beiden Schiffe waren uns praktisch ausgeliefert.«

»Vielleicht *wollte* Kasak, daß Sie von den Waffen Gebrauch machen, Captain«, spekulierte Spock. »Mit einem nicht provozierten Angriff hätten Sie die Bestimmungen des organianischen Friedensvertrags verletzt. Dem Verhalten der beiden Agenten des imperialen Sicherheitsdienstes entnehme ich folgendes: Kasak ist ohne das Wissen seiner Vorgesetzten und der klingonischen Regierung hier. Das Imperium könnte die Verantwortung ablehnen und Kasak als einen rebellischen Kaperer bezeichnen, der auf eigene Faust handelte. Ganz anders sähe die Sache natürlich aus, wenn er einen Erfolg erzielt. Dann heißt es sicher, daß er im offiziellen Auftrag agierte.«

»Wir haben einen langen Tag hinter uns, Spock«, ächzte McCoy. »Vielleicht bin ich deshalb ein wenig schwer von Begriff... Welche Vorteile darf sich das Imperium von Kasaks Aktionen erhoffen?«

»Dekkanar«, antwortete Spock. »Auf der Grundlage des organianischen Friedensvertrages könnte der Planet den Klingonen zufallen.«

»Eine derartige Möglichkeit kam mir schon im Freizeitraum in den Sinn«, sagte Kirk. »Aber ich dachte, daß Kasak wartet, bis wir dieses Sonnensystem verlassen haben – um dem Planetaren Rat Dekkanars anschließend klingonischen Schutz anzubieten.«

»Was den Punkt betrifft, Captain... Aufgrund mangelnder Daten sehe ich mich außerstande, diese Aspekte der Situation zu bewerten. Vielleicht werden Kasaks Motive deutlicher für uns, wenn das Starfleet-Hauptquartier die angeforderten Daten übermittelt. In der Zwischenzeit haben wir es mit neun weiteren klingonischen Kreuzern der K't'inga-Klasse zu tun. Der Kampfverband hat gerade das Cancri-System erreicht, und sein Kommandeur möchte Sie sprechen, Captain.«

»Möchte er das?« Kirk drehte den Kommandosessel und sah zum Wandschirm. »Dann lassen Sie uns feststellen, was er auf dem Herzen hat.«

»Ich bin Korzhan epetai-Kenek«, sagte der Klingone mit betonter Förmlichkeit. »Sie sind Admiral Kirk von Starfleet. Sie haben etwas, das uns gehört. Ich verlange es von Ihnen zurück.« Zwar nahm er derzeit die Pflichten eines Staffelführers wahr, aber er trug die Rangabzeichen eines Admirals – Hinweis darauf, wie wichtig seine Mission war und welche Bedeutung Kasaks Schiff fürs Imperium hatte.

Die *Hakkarl* blieb in ihrem Tarnfeld verborgen, und außer den drei Starfleet-Schiffen orteten die Fernbereichssensoren der klingonischen Kreuzer sicher nur dekkanarische Shuttles. Unter solchen Umständen fragte sich Kirk, was Korzhan veranlassen mochte, derartige Worte an ihn zu richten. Dann verstand er: Der Staffelführer glaubte wahrscheinlich, daß sich ein Kommando von der *Enterprise* an Bord des Kampfkreuzers befand und dort die Tarnvorrichtung aktiviert hatte.

»Mir liegen Informationen in Hinsicht auf den Meuterer Kasak sutai-Khornezh vor«, fuhr Korzhan fort. Er schien keine Zeit vergeuden zu wollen. »Es sind Informationen, die von Ihrem eigenen Schiff gesendet wurden. Sie beweisen sowohl den Verrat gegen das *Qomerex Tlhingan* als auch Ihre Komplizenschaft.«

Kirk hörte dem Klingonen zu, aber ein großer Teil seiner Aufmerksamkeit galt dem Ortungsdisplay, das Auskunft über den Kurs der dekkanarischen Shuttles gab. Innerlich atmete er erleichtert auf, als sie sich allmählich entfernten.

»Weder ich noch die Kommandanten der beiden anderen Starfleet-Schiffe stehen in irgendeinem Zusammenhang mit der von Ihnen erwähnten Angelegenheit, Staffelführer«, sagte er. »Captain Kasak hingegen ...«

»Er hat bei Ihnen um politisches Asyl ersucht – auf diese Weise will er der gerechten Strafe entgehen. Und er kaufte Ihre Hilfe mit den Geheimnissen seines Schiffes!«

»Ihre Informationen sind nicht korrekt«, erwiderte Kirk. »Kasaks Bitte um Asyl gehörte zu einem komplexen Plan, dessen Struktur mir weitgehend unbekannt ist.« *Im Gegensatz zu Ihnen,* fügte er in Gedanken hinzu. *Sie kennen diese Art von Spiel. Und Sie sind mit den Spielregeln vertraut.* Korzhan wäre vielleicht auch imstande gewesen zu erklären, warum Kasak versuchte hatte, einen Angriff auf den Kreuzer zu provozieren. *Wenn doch nur die angeforderten Daten eingetroffen wären, bevor Korzhans Geschwader erschien, bevor Kasak floh …*

Ein Signalgeber der Kom-Konsole summte. Tasten klickten unter Uhuras Fingern, und sie sah auf den Monitor. »Das Starfleet-Hauptquartier«, sagte sie. »Die gewünschten Auskünfte, Sir.«

Kirk merkte erst jetzt, daß er den Atem angehalten hatte. Langsam ließ er ihn entweichen. »Lassen Sie die Infos auf Ihrem Schirm, Uhura. Und fertigen Sie einen Ausdruck an.« Er wandte sich wieder an den Staffelführer, der noch immer im großen Projektionsfeld zu sehen war, deutete ein Nicken an und stand auf. »Bitte entschuldigen Sie mich. Starfleet-Angelegenheiten.«

Kurze Zeit später ergab alles einen Sinn.

Erneut sah Kirk zum Wandschirm. »Staffelführer … Ich glaube, ich habe jetzt eine Erklärung für unser Dilemma.«

Korzhan wirkte ein wenig verwirrt und schwieg.

»Gewährt der Zentralcomputer Ihres Flaggschiffs Zugang zu elektronischen Personalakten?«

»Worauf wollen Sie hinaus?« fragte der klingonische Admiral.

»Weisen Sie Ihren wissenschaftlichen Spezialisten an, Captain Kasaks Datei zu öffnen und eine Korrelation vorzunehmen mit den Daten von …« Kirk sah auf den Monitor und wußte: Fehler, die Zeit kosteten, mußten jetzt unbedingt vermieden werden. »… von Captain Koloth vestai-Lasshar, Raumstation K-Sieben. Berücksichtigen Sie bei den Auswertungen und Analysen auch Ihre Informationen über: mich selbst, die *Enterprise* und … äh … Tribbles.«

Korzhan sah seinen menschlichen Gesprächspartner so an, als hätte Kirk gerade den Verstand verloren. Dann zuckte er mit den Schultern, wandte sich halb um und erteilte Anweisungen.

McCoy sah auf den Schirm, der die Kasak-Daten zeigte. »Dadurch wird alles klar. Was für ein durchtriebener, heimtückischer Mistkerl ...«

»Unsere Situation könnte noch schlimmer sein, wenn Kasak sutai-Khornezh eine direkte Methode verwendet hätte, um sich zu rächen«, sagte Spock zum Bordarzt der *Enterprise.* »Während er an Bord dieses Schiffes weilte, hatte er ausreichend Gelegenheit, den Captain zu töten – oder ihn so übel zuzurichten, daß selbst Sie nicht imstande gewesen wären, ihm zu helfen.«

McCoy hob den Kopf und musterte den Vulkanier überrascht. »Habe ich da gerade ein Kompliment gehört?«

»Wenn Sie unter ›Kompliment‹ die Anerkennung von Fähigkeiten verstehen, die nur mit einer starken Neigung zu Unlogik und Irrationalität ignoriert werden können, Doktor ... In dem Fall muß ich Ihre Frage mit ›ja‹ beantworten.«

»Meine Herren ...«, ließ sich Kirk vernehmen. »Der klingonische Admiral hat die Kom-Verbindung wiederhergestellt.«

Korzhan schien verwirrt zu sein. »Wieviel davon ist wahr, Kirk?«

»Alles. Was Sie gerade gelesen haben, stammt vermutlich von Ihrem eigenen Geheimdienst. Wenn Sie jene Quelle in Frage stellen, so kann ich Ihnen nicht helfen.«

»Wo befindet sich die *Hakkarl* jetzt?«

»Sie hat sich getarnt. Und ich nehme an, sie ist noch immer irgendwo in diesem Sonnensystem.«

»Eine Nachricht von der *Vanguard,* Captain«, warf Uhura ein. Sie klang fast zornig. »Die PDU-Shuttles haben das Feuer eröffnet. Es werden keine Schäden gemeldet, aber Captain Farey rät zu Vorsicht.«

»Ausgerechnet jetzt...«, brummte Kirk. »Maschinenraum.«

»Hier Scott, Captain. Falls Sie noch mehr Dampf brauchen: Meine Heizer sind voll bei der Arbeit.«

»Schicken Sie einige Ihrer Leute zu den Traktorstrahlkontrollen, Scotty. Ich fürchte, wir bekommen bald unerwünschten Besuch.«

»Abgesehen von den Klingonen, meinen Sie? Hervorragend. Es wurde uns schon zu langweilig.«

»Kann ich mir denken. Bereiten Sie den Einsatz der Traktorstrahlen vor.«

Korzhans Abbild auf dem Wandschirm der Brücke schnitt eine spöttische Grimasse. »Kann es sich die Flotte der Föderation nicht mehr leisten, ihre Schiffe mit Phasern auszurüsten?«

»Wir setzen keine Phaser bei Leuten ein, die wir schützen sollen«, erwiderte Kirk.

»Die gleichen Personen haben das Föderationspersonal aufgefordert, sowohl den Planeten als auch das Sonnensystem zu verlassen. Warum sollte Ihnen noch etwas an ihrem Schutz gelegen sein?«

Es gab mehrere mögliche Antworten, und die meisten hätte Korzhan sicher als Affront dem klingonischen Volk oder seiner Präsenz gegenüber empfunden. Deshalb hielt es Jim für besser, still zu bleiben.

»Da sind sie«, sagte Sulu und ersparte es Kirk, sich weitere Fragen anhören zu müssen. Es war bereits Alarmstufe Rot angeordnet worden, und deshalb schrillten keine Sirenen, als die Sensoren mehrere Shuttles orteten. Ein eher sanft klingendes elektronisches Piepen kündigte sie an, und vor Korzhans Gesicht im Projektionsfeld erschien ein taktisches Schema in drei Farben.

Jim fand, daß der Klingone damit besser aussah. Taktgefühl hinderte ihn an einer entsprechenden Bemerkung.

»Bitte entschuldigen Sie, Admiral epetai-Kenek«,

sagte er statt dessen. »Ich muß mich um eine Sache kümmern, die meine volle Aufmerksamkeit erfordert. Kirk Ende.«

Das klingonische Gesicht verschwand und wich einigen Shuttles, die in einer v-förmigen Angriffsformation flogen und sich gerade hinter dem gewölbten Horizont des Planeten hervorschoben. Sie wirkten tollkühner – und gefährlicher – als jene primitiven Orbiter, denen die *Enterprise* und ihre beiden Begleitschiffe ganz zu Anfang begegnet waren. Irgend etwas an ihnen brachte große Entschlossenheit zum Ausdruck.

»Waffen, Spock?«

»Sondierung läuft.« Der Vulkanier blickte eine Zeitlang in den Sichtschlitz des Scanners, betätigte dann einige Tasten und lehnte sich zurück. »Keine Energiewaffen«, sagte er mit mehr Erleichterung, als seine maskenhaften Züge verrieten. »Die Raumfähren verfügen über ein einfaches, auf Radar basierendes Zielerfassungssystem, und ihre Bewaffnung besteht aus Feststoffraketen mit Selbstlenkvorrichtungen.«

»Primitiv, aber durchaus wirkungsvoll«, entgegnete Kirk. »Stellen sie eine Gefahr für uns dar? Sind die Dinger mit Atomsprengköpfen ausgestattet?«

»Das bezweifle ich, Captain. Jene Rakete, die ein Evakuierungsshuttle der *Sir Richard* vernichtete, trug einen konventionellen Sprengkopf.«

»Brücke an Maschinenraum.«

»Aye, Captain?«

»Sind die Traktorstrahlen in Bereitschaft, Scotty?«

»Ja, Sir. Sie brauchen nur den Einsatzbefehl zu geben.«

»Seien Sie vorsichtig. Hiermit bekommen Sie ein eingeschränktes ›Feuer frei‹ von mir. Verzichten Sie bitte darauf, die einzelnen Shuttles mit irgend etwas kollidieren zu lassen – damit meine ich sowohl die

Raumfähren selbst als auch unsere Schiffe. Und die der Klingonen.«

»Ja, Captain.« Das Seufzen des Chefingenieurs schien von Herzen zu kommen, aber Kirk war ziemlich sicher, daß er übertrieb. »Wie Sie meinen, Sir. Keine Kollisionen. In Ordnung.«

»Freut mich, daß wir uns verstanden haben. Kirk Ende.« Jim beobachtete die Shuttles auf dem Wandschirm und fragte sich, welches von ihnen die Raumfähre der *Sir Richard* vernichtet hatte. Er dachte an den Dekkanarer, von dem der Befehl zum Abschuß der Rakete stammte. *War die Fähre nur ein Ziel für ihn? Oder wußte er, daß er Leben auslöschte? Und die Opfer … Hält man sie schlicht für ›notwendig‹, um der ›Sache‹ willen?* Kirk empfand eine ganz besondere Art von Bitterkeit. Wenn ›Sachen‹ wichtiger wurden als das Wohl von Personen – in dem Fall verwandelten sich sogenannte Freiheitskämpfer in Terroristen.

Ein warnendes Piepen erklang, als die Sensoren fremde Peilsignale orteten und unmittelbar darauf eine Zielerfassung feststellten. Die dekkanarischen Orbiter trugen ihre Raketen in kleinen Startgerüsten an der Unterseite, und deutlich war zu sehen, wie es in einem davon blitzte: Ein Triebwerk zündete, verbrannte festen Treibstoff und schleuderte das Geschoß der *Enterprise* entgegen.

»Was wollen die Burschen damit erreichen?« fragte Kirk fassungslos. »Sind sie einfach nur stur, oder haben sie selbstmörderische Absichten?«

»Vermutlich halten sich die Kerle für überaus tapfere Patrioten«, brummte McCoy. »He, wenn Scott noch etwas länger wartet …«

Ganz plötzlich veränderte die Rakete ihren Kurs, und zwar um neunzig Grad. Dadurch wurde die strukturelle Belastung so groß, daß der tödliche Zylinder auseinanderbrach: Die Interaktionen zwischen Bewegungsmoment einerseits und Traktorstrahl andererseits knickten das Geschoß in der Mitte. Treibstoff und Sprengkopf explodierten mit gespenstischer Lautlosigkeit – eine Stichflamme leckte durchs All, wich dann wieder der Schwärze.

Scottys Spezialisten an den Kontrollen nahmen sich bereits die nächste Rakete vor.

Und anschließend die Shuttles. Die Orbiter sausten so wild hin und her, daß niemand an Bord einen stabilen Zielfokus auf die *Enterprise* richten konnte.

Der Kommunikator des Befehlsstands summte, und als Kirk ihn einschaltete, hörte er Korzhans Lachen. Spock drehte sich halb um und wölbte eine Braue, als er feststellte, woher das seltsame Geräusche kam – diese stumme Reaktion brachte mehr zum Ausdruck als viele Worte.

»Das habe ich schon einmal gehört«, sagte der Vulkanier. »Wiederholte Begegnungen mit Klingonen scheinen zu bestätigen, daß sie leicht amüsiert sind.«

»Kirk ...« Es schien Korzhan schwer zu fallen, wieder ernst zu werden. »Ich glaube nun, daß Sie in Hinsicht auf den Diebstahl der *Hakkarl* keine Schuld trifft. Wer nicht einmal bereit ist, das eigene Schiff so zu verteidigen, wie es sich gehört ... Ein solcher Kommandant hat nicht genug Mumm, um dem Imperium einen Kampfkreuzer zu rauben.«

»Es freut mich, daß Sie dies alles so erheitert, Staffelführer«, erwiderte Jim. »Offenbar ist es jemandem gelungen, Sie von unserer Unschuld zu überzeugen.«

Das klingonische Lachen verklang abrupt. Was hatten Scherze für einen Sinn, wenn sie nicht als solche erkannt wurden? »Sie sind ›unschuldig‹, ja, aber im Sinne von ›naiv‹«, zischte Korzhan. Kalter Zorn vibrierte nun in seiner Stimme – Kirks schlagfertige Antwort ließ ihn wie einen Narr erscheinen, und das gefiel ihm nicht. »Wie dem auch sei: Ich bleibe hier, bis sich herausstellt, wo die Schuld liegt.«

»Dazu sind Sie nur berechtigt, wenn man Sie ausdrücklich auffordert, im Cancri-System zu verweilen, Korzhan. Denken Sie an die Bestimmungen des organianischen Friedensvertrages. Wenn die Dekkanari Sie nicht an ihrem Himmel möchten, so müssen Sie dieses Sonnensystem verlassen.«

»Wer will mich dazu zwingen? Sie und Ihre drei Schiffe, Kirk? Das Ende der Evakuierung bedeutet auch, daß Sie den Warptransfer einleiten und von hier verschwinden, nicht wahr? Und was die lächerlichen Shuttles dort draußen angeht ... Sie würden es nie wagen, meine Raumer anzugreifen.«

Das Bild auf dem Wandschirm wechselte und zeigte wieder die PDU-Orbiter. Sie flogen jetzt erneut in einer Formation, nachdem sie von den Traktorstrahlen der *Enterprise* hin und her gestoßen worden waren. Kirk sah genauer hin. »Mr. Sulu. Vergrößerungsstufe fünf.«

Wenige Sekunden später konnte kein Zweifel mehr bestehen. Die PDU-Fanatiker wollten Korzhans Geschwader angreifen.

McCoy riß die Augen auf und konnte nicht glauben, daß sich intelligente Wesen zu solchen Dummheiten hinreißen ließen. »Du hattest recht mit den selbstmörderischen Absichten, Jim. Die Narren fliegen in den sicheren Tod.« Einige Sekunden lang beobachtete Leonard das Geschehen stumm. »Warn den Staffelführer. Bitte ihn, das Feuer nicht zu erwidern.«

Kirk hörte die Worte des Arztes wie aus weiter Ferne und sah nicht etwa den Wandschirm, sondern ein Evakuierungsshuttle der *Sir Richard:* Eine Rakete traf es, zerstörte die Raumfähre und tötete alle Personen an Bord. *Sollen die dekkanarischen Terroristen bekommen, was sie verdienen,* dachte er. *Wir dürfen nicht auf sie schießen – immerhin sind wir die Guten –, aber die Klingonen unterliegen keinen solchen Beschränkungen.* Jim erschauerte innerlich, entsetzt von seinen eigenen Überlegungen, beugte sich dann vor und stellte einen neuerlichen Kom-Kontakt mit Korzhan her.

Stille herrschte im Kontrollraum der *Tazhat*. Der Tod von Khitar und Arthag, das Durcheinander, die Flucht im letzten Augenblick... Das alles ernüchterte die Klingonen.

»Statusbericht«, sagte Kasak. Inzwischen brannte die Wut über das Eintreffen der klingonischen Flotte nicht mehr so heiß in ihm. Doch das Feuer des Zorns existierte nach wie vor: Es präsentierte sich nicht mehr mit lodernden Flammen, sondern in Form heißer Glut.

»Unsere Tarnvorrichtung funktioniert ebenso wie die der *Hakkarl*«, meldete Askel. »Das energetische Niveau des Kreuzers ist stabil. Alle Waffen einsatzbereit.« Er bediente die Kontrollen und projizierte eine taktische Darstellung auf den Schirm. »Aufgrund unserer derzeitigen relativen Positionen kann eine offensive Aktion unsererseits in fünf verschiedene Richtungen erfolgen. Darüber hinaus ist die Flucht möglich, und zwar ...«

»Flucht?« knurrte Kasak. Es klang irgendwie drohend.

»Rückzug«, verbesserte sich Askel. »Und zwar durch diesen Sektor.« Er deutete kurz zum Schirm, bevor er erneut Tasten drückte. Das taktische Diagramm verschwand, wich einer normalen visuellen Darstellung.

»Vergrößerungsstufe vier. Und stabil halten.«

Kasak und seine Offiziere beobachteten, wie die Shuttles das Starfleet-Schiff *Enterprise* angriffen. Sie lachten, als Traktorstrahlen die kleinen Fähren einfach beiseite fegten. Kirk zeigte angemessene Verachtung für die *Kuve*-Gegner – solche Verhaltensweisen wären eines Klingonen würdig. Nun, dadurch bereitete es um so mehr Genugtuung, seinem Namen Schande zu bringen.

Kurz darauf sah Kasak, wie die Orbiter eine neue Formation bildeten, ganz offensichtlich in der Absicht, die nächsten Schiffe in ihrer Flugbahn anzugreifen. Und dabei handelte es sich um neun Schlachtkreuzer der K't'inga-Klasse.

»Sind die Dekkanari tapfer oder dumm?« fragte Truppenführer Marag verblüfft.

Waffenspezialistin Katta beugte sich kurz zu ihrer Konsole vor. Ein Display zeigte ihr verschiedene energetische Emissionen. »Sowohl als auch«, erwiderte sie. »Und gleich sind sie tot.«

Die Offiziere wußten, daß ihr Kombi-Schiff für Augen und Sensoren unsichtbar blieb. Sie genossen ihre eigene Sicherheit, als sie sich zurücklehnten und das Geschehen beobachteten.

»Kampfbereitschaft«, knurrte Kasak schließlich in einem Tonfall, der darauf hinwies, daß er diese Art von Muße nicht duldete. Er musterte die anderen vom Kommandosessel aus, blickte dann zu den Schirmen und fügte hinzu: »Waffen, Präzisionsfeuer.«

»Zielerfassung auf welches Shuttle, Sir?« fragte Katta und begann mit der Peilung. Kleine Dreiecke auf dem Hauptschirm symbolisierten den Waffenfokus, und sie wanderten von einer Raumfähre zur anderen.

»Nicht auf die Shuttles, sondern auf das nächste Schiff unter Korzhans Kommando.«

Wieder folgte Stille, doch diesmal basierte sie auf Betroffenheit. Niemand hob den Kopf oder drehte sich um, aber Seitenblicke wanderten hierhin und dorthin – die Offiziere fragten sich, was ihr Kommandant plante. Diesmal erklangen keine Proteste: Kasak sutai-Khornezh hatte zu oft Dinge verlangt, die zunächst absurd erschienen, um sich später als richtig und klug herauszustellen.

Kasak interpretierte das Schweigen der Offiziere als ein Zeichen für Vertrauen. »Gut! Endlich haben Sie gelernt. Und nun: Zielfokus auf Steuerbordtriebwerk. Es geht nur darum, die Manövrierfähigkeit des Kreuzers einzuschränken. Bestätigen Sie.«

»Bestätigung.«

»Ziel erfassen.«

»Ziel erfaßt.«

»Feuer!«

Der Zufall wollte es, daß sich die *Tarkan* aus Korzhans Flotte genau im Zentrum des Wandschirms befand, als sie das Steuerbordtriebwerk und einen Teil des Verbindungsstutzens verlor. Aufgrund ihrer besonderen Position sahen nur die Brückenoffiziere der *Enterprise*, daß die Explosion nicht etwa von einer Rakete verursacht wurde, sondern von einem Intervallerstrahl.

Für Kirk und seine Gefährten führte das kurze Aufblitzen im All zu einer sehr unangenehmen Erkenntnis: Die *Hakkarl* konnte ihre Waffensysteme einsetzen, ohne vorher die Tarnvorrichtung desaktivieren zu müssen.

Admiral Korzhan reagierte wie ein typischer Klingone. Sein Flaggschiff richtete alle Intervallerkanonen auf die nächsten Ziele, verlor keine Zeit mit irgendwelchen Warnungen und eröffnete das Feuer. Das erste dekkanarische Shuttle platzte auseinander, verwandelte sich in eine Wolke aus glühenden Trümmern.

Die Entladung führte zu starken Interferenzen: Ganz gleich, welche Worte Kirk an Korzhan hatte richten wollen – schrille Statik überlagerte alles.

Die taktische Darstellung des Wandschirms wies darauf hin, daß sich die übrigen acht Raumfähren in Reichweite befanden. Die Klingonen hielten sich bestimmt nicht damit auf, so einfach anzupeilende

Ziele zu scannen. Ein zweiter Orbiter explodierte – Korzhan wollte offenbar nicht das geringste Risiko eingehen und alle potentiellen Gegner vernichten.

Ob Terroristen oder nicht – die Personen an Bord der Shuttles standen unter dem Schutz der Föderation. Bis es Uhura gelang, erneut eine Kom-Verbindung zum klingonischen Admiral zu ermöglichen, gab es nur zwei Möglichkeiten für Kirk, ein Massaker zu verhindern. Entweder brachte er die *Enterprise* zwischen Korzhans Geschwader und die dekkanarischen Raumfähren…

Oder er befahl Chekov, das Feuer zu eröffnen.

In seiner Magengrube krampfte sich etwas zusammen, als er an die Konsequenzen dieser beiden Entscheidungen dachte. Starfleet-Schiffe verfügten über eine gute Abschirmung, aber ihre Deflektoren konnten nicht der geballten Feuerkraft von neun Schlachtkreuzern der K't'inga-Klasse standhalten – falls die Organianer zuließen, daß Korzhan die *Enterprise* unter Beschuß nahm. Die Frage lautete: Durfte Kirk sein Schiff und die ganze Crew in akute Gefahr bringen, nur um einige Fanatiker zu retten?

Die Alternative war noch schlimmer.

Wenn die Organianer das Cancri-System als Teil der Vertragszone erachteten und darüber hinaus die Ansicht vertraten, daß Kirks Intervention zugunsten der Dekkanari weder erforderlich noch korrekt war… Dann blockierten sie vielleicht die Phaser der *Enterprise*. Und in dem Fall gab es niemanden, der die PDU-Aktivisten in den Orbitern vor dem Verderben bewahrte. Schlimmer noch: Wenn die Organianer zu dem Schluß gelangten, daß Starfleet – Kirk – mit dem versuchten Eingreifen gegen die Bestimmungen des Friedensvertrags verstoßen hatte, so sprachen sie Dekkanar vielleicht dem klingonischen Imperium zu. Womit Kasaks Plan zu einem Erfolg führte…

Das dritte Shuttle löste sich in der destruktiven

Energie eines Intervallerstrahls auf, und Kirk begriff, daß er *sofort* etwas unternehmen mußte, um den Tod weiterer Dekkanari zu verhindern. Sie mochten dumm und fanatisch sein, vielleicht auch Terroristen und Mörder, aber das war keine Rechtfertigung dafür, sie einfach sterben zu lassen.

»Halbe Impulskraft, Sulu. Bringen Sie die *Enterprise* zwischen Korzhans Flotte und die Shuttles.« Jim spürte erschrockene Blicke und stellte erstaunt fest, daß seine Stimme weitaus fester klang, als es die Umstände eigentlich erlaubten. Er lächelte schief. »Vielleicht sind die Klingonen so überrascht, daß sie darauf verzichten, ihre Intervaller einzusetzen.«

Und dann bestand wieder Kom-Kontakt.

Vermutlich hatten sich die Brückenoffiziere der *Enterprise* noch nie zuvor so sehr darüber gefreut, ein klingonisches Gesicht auf dem Wandschirm zu sehen. Kirk erkannte Admiral Korzhan und sprach schneller als jemals zuvor, mit folgendem Ergebnis: Der Staffelführer starrte ihn nur eine Sekunde lang skeptisch an, bevor er den Befehl gab, das Feuer einzustellen.

Die Diagrammlinien einer taktischen Darstellung leuchteten vor dem Abbild des Klingonen. Eingeblendete Datenreihen und Schemata wiesen darauf hin, daß die restlichen Shuttles abdrehten und die Flucht ergriffen. Sie verschwanden hinter dem Horizont des Planeten und begannen mit einem hastigen Landeanflug. Als ihnen keine unmittelbare Gefahr mehr drohte, ließ ein Teil von Kirks Anspannung nach. Er wischte sich Schweiß von Stirn und Oberlippe, atmete tief durch und begann damit, Korzhan epetai-Kenek die Hintergründe zu erklären.

Dabei sprach er ruhiger als vorher, mit einer Würde, wie sie seinem Rang gebührte.

»Darin bestand also Kasaks Absicht«, sagte Korzhan

grimmig. »Er wollte provozieren, indem er mich provozierte. Er wußte, daß die organianischen Glühwesen kaum auf eine interne Auseinandersetzung bei den Klingonen reagieren würden. Solche Konflikte sind... nicht ungewöhnlich. Nun, es war ein guter Plan – aber er hätte dem Imperium zum Nachteil gereichen können, wenn Sie nicht verrückt genug gewesen wären, Ihr Schiff in einen Schild für die dekkanarischen Shuttles zu verwandeln.«

Der klingonische Admiral hatte die Aufzeichnung des Zwischenfalls gesehen, außerdem die Aussagen von Sulu, Chekov und anderen Brückenoffizieren der *Enterprise* gehört, was ihn – schließlich – überzeugte. Das überraschte Kirk ein wenig. Immerhin: Pragmatismus gehörte nicht zu den typischen klingonischen Eigenschaften. Korzhan schien seinen Rang nicht etwa Aggressivität zu verdanken, sondern Vernunft und Zurückhaltung. So mancher klingonische Kommandant hatte sich im Bereich der organianischen Vertragszone nicht nur die eigenen Finger verbrannt, sondern auch die des Imperiums. Vielleicht nahm man diesen Umstand nun zum Anlaß, vorsichtiger zu sein. Schaden konnte das gewiß nicht, gerade in Anbetracht so kritischer Situationen wie der aktuellen.

Korzhan lächelte humorlos, zeigte dabei die Zähne. »Vielleicht haben wir durch Kasaks Aktionen eine potentielle imperiale Welt verloren, anstatt eine zu gewinnen. So etwas ist unverzeihlich. Sie hören wieder von mir.« Damit unterbrach der Klingone die Verbindung.

»Captain...«, ließ sich Uhura vernehmen. »Der Erste Rat Varn möchte Sie sprechen. Er scheint recht nervös zu sein, und seine Unruhe nahm zu, als er von mir erfuhr, mit wem Sie reden. Auf den Schirm?«

»Ja, Uhura. Danke.« Ein Gespräch mit dem aalglatten Varn kam nach den Erörterungen mit Korzhan epetai-Kenek einer Erholung gleich. Kirk war jetzt nicht mehr bereit, sich von dem Rat irgendwelche Klagen und Beschwerden anzuhören. *Wenn der Kerl keine diplomatische Ausdrucksweise wählt, muß er sich jemand anders suchen, der ihm zuhört.*

Varn sprach wie jemand, der die Polizei bat, die Einbrecher aus seinem Haus zu vertreiben. *Ein angemessener Tonfall,* dachte Jim. *Allerdings: Er erkennt die Tugend der Höflichkeit ziemlich spät.* Auf dem Planeten schien es drunter und drüber zu gehen. Ein klingonisches Kampfgeschwander befand sich in unmittelbarer Nähe des Planeten, und die drei Starfleet-Schiffe waren den neun K't'inga-Kreuzern hoffnungslos unterlegen. Angesichts dieser Tatsache geriet der Planetare Rat in Panik.

Man hatte das Föderationspersonal ausgewiesen – ohne Bündnisverhandlungen einzuleiten, um die militärische und diplomatische Lücke zu füllen. Das Eintreffen der klingonischen Schlachtschiffe wies die Dekkanari in aller Deutlichkeit auf folgendes hin: Ihre Welt hatte sich nicht etwa befreit, sondern Schutz und Sicherheit verloren. Außerdem befürchtete der Planetare Rat nun, daß die PDU-Fanatiker ihrer Heimat einen Krieg mit dem Imperium bescherten.

Hochmut und Arroganz waren aus Varns Stimme verschwunden. Dafür hörte Kirk große Besorgnis, sogar Angst.

»Rat Varn...«, sagte er, als der Dekkanarer eine Pause einlegte, »ich kann in dieser Hinsicht keine Entscheidung treffen. An Bord der beiden anderen Starfleet-Schiffe befinden sich Föderationsdiplomaten, wie Sie sehr wohl wissen. Besprechen Sie Ihre Probleme mit ihnen. Ach, und noch etwas...«

»Ja, Admiral Kirk?«

»Denken Sie daran, woraus die Alternative bestehen könnte. Kirk Ende.«

Klingonen jagten Klingonen. Korzhans Geschwader rückte gegen Kasak vor, um dem Verräter gerechte Strafe zu bringen. Inzwischen wußten alle Besatzungsmitglieder der *Enterprise*, daß sie neue Verbündete gewonnen hatten; die allgemeine Reaktion darauf bestand aus Erleichterung und grimmiger Zufriedenheit.

Bei James Kirk hielt sich die Erleichterung in Grenzen. Die Hilfe der Klingonen bei der Suche nach den beiden Schiffen *Tazhat* und *Hakkarl* war ihm natürlich willkommen, aber sie wies auch deutlich auf die veränderte Situation hin. Kasak überwachte bestimmt die Kom-Frequenzen und wußte daher, daß er nicht mehr mit der – zumindest passiven – Unterstützung des Imperiums rechnen durfte. Doch dadurch bekam er auch mehr Bewegungsspielraum.

Spock legte die Hände auf den Rücken und trat neben den Befehlsstand. »Kasak gilt jetzt als Verbrecher, Captain. Wenn er die *Enterprise* oder Sie angreift, so handelt es sich um eine persönliche Aggression, nicht um eine politische. Ich bezweifle, ob die Organianer in einem solchen Fall zu einer Intervention bereit wären. Schließlich wird damit nicht gegen die Bestimmungen des Friedensvertrages verstoßen.«

McCoy maß den Vulkanier mit einem finsteren Blick. »Sie wollen also auf folgendes hinaus, Spock: Kasak hat ein hochmodernes Schiff, das wir nicht sehen können. Und wenn er die Situation ebenso bewertet wie wir – entschließt er sich mit ziemlicher Sicherheit zu einem Angriff?«

»In der Tat, Doktor. Ich glaube ...«

Die *Enterprise* erzitterte und vibrierte wie eine Stimmgabel, als destruktive Energie an ihren Schilden zerstob. Die starken Entladungen bewirkten Instabilitäten bei den Kontrollsystemen für die künstliche Gravitation. Schwärze tilgte alle Bilder vom Wandschirm. McCoy hielt sich am Geländer hinter dem Kommandosessel fest und wäre trotzdem fast zu Boden gestürzt, als eine Sinuswelle aus Gravitationsfluktuationen durchs Schiff raste. Die Durastahl-Hülle klagte mit lautem Knirschen über eine zu große strukturelle Belastung.

Stille folgte.

Aber nur für wenige Sekunden – dann heulten die Alarmsirenen.

»Allem Anschein nach hatten Sie recht, Mr. Spock«, sagte Kirk ernst. »Was ist mit der visuellen Erfassung?«

»Wiederhergestellt.« Das zentrale Projektionsfeld bot einen bemerkenswerten Anblick: Neun klingonische Kriegsschiffe konzentrierten ihr Feuer auf einen Punkt im All – und zwar auf den Ursprung des Intervallerstrahls, der die *Enterprise* getroffen hatte. Die Energie ihrer Intervallkanonen prallte an Schilden ab, die so stark waren, daß ihre Emissionen bis in den ultravioletten Abschnitt des Spektrums reichten.

Plötzlich stellten die neun K't'inga-Einheiten das Feuer ein – die *Hakkarl* wurde wieder sichtbar. Kirk wußte nicht, ob die Tarnvorrichtung beschädigt war oder aufgrund von Energiemangel ausfiel. Immerhin hatte die allgemeine energetische Aktivität des Kreuzers nun ein Höchstmaß erreicht, was während des Einsatzes der Tarnvorrichtung eigentlich nicht der Fall sein sollte. Nun, der Grund spielte keine Rolle. Wichtig war nur: Das Kriegsschiff konnte jetzt wieder von den Sensoren erfaßt werden.

Kirk wartete auf jene Salve, die der *Hakkarl* den Todesstoß versetzte.

Nichts geschah. Korzhans Schiffe feuerten nicht noch einmal, um den Kreuzer zu vernichten, sondern zogen sich zurück. Der Signalgeber von Uhuras Konsole summte: Das Kom-System empfing Signale.

Kirk nickte, und daraufhin öffnete Uhura einen Kanal.

Admiral Korzhan epetai-Kenek erschien auf dem Wandschirm und musterte den Kommandanten der *Enterprise* mit einem ruhigen Blick. Einige Sekunden lang schwieg er, starrte Jim nur so an, als wollte er sich sein Gesicht fest einprägen. »Jetzt haben Sie Ihren Gegner«, sagte er schließlich. »Und auch Ihren Kampf. Falls Kasak noch in der Lage ist, Widerstand zu leisten. Es bleibt Ihnen überlassen, Ihren Gegner endgültig zur Strecke zu bringen.«

Damit unterbrach Korzhan die Verbindung.

»Sie überlassen ihn mir«, sagte Kasak leise. Dreimal hatte er sich den aufgezeichneten Austausch von Kom-Signalen angesehen, und erst jetzt beendete er sein Schweigen. »Sie erlauben mir, meine Rache an Kirk zu vollenden, ihn zu töten und sein Schiff zu vernichten.«

»Zu diesem Zweck unterstützen wir Sie nicht«, wandte Krynn ein. »Es ging darum, einen Planeten fürs Imperium zu gewinnen. Wo ist nun der Ruhm, den Sie uns in Aussicht stellten?«

»Solche Dinge haben jetzt ihre Bedeutung verloren«, erwiderte Kasak. Es ärgerte ihn, an Belanglosigkeiten erinnert zu werden, während die *Enterprise* und Kirk auf die Vernichtung warteten. »Gefechtsstationen besetzen!«

Die Offiziere rührten sich nicht. Kasak blinzelte fassungslos – und versuchte, den Strahler zu ziehen. Marag griff nach seiner Hand und drückte die Waffe ins Halfter zurück.

»Das ist Meuterei!« fauchte der Kommandant und fletschte die Zähne.

»Nein, Captain, es ist Weisheit. Die Tarnvorrichtung der *Hakkarl* funktioniert nicht mehr, und wir wissen nicht, ob weitere Systeme beschädigt sind.« Askel beugte sich vor, löste die Ergpatrone aus Kasaks Intervaller und steckte sie ein. »Der Imperiale

Geheimdienst war bereit, die Pläne des tapferen und klugen sutai-Khornezh zu unterstützen.« Der wissenschaftliche Spezialist spürte die verblüfften Blicke der anderen, achtete jedoch nicht darauf. »Aber er wendet sich ab von jemandem, der als *bortaS straav* bezeichnet werden muß.«

»Was haben Sie gesagt?« Die Stimme des Captains war jetzt nur noch ein Hauch. Nie zuvor hatten ihn die Offiziere so zornig gesehen.

»Die Wahrheit. Ein Kommandant kann sich nicht um sein Schiff kümmern, dem Imperium dienen und auch noch Sklave der Rache sein. Jemand oder etwas muß dabei verlieren. Ich ...« Sein Blick wanderte zu den übrigen Offizieren, und er nickte, als er ihre Zustimmung sah. »*Wir* verlieren nicht gern.«

»Dann verschwinden Sie. Verlassen Sie mein Schiff.«

»Dieses Schiff gehört nicht Ihnen, sondern dem Imperium.« Askel schien dieser Feststellung noch etwas hinzufügen zu wollen, überlegte es sich dann aber anders und sagte statt dessen: »Aber wir kommen Ihrer Aufforderung trotzdem nach. Behalten Sie das Schiff – solange Sie können.«

In Kasaks Augen blitzte es, als er den Blick des Ersten Offiziers für einige Sekunden einfing. »Oh, ich behalte es, Meuterer. Ganz bestimmt. Was auch immer Sie sagen oder glauben: Dieses Schiff gehört mir, ebenso wie die *Hakkarl*.« Er klappte die Armlehne auf und schob die Sicherheitsabdeckung über einem Schalterfeld beiseite.

»Ich habe hier das Kommando«, betonte er noch einmal und berührte die Tasten in einer ganz bestimmten Reihenfolge. Die Darstellungen der Bildschirme im unteren Bereich des Befehlsstands veränderten sich. Kasak gab einen weiteren Code ein, schob die Sicherheitsabdeckung wieder an ihren Platz, schloß die Klappe in der Armlehne und betätigte jenen Schalter, der normalerweise das Interkom aktivierte. Diesmal entfaltete er eine ganz andere Wirkung und sorgte für eine Modifizierung des Kommandosessels. Instrumententafeln glitten heran, und summende Servomotoren bewegten Konsolen, neigten sie so, daß ihre Kontrollen leicht vom Captain bedient werden konnten: Schubregler, Navigationssensoren, Scanner, ein Display für den Waffenstatus – einem Einzelkämpfer angemessene Geräte. Kasak brummte zufrieden und wandte sich an seine Crew. »Ich habe das Kommando«, sagte er noch einmal, bevor er die Offiziere fortwinkte.

Askel schüttelte den Kopf angesichts von soviel Sturheit. Er folgte den anderen, als sie die Brücke verließen, um den Transporterraum aufzusuchen und sich von dort aus zum Flaggschiff von Admiral Korzhan zu beamen. Vor dem Turbolift verharrte er noch einmal und sah über die Schulter zurück zum Captain, der auch sein Freund gewesen war. »Ich wünsche Ihnen Erfolg, sutai-Khornez«, sagte er. »Was auch immer geschehen ist und noch geschieht – man wird Ihnen ein ehrendes Andenken bewahren.«

Der wissenschaftliche Spezialist und IG-Agent betrat den Lift, sah nicht noch einmal zurück. Hinter ihm schloß sich das Schott, und die Transportkapsel trug ihn fort von Kasak.

»Sensorsondierung beendet, Captain.« Spock betrachtete die Daten auf dem Schirm eine Zeitlang. »Die energetischen Emissionen verringern sich schnell und sind zum größten Teil ein Resultat der Intervaller-Restenergie. An Bord der *Hakkarl* finden keine nennenswerten Systemaktivitäten mehr statt. Das Schiff scheint völlig hilflos zu sein. Allerdings ...«

»Allerdings: Diesen Eindruck hat es schon einmal erweckt«, warf McCoy ein.

»Ja, Doktor.«

»Haben Sie das Vertrauen zu Ihren eigenen Instrumenten verloren, Spock?« Kirk drehte den Sessel ein wenig und sah zur wissenschaftlichen Station.

»Mit den Instrumenten ist alles in Ordnung«, versicherte der Vulkanier. »Mein mangelndes Vertrauen bezieht sich in erster Linie auf das klingonische Kriegsschiff. Ohne organische Besatzungsmitglieder ist keine Energie für Lebenserhaltungssysteme und dergleichen erforderlich. Das bedeutet: Jede Totaldesaktivierung kann eine Falle sein.«

Kirk blickte in die andere Richtung, zum Wandschirm. Der Kreuzer hing nun mit dem Bug nach ›unten‹ im All, glitt langsam durchs Projektionsfeld und wirkte wie ein Wrack. Admiral Korzhan hatte diesen Gegner der *Enterprise* überlassen, aber wohl kaum als Geschenk: Jim bezweifelte, ob der Staffelführer auch weiterhin ein unbeteiligter Beobachter blieb, wenn Starfleet-Offiziere versuchten, den Kampfkreuzer zu übernehmen. Nein, er bot die *Hakkarl* als Ziel an, für Phaserkanonen und Photonentorpedos.

Wenn Kirk jetzt das Feuer eröffnete ... Es befand sich niemand an Bord.

Er traf eine Entscheidung. »Mr. Stewart, übernehmen Sie die Waffenkonsole. Photonentorpedos vorbereiten. Mr. Chekov, Zielerfassung für Phaser. Beide Waffensysteme: Einsatzbereitschaft. Auf meinen Befehl hin ...«

»Captain! Das energetische Niveau steigt jäh an! Die Schilde ...«

»Feuer!«

Mehrere Photonentorpedos rasten abwechselnd aus dem rechten und linken Katapult, doch trotz ihrer hohen Geschwindigkeit waren sie nicht schnell genug. Nur wenige Flugsekunden trennten die tödlichen Geschosse von ihrem Ziel – Zeit genug für den klingonischen Kreuzer, die bugwärtigen Deflektoren zu aktivieren und mit Impulskraft ein Ausweichmanöver einzuleiten. Als die Torpedos explodierten, verschwand die *Hakkarl* einige Sekunden lang hinter vier Feuerblumen, hinter einem zweitausend Kilometer langen Vorhang aus wabernder Energie. Kirk und seine Offiziere befürchteten fast, daß die Tarnvorrichtung des Kreuzers wieder funktionierte. Nur Spock erlaubte sich kein erleichtertes Seufzen, als das Schiff wieder im Projektionsfeld erschien – vielleicht blieb der Vulkanier nur deshalb gelassen, weil die *Hakkarl* kurz vorher von den Sensoren erfaßt wurde.

Die Erleichterung war nur von kurzer Dauer, denn der klingonische Raumer beschleunigte und griff an.

»Ausweichen, Sulu«, sagte Kirk und beobachtete, wie der Kreuzer im Projektionsfeld hin und her sauste, als die *Enterprise* um ihre eigene Achse rollte, als sie kippte, gierte und kontrolliert schlingerte. Der Captain schluckte – die Augen teilten ihm etwas anderes mit als das Innenohr, denn an der Gravitation im Innern des Schiffes änderte sich nichts. Eins stand fest: Sulu benutzte eine sehr individuelle Methode für seine Ausweichmanöver. Wer versuchte, das Navigationssystem mit solchen Basisdaten zu programmieren, mußte mit der Entlassung aus dem aktiven Dienst rechnen.

Wie dem auch sei: Es funktionierte. Die Intervallerstrahlen der *Hakkarl* rasten an der *Enterprise* vorbei, verloren sich weit hinter ihr in der Atmosphäre des Planeten.

Jim lächelte – doch seine Zufriedenheit verflüchtigte sich fast sofort, als das Kriegsschiff den Kurs anpaßte und mit der Verfolgung begann. Wenn Sulu ein solches Manöver mit der *Enterprise* versuchte hätte, wären strukturelle Schäden nicht nur möglich, sondern sogar sehr wahrscheinlich gewesen. Und ein Versagen der Trägheitsabsorber unter solchen Umständen ... Kirk stellte sich vor, wie er selbst und die Mitglieder seiner Crew vom Fünfundvierzigfachen der normalen Schwerkraft zerquetscht wurden.

Aber an Bord der *Hakkarl* gab es keine Besatzung, und deshalb konnte die ganze Energie für Triebwerke, Waffen und Schilde verwendet werden. Jim begriff nun, welches Konzept sich dahinter verbarg. Kreuzer dieser Art verfügten über erhebliche energetische Vorteile im Vergleich mit anderen Schiffen – bei einem Gefecht mochte so etwas den Ausschlag geben.

Die Intervaller der *Hakkarl* entluden sich erneut, mit dem Ergebnis, daß den Schilden vier und fünf der *Enterprise* eine Überladung drohte.

Diese Vorgänge wiederholten sich mit fast schicksalhafter Unvermeidlichkeit. Was auch immer Sulu versuchte: Der Kreuzer war noch etwas schneller und noch etwas wendiger, kam näher, feuerte und traf.

Spock sah ernst vom Sichtschlitz des Scanners auf. »Die Sensoren registrieren eine allgemeine Verringerung der Deflektorkapazität um dreiundfünfzig Prozent. Die Schilde fallen in siebenundfünfzig Sekunden aus, wenn sie auch weiterhin destruktive Energie absorbieren müssen.«

Kirk nickte. *Mit anderen Worten: Unternimm etwas, oder es geht uns allen an den Kragen.*

Aber welche Möglichkeiten gab es, ein Computer-Schiff zu besiegen, das schneller manövrieren konnte und ihnen an Feuerkraft überlegen war? Jim bezweifelte, ob sich die *Hakkarl* wie M5 oder Nomad zur eigenen Zerstörung überreden lassen würde.

Und wenn sie versuchten, den Kreuzer mit einem Trick zu überlisten? Aber mit welchem?

Kirk schmunzelte – und einige Sekunden später lächelten auch die Brückenoffiziere, wobei Spock die einzige Ausnahme bildete. Wenn es klappte ...

»Jetzt kommt alles auf Sie an, Mr. Sulu«, sagte Jim leise. »Geben Sie sich Mühe.«

»Sir ...«, bestätigte der Steuermann. Er war bereits ganz auf seine Aufgabe konzentrierte, beugte sich zur Konsole vor und bediente ihre Kontrollen. Nach einigen Sekunden hob er den Kopf. »Chekov, richten Sie den Waffenfokus direkt voraus und halten Sie sich bereit. Auf dieses Manöver fällt der Gegner sicher nur einmal herein. Nun, Sie sollten gleich ein Ziel bekommen, und zwar in drei Sekunden, zwei, eins ...«

Erneut klickten Tasten, als Sulu den negativen Schub aktivierte. Die Heckdeflektoren der *Enterprise* schienen plötzlich destabil zu werden und Intervallerenergie durchzulassen: Das Schiff vibrierte und schüttelte sich, als es sowohl langsamer wurde als auch seitlich abkippte.

Die *Hakkarl* raste an dem Starfleet-Raumer vorbei – und geriet damit in den vorher programmierten Waffenfokus. Zwei Photonentorpedos und die bugwärtigen Phaser trafen den primären Rumpf, entfalteten ihre Wirkung ausgerechnet am Verbindungsmodul, wo vorher die *Tazhat* verankert gewesen war. Zu den dortigen Installationen gehörten auch die Kommandorelais ...

Das Schlachtschiff erbebte heftiger, als es vier Treffer zu rechtfertigen schienen. Eine Zeitlang trieb es passiv durchs All, erschien dabei einmal mehr wie ein Wrack.

Dann zündeten die Manövrierdüsen der *Hakkarl,* und sie drehte sich langsam.

Aber der Kreuzer richtete den Bug nicht etwa auf die *Enterprise,* sondern setzte die Drehung fort, wandte sich einem Bereich zwischen Korzhans Geschwader und den Föderationsschiffen zu. Dort gab es nichts zu sehen, und selbst mit Hilfe der Sensoren ließen sich keine Objekte irgendeiner Art feststellen. Genau darin bestanden Sinn und Zweck einer Tarnvorrichtung.

Die *Hakkarl* war blind, ihr ›Gehirn‹ beschädigt – was Kirks Absichten entsprach. Er hatte jedoch *nicht* damit gerechnet, daß der Kreuzer nun den Ursprung jener Signale anpeilte, die ihm Anweisungen übermittelten.

»Zielerfassung erfolgt, Captain«, sagte Spock. Der Wandschirm zeigte noch immer nichts, das sich anpeilen oder unter Beschuß nehmen ließ. »Feuer«, fügte der Vulkanier hinzu. »Und eine zweite Salve.«

Das Tarnfeld der *Tazhat* löste sich auf, und der Scout drehte sich. Er schien das Verhalten eines Tiers zu offenbaren, das sich unterwarf, indem es Kehle und Bauch zeigte. Die im Projektionsfeld eingeblendeten Datenkolonnen deuteten darauf hin, daß sich die *Hakkarl* davon nicht beeindrucken ließ.

»Der Kreuzer feuert zum drittenmal.« Spock sah auf ein Diagramm, das Einzelheiten veranschaulichte, blickte dann wieder zum Wandschirm. »Die Schilde des Scouts versagen.« Eine kurze Pause. »Die Deflektoren existieren nicht mehr. Das kleine Schiff ist jetzt schutzlos.«

»Warum stellt die *Hakkarl* den Beschuß ein?« fragte Chekov.

»Ihre Computersysteme wurden von Klingonen programmiert«, sagte Kirk. »Und Klingonen beanspruchen besiegte Raumschiffe als Trophäen. Vielleicht wurden der Programmierung Kapitulationsparameter hinzugefügt, zum Beispiel das Senken von Schilden und dergleichen.«

»Vielleicht reden die beiden Schiffe nicht mehr miteinander«, meinte McCoy. Die Bemerkung war weniger scherzhaft, als sie klang. Wenn die *Tazhat* Kommandosignale übermittelte, so betrafen sie in erster Linie Navigations- und Waffensysteme. Der Umstand, daß die *Hakkarl* auch jetzt noch ein entsprechendes ›Verhalten‹ offenbarte, deutete darauf hin, daß sie eine ganz bestimmte Codefolge empfangen mußte, wenn das Offensivprogramm unterbrochen werden sollte.

Und dann öffnete die *Tazhat* einen Kom-Kanal.

Captain Kasak sutai-Khornezh saß wieder im Kommandosessel auf der Brücke, doch diesmal gesellten sich Rauchschwaden dem Dunst hoher Luftfeuchtigkeit hinzu. Der Klingone trug keine Atemmaske; nichts filterte den Qualm. Blut quoll aus einer klaffenden Brustwunde – Kasak starb.

Hier und dort im dunklen Rauch zeigte sich der orangefarbene Schein von Feuer. Funken stoben aus teilweise geborstenen Konsolen.

»Kirk... Wie ich sehe, haben Sie auch diesmal überlebt.« Diese Worte klangen seltsam, denn die Splitter eines zerplatzten Monitors hatten dafür gesorgt, daß er überhaupt nichts mehr sehen konnte. »Aber so wird es nicht auf Dauer weitergehen. Im Lauf der Jahre haben Sie sich zu viele Feinde geschaffen, und Ihr Glück geht früher oder später zu Ende. Irgendwo zwischen den Sternen wartet ein Gegner auf Sie, dem gelingen wird, was mir versagt blieb. Eines Tages werden Sie die Rache kosten, und wenn das geschieht, so erfahre ich in der Schwarzen Flotte davon und lache.«

Der Klingone lachte jetzt, und Blut zeigte sich an seinen Zähnen. »Auch die *Hakkarl* wird mir genommen«, knurrte Kasak. »Genug damit. Die *Tazhat* behalte ich.« Er bewegte sich ganz langsam, als er die Offiziersschärpe abnahm und damit die eine Hand an den Kommandosessel band. *»Kasakte kaase«*, sagte er. »Seien Sie Zeuge, Kirk. Und vergessen Sie es nie.« Er berührte eine Schaltfläche, lehnte sich dann zurück.

»Die *Hakkarl* geht wieder auf Angriffskurs«, meldete Spock.

Kirk antwortete nicht. Er starrte über eine Kluft hinweg, die nicht nur aus leerem Raum bestand. In diesen Sekunden fragte er sich, ob es irgendwie möglich war, jene Kluft zu überbrücken, ob ein Klingone im Kontrollraum der *Enterprise* stehen könnte, ohne für einen potentiellen Feind gehalten zu werden. Während Jim darüber nachdachte, beobachtete er Kasak, der durch mehr als nur seine Schärpe an den Kommandosessel gebunden war – die eigentlichen Fesseln bestanden aus der klingonischen Tradition. Schließlich hörte er Spocks Stimme wie aus weiter Ferne: »Die *Hakkarl* eröffnet einmal mehr das Feuer.«

Grelles Licht schimmerte vom Wandschirm und wich Schwärze, als die automatischen Filter reagierten. Unmittelbar darauf präsentierte das Projektionsfeld nur noch statische Störungsmuster.

Das Schlachtschiff hatte nur eine einzige Salve abgefeuert, aber diese genügte. Kirk wartete eine Zeitlang und betrachtete die grauweißen Streifen auf dem Wandschirm – es bestand keine Kom-Verbindung mehr.

Nach einer Weile stand Jim auf. »Schirm auf externe Ansicht.«

Die *Hakkarl* hing energetisch inaktiv im All, wie ein Haufen Schrott. Und diesmal täuschte der Eindruck nicht. »Zerstören Sie das«, sagte Kirk. »Lassen Sie nichts davon übrig.«

Er blieb nicht auf der Brücke, um die Ausführung des Befehls zu beobachten. Statt dessen zog er sich ins Quartier des Captains zurück, um dort im Dunkeln zu sitzen und allein zu sein, allein mit sich selbst und seinen Gedanken.

»Das klingonische Kampfgeschwader verläßt die Umlaufbahn, Captain«, sagte Uhura. »Der Admiral möchte Sie sprechen. Ich habe ihn darauf hingewiesen, daß Sie sich nach langer Zeit eine Ruhephase gönnen, aber er bestand auf einem Kontakt mit Ihnen.«

»Die Klingonen verlassen den Orbit?« Jim war plötzlich hellwach. »Verbinden Sie mich mit dem Staffelführer, Uhura.«

Korzhan epetai-Kenek erschien auf dem kleinen Kom-Schirm. Zwar fiel es Kirk schwer, das klingonische Mienenspiel zu deuten, aber er glaubte, in Korzhans Zügen Ruhe und Gelassenheit zu erkennen. Er schien mit sich und dem Universum zufrieden zu sein. Den Grund dafür erfuhr Jim kurze Zeit später.

»Sie haben also unser Großes Experiment gesehen, Kirk«, sagte der imperiale Admiral. »So wie wir alle. Niemand fragte mich nach meiner Meinung, und niemand wies darauf hin, meinen Standpunkt zu teilen. Doch alle wissen nun, daß ich die Dinge aus der richtigen Perspektive sehe.«

Der Klingone auf dem Schirm straffte die Schultern, und Jim begriff plötzlich, wie alt und erfahren Korzhan sein mußte, um mit einer solchen Mission beauftragt zu werden. Er verstand nun auch, worum es bei dem Einsatz des Geschwaders ging und was Korzhan mit ›richtiger Perspektive‹ meinte.

»Hören Sie, was alle hören werden, wenn ich zurückkehre«, fuhr der Staffelführer fort. »Klingonen brauchen keine Maschinen, die für sie in den Kampf ziehen. Sie können ein Ende der Gefechtsbereitschaft anordnen, Kirk. Für heute wurde genug gekämpft – das gilt sowohl für Maschinen als auch für lebendes Fleisch. Vielleicht begegnen wir uns noch einmal, wenn wir beide andere Befehle haben und nicht befürchten müssen, daß die organianischen Glühwesen einen Krieger daran hindern, Ruhm zu erringen. Bis dahin – oder bis zur Schwarzen Flotte – entbiete ich Ihnen meinen Gruß. Kai kassai, *Enterprise*. Kai kassai, Kirk.«

Das Bild wechselte: Der Admiral in klingonischer Uniform verschwand und wich der Darstellung von neun Raumschiffen, die beschleunigten und sich anschickten das Sonnensystem 4725 Cancri zu verlassen.

James Kirk ließ den Kopf auf die Koje sinken, und zum erstenmal seit Tagen wagte er es, sich ganz der Erleichterung hinzugeben.

Allein der klingonische Rückzug fehlte auf einer Liste von erfreulichen Dingen, die sich während der letzten Stunden ergeben hatten. Mit Todd Johnsons Ellbogen war jetzt wieder alles in Ordnung, was er McCoys Geschick und einem neuen, implantierten Gelenk verdankte. Inzwischen befand sich der Colonel wieder auf dem Planeten und leitete dort eine Polizeitruppe, die weder Waffen noch irgendwelche Schutzvorrichtungen verwendete. Solche Dinge brauchte sie auch gar nicht. Die ›Polizisten‹ verbrachten den größten Teil ihrer Zeit damit, in der Sonne zu sitzen und Däumchen zu drehen. Ihre eigentliche Aufgabe begann erst, wenn die neuen – und unter den veränderten Umständen sicher problemlosen – Verhandlungen zwischen dem Planetaren Rat einerseits und der Föderation andererseits begannen. Die *Vanguard* und *Sir Richard* waren bereits aufgebrochen, um ihren normalen Dienst fortzusetzen.

Was die *Enterprise* betraf... Sie hatte die Genehmigung erhalten, ebenfalls den Warptransfer einzuleiten und zur Starbase 12 zu fliegen.

Vermutlich wußten bereits alle Besatzungsmitglieder darüber Bescheid. Jim seufzte leise und entschied, den Schlaf noch ein wenig zu verschieben, um sich von der Brücke aus mit einer offiziellen Bekanntmachung an die Crew zu wenden. Wenn die Sektionsleiter volle Bereitschaft meldeten, stand dem Transit nichts mehr im Wege. Er schloß die Augen, um sich noch fünf Minuten der Muße zu gönnen – und öffnete sie wieder, als es in der Decke über ihm zu glühen begann.

Ruckartig setzte er sich auf und beobachtete, wie

aus dem Glühen eine Kugel voll lebender Energie wurde, die langsam herabsank. Eine Zeitlang kramte er in den mentalen Schubladen seines Gedächtnisses. »Ayelborne?« fragte er schließlich.

Claymare, korrigierte eine telepathische Stimme. Sie klang freundlich, nicht vorwurfsvoll.

Die Organianer wußten sicher, daß sie für andere Lebensformen kaum voneinander zu unterscheiden waren. *Ein hochentwickeltes Volk, zweifellos,* dachte Kirk. *Aber offenbar mangelt es ihm am Gefühl fürs richtige Timing.*

Ein Eingreifen unsererseits war nicht nötig, ließ sich Claymare vernehmen, und diese Mitteilung erfüllte Jim mit Verlegenheit: Der Organianer las in seinen Gedanken wie in einem offenen Buch. *Wir haben nur beobachtet. Es freut uns, daß wir nicht intervenieren mußten.*

Dutzende von Fragen fielen Kirk ein, und so etwas wie Ärger begleitete einige von ihnen. Ein Ärger, den er durchaus für angemessen hielt: Immerhin hätten die Organianer ihm und allen anderen viele Schwierigkeiten ersparen können.

Antworten begleiteten die meisten Fragen, und deshalb brauchte Claymare nicht auf alle einzugehen. *Konflikte zwischen einzelnen Personen sind zwar bedauerlich, jedoch nicht Teil des Friedensvertrages. Ganz gleich, welcher Gruppe die Beteiligten angehören: Eine Auseinandersetzung zwischen ihnen führt nicht automatisch dazu, daß wir aktiv werden. Der inzwischen tote Captain Kasak ging in dieser Hinsicht von völlig falschen Annahmen aus.*

Jim dachte an die verschiedenen Möglichkeiten, das Problem namens Kasak zu lösen: Er hatte sie alle verworfen, weil er befürchtete, damit das Eingreifen der Organianer zu provozieren. Er schlug sich nun mit der flachen Hand an die Stirn und stöhnte leise – manche Gefühle ließen sich kaum in Worte fassen.

Von Kasak einmal abgesehen: Das Verhalten beider Sei-

ten war lobenswert, erklang erneut Claymares geistige Stimme. *Wir nehmen diesen Umstand mit großer Zufriedenheit zur Kenntnis und sehen den weiteren Entwicklungen interessiert entgegen.* Der vom Organianer ausgehende helle Glanz ließ nach, und gleichzeitig schien die Kugel zu schrumpfen. *Wir grüßen Sie, Captain James Kirk …*

Jim blickte durchs leere Zimmer und blinzelte mehrmals, um purpurne Nachbilder zu vertreiben. Er streckte die Hand nach dem Interkom aus, zögerte jedoch. Die Sensoren hatten ganz offensichtlich nicht auf die Präsenz des Organianers reagiert, denn sonst wäre ein Alarm ausgelöst worden. Nun, es mochte besser sein, nicht sofort auf Claymares Besuch hinzuweisen.

Kirk beschränkte sich auf einen entsprechenden Eintrag in seinem persönlichen Logbuch, zog dann Stiefel und Uniform an. Anschließend verließ er seine Kabine und machte sich auf den Weg zur Brücke.

Als er im Kontrollraum der *Enterprise* aus dem Turbolift trat, bemerkte er sofort die erwartungsvollen Blicke der anwesenden Offiziere. *Ja, es hat sich bereits herumgesprochen, daß unser Einsatz im Cancri-System beendet ist.* Er fragte sich, was die Gerüchteküche an Bord von seinem Besucher halten würde – sobald er die Hinweise im privaten Logbuch den offiziellen Aufzeichnungen hinzufügte.

Jim verdrängte diese Überlegungen. Wichtigere Dinge erforderten jetzt seine Aufmerksamkeit.

Zum Beispiel die Sache mit dem Landurlaub.

»Landurlaub?« brachte Chekov mit gespielter Überraschung hervor. »Der Dienstplan behauptet, daß wir den Urlaub gerade hinter uns haben.«

»O nein, Mr. Chekov«, sagte Kirk und lächelte. »Es handelte sich nur um eine Übung. Jetzt wird's ernst. Programmieren Sie einen Kurs zur Starbase Zwölf.

Mr. Sulu, bringen Sie uns aus der Umlaufbahn. Halbe Impulskraft bis zum Rand des Sonnensystems, und dann Warp sechs.«

Die *Enterprise* wandte sich vom Planeten ab und kehrte zu den Sternen zurück.

STAR TREK™

in der Reihe
HEYNE SCIENCE FICTION & FANTASY

Vonda N. McIntyre, Star Trek II: Der Zorn des Khan · 06/3971
Vonda N. McIntyre, Der Entropie-Effekt · 06/3988
Robert E. Vardeman, Das Klingonen-Gambit · 06/4035
Lee Correy, Hort des Lebens · 06/4083
Vonda N. McIntyre, Star Trek III: Auf der Suche nach Mr. Spock · 06/4181
S. M. Murdock, Das Netz der Romulaner · 06/4209
Sonni Cooper, Schwarzes Feuer · 06/4270
Robert E. Vardeman, Meuterei auf der Enterprise · 06/4285
Howard Weinstein, Die Macht der Krone · 06/4342
Sondra Marshak & Myrna Culbreath, Das Prometheus-Projekt · 06/4379
Sondra Marshak & Myrna Culbreath, Tödliches Dreieck · 06/4411
A. C. Crispin, Sohn der Vergangenheit · 06/4431
Diane Duane, Der verwundete Himmel · 06/4458
David Dvorkin, Die Trellisane-Konfrontation · 06/4474
Vonda N. McIntyre, Star Trek IV: Zurück in die Gegenwart · 06/4486
Greg Bear, Corona · 06/4499
John M. Ford, Der letzte Schachzug · 06/4528
Diane Duane, Der Feind — mein Verbündeter · 06/4535
Melinda Snodgrass, Die Tränen der Sänger · 06/4551
Jean Lorrah, Mord an der Vulkan Akademie · 06/4568
Janet Kagan, Uhuras Lied · 06/4605
Laurence Yep, Herr der Schatten · 06/4627
Barbara Hambly, Ishmael · 06/4662
J. M. Dillard, Star Trek V: Am Rande des Universums · 06/4682
Della van Hise, Zeit zu töten · 06/4698
Margaret Wander Bonanno, Geiseln für den Frieden · 06/4724
Majliss Larson, Das Faustpfand der Klingonen · 06/4741
J. M. Dillard, Bewußtseinsschatten · 06/4762
Brad Ferguson, Krise auf Centaurus · 06/4776
Diane Carey, Das Schlachtschiff · 06/4804
J. M. Dillard, Dämonen · 06/4819
Diane Duane, Spocks Welt · 06/4830
Diane Carey, Der Verräter · 06/4848
Gene DeWeese, Zwischen den Fronten · 06/4862
J. M. Dillard, Die verlorenen Jahre · 06/4869
Howard Weinstein, Akkalla · 06/4879
Carmen Carter, McCoys Träume · 06/4898
Diane Duane & Peter Morwood, Die Romulaner · 06/4907
John M. Ford, Was kostet dieser Planet? · 06/4922
J. M. Dillard, Blutdurst · 06/4929
Gene Roddenberry, Star Trek (I): Der Film · 06/4942
J. M. Dillard, Star Trek VI: Das unentdeckte Land · 06/4943
Barbara Paul, Das Drei-Minuten-Universum · 06/5005
Judith & Garfield Reeves-Stevens, Das Zentralgehirn · 06/5015
Gene DeWeese, Nexus · 06/5019
D. C. Fontana, Vulkans Ruhm · 06/5043

STAR TREK™

Judith & Garfield Reeves-Stevens, Die erste Direktive · 06/5051
Michael Jan Friedman, Das Doppelgänger-Komplott · 06/5067
Judy Klass, Der Boacozwischenfall · 06/5086
Julia Ecklar, Kobayashi Maru · 06/5103
Peter Morwood, Angriff auf Dekkanar · 06/5147
Carolyn Clowes, Das Pandora-Prinzip · 06/5167 (in Vorb.)

STAR TREK: DIE NÄCHSTE GENERATION:

David Gerrold, Mission Farpoint · 06/4589
Gene DeWeese, Die Friedenswächter · 06/4646
Carmen Carter, Die Kinder von Hamlin · 06/4685
Jean Lorrah, Überlebende · 06/4705
Peter David, Planet der Waffen · 06/4733
Diane Carey, Gespensterschiff · 06/4757
Howard Weinstein, Macht Hunger · 06/4771
John Vornholt, Masken · 06/4787
David & Daniel Dvorkin, Die Ehre des Captain · 06/4793
Michael Jan Friedman, Ein Ruf in die Dunkelheit · 06/4814
Peter David, Eine Hölle namens Paradies · 06/4837
Jean Lorrah, Metamorphose · 06/4856
Keith Sharee, Gullivers Flüchtlinge · 06/4889
Carmen Carter u. a., Planet des Untergangs · 06/4899
A. C. Crispin, Die Augen der Betrachter · 06/4914
Howard Weinstein, Im Exil · 06/4937
Michael Jan Friedman, Das verschwundene Juwel · 06/4958
John Vornholt, Kontamination · 06/4986
Mel Gilden, Baldwins Entdeckungen · 06/5024
Peter David, Vendetta · 06/5057
Peter David, Eine Lektion in Liebe · 06/5077
Howard Weinstein, Die Macht der Former · 06/5096
Michael Jan Friedman, Wieder vereint · 06/5142
T. L. Mancour, Spartacus · 06/5158 (in Vorb.)

STAR TREK: DIE ANFÄNGE:

Vonda N. McIntyre, Die erste Mission · 06/4619
Margaret Wander Bonanno, Fremde vom Himmel · 06/4669
Diane Carey, Die letzte Grenze · 06/4714

STAR TREK: DEEP SPACE NINE:

J. M. Dillard, Botschafter · 06/5115
Peter David, Die Belagerung · 06/5129 (in Vorb.)
K. W. Jeter, Die Station der Cardassianer · 06/5130 (in Vorb.)
Sandy Schofield, Das große Spiel · 06/5187

DAS STAR TREK-HANDBUCH:

überarbeitete und aktualisierte Neuausgabe!
von *Ralph Sander* · 06/4900 und 06/5150 (in Vorb.)

Diese Liste ist eine Bibliographie erschienener Titel
KEIN VERZEICHNIS LIEFERBARER BÜCHER!